綿裡繡花針 1

風文創 1028

秋水痕 著

目錄

序文 …… 005
第一章 …… 009
第二章 …… 023
第三章 …… 039
第四章 …… 055
第五章 …… 071
第六章 …… 087
第七章 …… 101
第八章 …… 117
第九章 …… 131
第十章 …… 145
第十一章 …… 161
第十二章 …… 179
第十三章 …… 195
第十四章 …… 211
第十五章 …… 227
第十六章 …… 243
第十七章 …… 259
第十八章 …… 275
第十九章 …… 289
第二十章 …… 303

序文

秋水痕

人這一輩子，總是會留下一些遺憾。有人遺恨年輕時未能拚盡全力奮鬥，有人嘆息和成功的機會失之交臂，最讓人意難平的，莫過於不能與意中之人長相廝守。畢竟，奮鬥什麼時候都來得及，成功的機會也還會有，但那個人離開了自己，即使他年他月再相逢，也是故人非故人。甚至暗恨自己，當年為何沒有義無反顧地追求真愛？

而造成這些遺憾的原因，大抵都是因為缺少勇氣。因為這世上留有遺憾的人太多了，作者就想塑造一個勇敢而無畏的人。

本文中男主衛景明是作者理想中的勇敢之人，當他還是個無權無勢的小衙役時，未婚妻被搶走，並給他留下訣別之言。他不願意接受這種結果，孤身與匪人斡旋，憑著兩條腿，走過春夏秋冬，走過無數山川河流，千里奔襲赴京追妻。為了保護勢單力薄的顧綿綿，他放棄男子尊嚴淨身入宮，從此做她的護身符，做她的定海神針。在艱難的歲月中，他一邊努力長成參天大樹，一邊想盡一切辦法護她周全，兩顆心也因此緊緊依偎在一起。雖然他身體殘缺，但在顧綿綿心裡，他卻是天底下最偉岸的英雄。天不假年，顧綿綿中年逝去，衛景明又拋棄一切富貴，獨守孤墳十幾年。

他們上輩子的愛情很淒美，雖然二人不是名義上的夫妻，但他們是彼此靈魂的依靠。當看著他趴在墳上一遍遍喊綿綿時，作者甚至邊寫邊流淚。這樣的愛情，很難不讓人動容，這樣的人，誰都不忍心讓他永遠遺憾，於是，就有了文中開頭的重生。

重生是個玄學，但男主的重生卻連作者心裡都多了一絲慰藉。那個丰神俊美的少年，在經歷一世磨難之後，帶著一往無前的勇氣和更加濃密的愛意歸來。她還是初識時那個天真的少女，他已經千瘡百孔。但有她在，在煙火人生中，在廂房私語裡，什麼樣的傷痕都能修復。重生而來的男主，除了守護摯愛之人，又毅然決然肩負起了更多的責任。家國天下，在他的能力範圍內，他一樣都沒有拋棄。

男主的形象塑造，是一個受傷、自癒的過程，治傷的良藥就是自己的一腔孤勇和飛蛾撲火般奔赴愛情的決心。女主當初都沒想到他會追隨自己而來，本來二人只是一對普通的情侶，卻因為他的勇氣，變成了可以為對方放棄一切的堅貞伴侶。

於我們普通人而言，又何嘗不是如此。作者曾經在年少時勇敢過，不顧家中所有長輩的反對，堅持讀書，最終從那個貧苦的小山村中走了出來。作者青年時期也勇敢過，棄理從文，從此不用再每天被無數的資料和工程圖淹沒，過上了在文字中徜徉的日子，寫自己喜歡的故事，塑造一個個讓自己感動的人物形象，生活也變得更有意思。

年輕的時候，如果我們就可以為了既定的目標埋頭奮鬥，可以獨自揹上行囊奔赴遠方，可以為了心愛之人赴湯蹈火。哪怕最後目標沒有實現，遠方的風景沒有那麼美，沒有和心上人在一起，等到我們老的時候，也不會有太多遺憾。甚至能微笑著對後輩道年輕的時候，我真的好勇敢啊！

身邊的無數普通人，他們都在努力，憑著綿綿不絕的內生勇氣向著目標努力。他們都是可愛的人，都是值得敬佩的人。正是無數個你我他，我們的勇氣匯流成河，一起譜寫了人世間更多真實溫暖又美麗動人的故事。

第一章

初春的微風吹起，青城縣桂花巷口的顧班頭家裡氣氛有些沈悶。

顧班頭顧季昌今日沒有去衙門，正坐在正房門口唉聲嘆氣。他的渾家阮氏也陪在一邊，抱著四歲的兒子顧岩嶺緊鎖眉頭。

夫妻倆這邊愁雲慘霧，廚房裡，顧季昌十四歲的女兒顧綿綿正繫著圍裙揮舞著小鍋鏟，把鍋裡剛炒好的一道蒜苗炒臘肉往盤子裡盛。

正坐在灶下燒火的顧家養子薛華善悄悄抬頭，擔憂地看了顧綿綿一眼。

感受到視線，顧綿綿瞥了一眼薛華善。「大哥，你別擔心，我就不信那縣太爺膽子那麼大，敢上門搶人。」

薛華善有些氣憤。「也不知張大人聽了誰的挑撥，非說妳有做一品誥命的命。他快五十歲才做了個縣令，眼見著升遷困難，居然動歪心思，想讓妳給他改命。」

顧綿綿哼了一聲。「他當官當得一塌糊塗，我給他做小妾就能幫他改命？他都能做我爺爺了，別說讓我給他做小老婆，給他做老娘我都不稀罕！」

薛華善往灶門裡填了一把乾草，小聲勸道：「可別瞎說，義父還在衙門裡做事呢。」

顧季昌在外面聽到女兒的話，心裡更發愁了。

這個女兒，從生下來就是個美人胚子。才十一、二歲左右，整個青城縣就沒有哪個同齡的姑娘比她好看。許多人話裡帶刺，說顧季昌下半輩子靠女兒就夠了。

顧季昌聽著就不高興，他又不指望賣女兒發家，女兒長得美醜有什麼關係？但人前假裝不在意，人後顧季昌卻是愁斷了腸。這麼漂亮的女兒，他不過是一個小小的班頭，護不住啊！眼見著女兒越來越漂亮，顧季昌便再不肯讓女兒出門。

可顧綿綿並不是那種願意老老實實在家裡待著的文靜姑娘，顧季昌不在家時，她偶爾會在薛華善的陪同下偷偷溜出門。其實總共也沒出幾次門，但她的貌美之名卻越傳越大，惹得許多富貴人家的浮浪子弟上門，要納她為妾。

顧季昌自然不肯答應，為此得罪了一大票的人。後來，顧季昌看著女兒一手針線活靈活現，且膽子又大，做了個讓所有人瞠目結舌的決定，讓女兒拜師當了「裁縫」。此「裁縫」非彼裁縫，誰家有親人臨行前身體有了破口，剛嚥氣就會找來「裁縫」縫一縫，體體面面地上路。故而「裁縫」雖然說出去不是特別響亮，不像仵作是衙門裡的人，但也是個積德行善的活兒。素日衙門裡有事，也時常會叫「裁縫」去協助。

全青城縣的人都覺得顧季昌瘋了，讓一個漂亮女兒去學這手藝，以後還怎麼嫁人？對此顧季昌毫不在意，他家幾代都是衙役，而女兒有了這手藝，也算半個公門中人，不比以後靠著男人吃飯好？

顧綿綿十分高興，拜了青城縣唯一的「裁縫」柳大師為師，憑著天資聰慧、膽識過人，沒兩年工夫就出師了。

原來大家都覺得顧綿綿是個嬌軟的小美人，現在一想到這小美人手上的活計，後頸都涼颼颼的。於是，顧綿綿從人人爭搶，變成無人敢問津。這下顧季昌又開始發愁了，可還沒等他愁出個結果，前兩天縣太爺張大人卻忽然找人傳話，說要納顧綿綿為妾。

這可把顧季昌嚇壞了，他親自去找縣太爺，說女兒是個「裁縫」，不能做張大人的妾。張大人頓時有些不高興，他雖然年紀大了些，好歹也是七品縣令，正經兩榜進士。顧家女再好看，只是個衙役的女兒，還是個「裁縫」，居然敢拒絕他！

張大人當場拂袖而去。

顧季昌急得團團轉，他可以拒絕那些富豪子弟，但張大人他不敢得罪啊⋯⋯

顧季昌這回更愁了。這不，今日他連衙門都沒去，生怕張大人又讓人問話。

阮氏忽然小聲道：「官人，要不，咱們先給綿綿訂門親事？」

顧季昌用腳底踢了踢地面。「這節骨眼上，誰敢和縣太爺別苗頭？」

阮氏想了想，又神秘兮兮道：「官人，您看華善怎麼樣？」

顧季昌立刻搖頭拒絕。「不行，薛兄弟臨終前給華善訂過親事，我不能幹搶親這等不體面的事情。」

阮氏這下子也想不出辦法了，她畢竟是個後娘，雖然平日和顧綿綿關係還可以，但這種大事，她一點都不敢妄言。

兩口子還沒商量出個對策，顧綿綿從廚房裡出來了。「爹，二娘，小郎，吃飯了！」

阮氏趕緊把懷裡的顧岩嶺放開，去廚房幫忙端飯。平日裡阮氏做飯多一些，今日顧岩嶺有些不大舒服，顧綿綿就讓她去哄孩子。

很快，一家子都坐在了飯桌旁。

顧季昌味同嚼蠟，他看著如花似玉的女兒，心裡十分不好受。

這孩子從小就沒了娘照料，為保她平安，才不懼名聲不好讓她做了「裁縫」，難道最終還是逃不過官吏們的眼嗎？

顧綿綿給顧季昌挾了一筷子菜。「爹，您別擔心，張大人總要臉面，他還能到咱們家來搶人不成？他來咱們青城縣已是兩年多，應當是快調走了。實在不行，從明天開始我在家裡裝病，就說我滿臉痲子，會傳染人。」

阮氏連忙道：「綿綿，沒事不要咒自己。」

顧綿綿猶豫道：「我就裝一陣子，等張大人走了，再說我病好了行不行？」

顧季昌又看了一眼天真的女兒，緩緩解釋道：「聽說張大人升遷無望，要是被平調到別的地方繼續做縣令，以他的年紀，這輩子怕是都沒希望了。這時候哪怕有根稻草，他也會死拽住不放。」

薛華善忽然放下碗。「義父，要不，給我和綿綿訂親？」

顧綿綿瞪大了眼睛。「大哥，你瘋了！」薛華善在她眼裡就是親哥，哪裡能訂親？

顧季昌搖頭拒絕。「不行，你身上有親事！」

薛華善撓撓頭。「義父，王家走了也有七、八年，誰也不知道哪裡去了，說不定王家姑娘都已經嫁人了。先給我和綿綿訂親，等張大人走了，就說我和綿綿八字不合，再解除婚約就是。」薛華善和顧綿綿一起長大，感情十分好，自然不想看見妹妹掉入火坑。

阮氏也搖頭。「華善，你是好心，但此事不可。一來你身上有親事，二來，訂親後再解除這影響甚大，就算是張大人肯放手，綿綿也不好說親了。」

顧季昌點頭。「你二娘說的有道理，還是要想辦法讓張大人自己打退堂鼓。」

顧綿綿拿筷子戳了戳碗裡的臘肉。「爹，到底是誰在背後嚼舌根的？傳得這麼離譜，說我能做一品誥命，怎麼不說我能做太后娘娘呢？」

顧季昌喝了口酒。「我也不曉得是誰傳的。」

阮氏忽然看向顧季昌。「官人，平日裡可有得罪什麼人？」

顧季昌手中的酒杯頓了一下。「娘子不曉得，要是真得罪人，就不會有這事了。」

這話不假，大夥兒都覺得顧家不識好歹，能給縣太爺做良妾，多好的事啊？全家都能跟著挺起腰桿來。不光外人覺得是好事，一些自家親戚也時不時來勸顧季昌，趕緊答應。

等一家子吃過飯，顧季昌才硬著頭皮去衙門。他前腳剛走，顧家就來了個不速之客。

只見一位年近三十的婦人倚著門框，大聲笑道：「妹妹，姑爺，大喜，大喜呀！」

阮氏一聽到這聲音，頓時頭皮發麻。她那個無利不早起的娘家嫂子孟氏又來了！

顧綿綿正坐在正房門口和弟弟一起玩耍，聞言立刻看向屋裡的阮氏。「二娘，您快去躲躲，我來應付她！」顧綿綿看孟氏這婆娘不順眼，早就想收拾她。

阮氏輕輕搖了搖頭。「妳叫我一聲二娘，我怎麼能遇到困難就把妳往前推？」說完，阮氏放下手裡的針線筐，從正房裡出來迎接孟氏。

孟氏快步走了過來，拉著阮氏的手笑得臉上開了花。「恭喜妹妹，賀喜妹妹。」

阮氏臉上的笑只到皮不到肉，假意說笑。「嫂子，喜從何來？難道嫂子有喜了？」

孟氏哈哈笑。「喲，妹妹真會開玩笑，我都大多年紀了，哪裡還能有喜？我是賀喜妹妹呢，就要和縣太爺家結親了。」

阮氏的臉立刻拉了下來。「嫂子從哪裡聽來的謠言？我們小戶人家，可不敢高攀。」

孟氏笑咪咪地看了一眼顧綿綿。「妹妹還瞞著我，我就說外甥女是個有福氣的。以後去了張大人家裡，穿金戴銀、吃喝不愁，連妳父母兄弟的好日子也來了。」

阮氏一驚，見顧綿綿瞇起了眼睛，立刻對孟氏道：「嫂子快住口，我顧家的女子可不為妾。我看在大哥和姪子們的面上，原諒妳今日的胡言亂語，妳趕緊走吧，再多說一句，別怪我翻臉了。」

孟氏知道小姑子是個清高人，又勸道：「我的妹妹喲~~」然後是一大堆的規勸之語。

顧綿綿在旁邊小聲對弟弟道：「小郎，你去把我的針線筐拿來。」

顧岩嶺呆住。「姊姊，妳要那個做什麼？」

顧綿綿笑了笑。「你別管，去拿來就是。」

顧岩嶺雖然年齡小，但很懂事，舅媽說要讓姊姊給老頭子做妾，他心裡十分不喜。雖然不明白姊姊想幹麼，他還是懂事地去了西廂房，沒過一會兒，他就抱著顧綿綿的針線笸跑回來了。

顧綿綿看著嘴巴說個不停的孟氏，心生一計。就借妳的口，幫我傳一些話出去吧！

顧綿綿從針線笸裡拿出一塊布，快速裹成一個娃娃形狀，然後開始縫針。她一邊縫、一邊對阮氏道：「二娘，明日我要去平安鎮接個活兒，一大早就要帶著大哥一起走呢。」

孟氏忽然掉轉頭對顧綿綿道：「哎喲，綿綿啊！妳還縫什麼娃娃啊？不是舅媽多嘴，妳如今有了好前程，這些晦氣的東西就別碰了。」

顧綿綿繼續縫。「舅媽，我們『裁縫』都是積德行善的。只要我能給人家縫得天衣無縫，讓人家體體面面的上路。等我遇到了難處，它們都會回來幫忙。舅媽您看，我這小人縫得怎麼樣？」

顧綿綿正好在縫小人的脖子，她咧嘴對孟氏笑，一口小白牙在陽光的照射下看起來白花花的，再一聯想到她剛才說的什麼小鬼回來幫忙，孟氏忽然心裡有些怕。

她搓了搓手背。「外甥女啊，趕緊把這東西毀了吧，怪嚇人的。」

顧綿綿笑道：「舅媽，這只是個娃娃而已。您不知道，我見到過……」

顧綿綿開始講自己見過的各種死屍，有腿被砸爛的，有腸子流出來的，有在菜市口砍頭的……說得繪聲繪影，彷彿那些屍體就在眼前。

阮氏平常聽多了，倒不覺得害怕，顧岩嶺雖然年紀小，卻天真爛漫，不知恐懼，反而聽得津津有味。而正在東廂房學習衙門公文的薛華善聽到後，偷偷笑了起來。

孟氏越來越害怕。「外甥女，快別說了！」

顧綿綿忽然拉下臉，表情呆滯，目光遲鈍，聲音冷冰冰的，一字一句往外道：「阮孟氏，妳收了誰的錢，居然要來坑害顧先生?!」

顧綿綿在外接活時，人家都叫她顧先生。而且，她渾身似乎變得很僵硬，手往上抬的時候，感覺骨頭像生鏽了一樣轉不動，整個人恍如從地府爬回來的惡鬼，眼神凶惡得要吃人一樣。看這樣子，八成是被什麼東西附身了！

孟氏嚇得連連尖叫。「妹妹，快，快趕走它，妳家進髒東西了！」

顧綿綿不肯放過她，伸直了胳膊來掐孟氏的脖子。「阮孟氏，我們不會放過妳的。」

孟氏立刻嚇得連人帶椅子翻倒在地，手腳並用地爬了起來，屁滾尿流地跑了，根本沒發現顧家沒有一個人失色。

等她一跑出大門，顧綿綿恢復神色，哼了一聲。「膽小鬼！」

阮氏立刻去把大門關上，回來後看著顧綿綿直嘆氣。「綿綿啊，下回可不能再這樣裝鬼了。」

顧綿綿一邊處理那娃娃、一邊道：「二娘，也不用下回了，就舅媽那張嘴，要不了一天，青城縣都會知道我被鬼附身了，也不知那張大人害怕不害怕。」

果然，還沒一個時辰呢，消息就傳到了縣衙。

張大人聽得直咂舌，心想：我的天，家裡整天鬧鬼，多嚇人啊！

旁邊的許師爺道：「大人，這事若是真的，這些魂靈認『裁縫』為恩人，顧家女成了張家妾，大人豈不也能受保護？若是謠言，那就更不用理會了。」

張大人一愣，點點頭。「還是老許你想得周到。」

許師爺陪笑。「卑職這是旁觀者清。」

張大人又看了他一眼。「再有一陣子，本官任期就到了啊。」

許師爺低聲道：「卑職領命。」

正好，聽說顧季昌到了衙門，許師爺讓人叫他到了自己的公房。

顧季昌進門就行禮。「卑職見過許大人。」師爺雖然沒有官位，但因為是縣太爺的心腹，底下三班六房的人平日裡都是口稱大人。

許師爺笑著擺手。「顧班頭多禮了，快請坐。」

顧季昌坐在一邊的凳子上。

許師爺喝了口茶，細聲細氣道：「顧班頭，你家裡那個養子，也有十六歲了吧？」

顧季昌抱拳行禮。「多謝許大人關心，小兒確實已年滿十六歲。」

許師爺笑了笑。「薛班頭當年也是條好漢啊，老夫真佩服你們兄弟倆的交情。人這一輩子，能有個過命交情的兄弟，不容易啊！」

許師爺一番話，讓顧季昌的眼底都濕潤了三分。

他想起當年意氣風發的薛正義。二人一起到青城山抓盜匪，盜匪沒抓到，卻遇到了幾頭狼。薛正義為了救他，被狼活生生撕掉一條腿。等救援的人趕到，薛正義只來得及把妻兒、老母託付給顧季昌，然後頭一歪就死了。

薛正義的死訊傳出，薛家老母一口氣上不來，跟著兒子去了。顧季昌便主持安葬薛老太太母子二人。

等喪事一過，因他當時是個鰥夫，不好把薛華善母子倆接過來，但每天都上門照看。有人便傳說他們一個寡婦、一個鰥夫，不如湊成一家算了。

顧季昌說那是恩人遺孀，斷然不肯。而薛太太也不肯再和衙役過膽戰心驚的日子，沒多久就另尋人改嫁。顧季昌便把薛華善接到自己家裡，和顧綿綿作伴。

往常顧季昌並不是個情緒外露的人，但說起薛正義，不管在什麼場合，他都會動容。

許師爺收起了笑容。「季昌啊，既然受故人所託，就要為孩子考慮前程呀！」

這一句話，頓時戳到了顧季昌的死穴。當初縣衙裡有過承諾，薛正義因公逝世，等薛華善長大，可繼承薛正義的衙役職位。

按往例，薛華善過年就能來衙門，卻被一直壓到現在。許師爺這話，明顯是威脅之意。顧季昌頓時左右為難，他原打算等張大人離任後，自己想辦法討好下一任縣太爺，就能把薛華善的差事解決掉。但若是張大人現在就使壞，恐怕能讓薛華善這輩子都進不了縣衙。

許師爺依舊笑咪咪的。「顧班頭回去好好想想，莫要辜負故人啊。」

顧季昌臉色慘白地起身，對著許師爺拱一拱手，然後出了屋子。

天黑了，顧季昌腳步沈重地回了家，剛坐下，顧岩嶺就把姊姊今天下午幹的「好事」告訴了顧季昌。

顧季昌嘆了口氣。「以後不可這樣了。」

顧綿綿殷勤地給他盛飯端茶。「爹，張大人還不肯死心？」

顧季昌看了她一眼。「妳那小孩子家的把戲，哪裡能瞞得過他們？現在不光是妳的事情，連妳大哥的差事也被他盯上了。」

剛坐下的一家人都安靜了。好歹毒的人，竟然想出這種以一換一的法子！

顧季昌要是不顧養子，會被人戳脊梁骨罵，但要是順了張大人的意，女兒很快就要隨張大人離開青城縣，以後是死是活娘家人都管不著！

薛華善立刻道：「義父，我的差事不要緊，千萬不能把妹妹送過去。」

顧綿綿拿著筷子沈思。「爹，要不先答應張家，把大哥的差事解決了，我天天鬧鬼，說不定張家也扛不住。」

顧季昌搖頭。「你們兩個，我一個都不能丟。」

大家都沈默下來——這是個死局啊！

吃過飯後，顧綿綿心裡不停地盤算。

這狗官看來是打定主意要我給他做妾，我如果不答應，爹每天被他刁難，大哥的差事怕是要泡湯，想來現在只能先拖一拖這事。如白日那樣小打小鬧定然不行，得動真格的了。

第二天早上，顧綿綿破天荒沒起床。她病了，一大早就感覺頭重腳輕、鼻子不通氣。

阮氏慌忙讓薛華善去請吳大夫，吳大夫近來身子不大舒服，就打發自己的獨生子吳遠出診。

吳遠帶著小藥僮，在阮氏的陪伴下進了顧綿綿的西廂房。

顧家在青城縣做了好幾代的衙役，吳家也做了好幾代的大夫，兩家關係也還可以。吳遠往常見過顧綿綿，但從來沒給她看過病。

乍然進了青城縣第一美女的閨房，吳遠剛開始還有些緊張，等看到面目憔悴的顧綿綿，吳遠那顆「醫者父母心」立刻把那些雜念都攆走了。

他當著阮氏的面給顧綿綿診脈，又問了問近日的情況。

阮氏幫著回答。「小吳大夫，我們姑娘前幾天還好好的，今天忽然就病了，您看這是怎麼了？」

顧綿綿甕聲甕氣道：「小吳大夫，我總是作夢，夢見許多我不認識的人，有的來跟我告別，有的跟我道謝，還有的說要時常來看看我……」

吳遠每天在家裡大藥房中都要接診病人，消息很是靈通，顧家和張縣令家的官司，他早就了然於心。

他看了一眼顧綿綿，病是真的，但話卻讓他有些懷疑。

想了片刻，吳遠便大致明白箇中關竅，心道：也罷，這樣如花似玉的年輕女子，要是落入張大人手裡，還能有個好？既然妳要生病躲避，我且幫妳一把。

想明白之後，吳遠微笑道：「姑娘不必憂心，這夢想來並不是噩夢。在下給您開些藥，慢慢吃、慢慢養，過一陣子再說。」

顧綿綿半合的眼簾裡忽然發出一點亮光，瞬間又熄滅。

都說小吳大夫是個細心慈善之人，果然不假！

這一點亮光被吳遠捕捉到，他又微笑一下，然後低頭寫藥方，各種藥量減半，理由是姑娘家不能用猛藥。

藥僮一看，不對勁，就這藥量，吃一個月也吃不好啊。

看過病，阮氏給了診金，吳遠讓藥僮接下，並囑咐了一堆養生之道，還說自己明日再過來。

出了顧家大門，藥僮悄悄問起藥方的事情，吳遠回頭目不轉睛地看著藥僮，藥僮嘿嘿笑著低下了頭。

吳遠知道，藥僮必定是誤會了什麼，但他也不準備解釋。

不怪藥僮懷疑，吳遠一直沒再訂親，讓吳太太急得要上牆。吳遠以前曾說過一門親事，但才訂親沒幾個月，姑娘忽然沒了，對方就說吳遠命硬，把吳太太氣得在家裡罵了三天三夜。

後來吳遠不想再訂親，他只想一心研究醫術，治病救人。因他心無旁騖，於醫術一道上比他爹吳大夫強多了。

顧綿綿是青城縣第一美人，吳遠開這個莫名其妙的方子，藥僮不知道中間的關竅，就猜測少爺肯定是看上了顧家大姑娘。

那邊廂，阮氏正在摸顧綿綿的額頭。「好好的怎麼忽然病了啊？難不成妳和岩嶺一樣晚上還踢被子？」

顧綿綿嘿嘿笑了兩聲。

她沒有踢被子，只是洗了冷水澡，半夜又把窗戶打開吹風而已。

顧綿綿這病就算不請大夫，過個四、五天也能自己好了。吳遠知道她的意圖，開的藥方不僅不能治病，說不定還能把她的病情拖一拖。為此，吳遠特別讓自己的藥僮親自配藥送到顧家。

第二章

第二天，吳遠又來了，顧綿綿看起來更憔悴了。可不嘛，她本來就病了，昨天還只吃了一頓飯。

吳遠一把脈就明白發生了什麼事，心裡覺得好笑，又不能戳破。

阮氏十分擔心。「小吳大夫，我們姑娘怎麼樣啊？」

顧綿綿忽然道：「二娘，早上的粥還有嗎？我想喝粥。」

阮氏聽見顧綿綿終於想吃東西，立刻忙不迭地去了廚房，屋裡就剩下吳遠和顧綿綿，還有一個藥僮。

顧綿綿看向吳遠，輕聲道：「小吳大夫，多謝您。」

吳遠嗯了一聲。「姑娘，這個法子不能長久用，傷身子。」

顧綿綿沒想到他這麼耿直，很是不好意思。「小吳大夫，我也是逼不得已。」

吳遠又嗯了一聲。「姑娘，我只能幫妳拖幾天，後面還是要想別的法子。」

顧綿綿急忙道：「小吳大夫，能拖幾天、算幾天，我不想做妾。」吳遠願意幫自己這麼大的忙，顧綿綿也不想藏掖著，索性開門見山。

吳遠見她神色著急，輕聲道：「姑娘放心，在下不會說出去的。」

顧綿綿點頭。「多謝您。」

正好，阮氏進門了，端著一碗粥。「綿綿，還是熱的呢，快喝了。」

顧綿綿肚子餓極了，但為了裝病人，她只能隨便喝兩口，然後強迫自己推開飯碗。「二娘，我吃不下了。」

吳遠正在寫藥方的手頓了一下，一個字也沒說，繼續寫藥方。

顧綿綿病得起不來身，顧季昌急得嘴角冒泡，張大人本來以為她裝病，還派人特意去吳家打聽。幸好因著小吳大夫一向為人方正，他說顧姑娘病了，大家還真不懷疑。

吳遠一走，顧綿綿就想到了個新辦法，她先叫來了薛華善。「大哥，我需要你幫我個忙。」

薛華善見妹妹病得小可憐模樣，心裡十分心疼。「妳說就是。」

顧綿綿對他招手，薛華善把頭湊了過去，顧綿綿對著他耳語一陣子，薛華善瞪大了眼睛。「妹妹，這、這能行嗎？」

顧綿綿又躺了下去。「我的病總是會好的，到時候怎麼辦？不如就著這病想想辦法，不破不立，總比乾著急要強一些。」

薛華善在屋裡轉圈圈，然後又坐到了床邊。「妹妹放心，這事交給我來辦。」

顧綿綿低聲囑咐。「大哥小心，務必不能讓人知道話的來源是你。」

薛華善點頭。「妹妹放心。」

薛華善自小耳濡目染，因此對衙門裡追查謠言的手段一清二楚，他自然也知道用什麼方法能繞過衙門的追蹤。

就在薛華善做準備的時候，吳遠第三次上門問診。

阮氏有些焦急。「小吳大夫啊，我們姑娘這兩、三天一點不見好，您看是不是要換些別的藥吃？您放心，我家官人說了，貴一些也沒問題。」

吳遠看著因為生病和餓肚子越來越憔悴的顧綿綿，對阮氏道：「顧太太，姑娘生病，不能大補，每日用些清淡的湯飯就好。」

他看似對阮氏說話，實則是在告訴顧綿綿，也別總是餓著，吃點稀飯什麼的。

阮氏點頭，立刻對旁邊的薛華善道：「華善，你在這裡看著，我去廚房給你妹妹弄些吃的。」

阮氏一走，吳遠看了一眼顧綿綿，又看了一眼薛華善。

顧綿綿會意。「小吳大夫，您有話只管說，我大哥和我一向無話不說。」

吳遠握拳在嘴邊咳嗽了一聲，然後當著薛華善和藥僮的面，從懷裡掏出用油紙包著的兩張素餡餅。

吳遠把餡餅遞給顧綿綿。「姑娘，這是在下剛才路過街邊時，覺得味道還不錯，就給姑娘帶了兩個。否則總是喝稀的也不頂用，趁著顧太太不在，您快些吃了。」

說完，他從桌上給顧綿綿倒了一杯熱水，放在床前的小凳子上，然後把帳子放下，連同那張凳子也蓋住了，這樣大家就看不到顧綿綿吃東西的樣子。

薛華善看得目瞪口呆，藥僮也彷彿不認識他一樣張大了嘴。

吳遠大大方方地坐在了桌子旁邊，自己給自己倒水。「醫者父母心，姑娘這樣受苦，我是大夫，今日送的不是餅，而是藥。」

好吧，薛華善承認，小吳大夫這個理由很好。不然他就要準備好好問問小吳大夫，你一個年紀輕輕的大夫，特意給我妹妹送吃的是什麼意思？

帳子後的顧綿綿看著手裡的兩張餅，心裡有些感動，小吳大夫果然是個慈善人。不光慈善，還心細。

她本來想客氣兩句，可自己的肚子不爭氣的咕嚕叫了起來。

啊啊啊啊！她第一次發現，素餅原來這麼香……

顧綿綿投降了，對著帳子外道：「多謝小吳大夫。」

吳遠回頭看了一眼帳子上面掛的銅鈎子，微笑道：「姑娘快些用，顧太太快要來了。」

顧綿綿兩張餅就著熱水下肚，她覺得自己終於活過來了。

等阮氏送來了一碗米湯，顧綿綿勉強喝了幾口。

吳遠站起身。「顧太太，病來如山倒，病去如抽絲，姑娘仔細些養著，過一陣子慢慢就好了。若是急著讓她好而下猛藥，病根除得不乾淨，反倒不好。」

薛華善斜眼看了吳遠一下，心道：你一個大夫，說起謊來倒是順暢。

阮氏對著吳遠一再道謝，吳遠帶著藥僮離開了顧家。

等吳遠一走，阮氏去廚房收碗，顧綿綿撩開了帳子。「大哥，你去忙你的吧，我這裡不用你守著。」

薛華善撓撓頭。「我都想不到悄悄給妳買些吃的。」

顧綿綿笑道：「小郎的鼻子和小狗一樣，你行動間就被家裡人發現，哪裡是那麼容易的？」

正說著，顧岩嶺就真進來了。他才到門口，就疑惑地看了一眼屋子裡面。「姊姊，為啥妳屋子裡有一股菜餅的味道？」

顧綿綿摸摸他的頭。「小郎想吃餅了？讓大哥帶你去買吧。」

顧岩嶺立刻搖頭。「姊姊還病著呢，我沒有心思吃。」

顧綿綿噗哧笑了。「快去吧，別裝了，我還不知道你？」

顧岩嶺立刻嘿嘿笑。「我給姊姊留一個。」

薛華善笑著把他拎出了西廂房，和阮氏打過招呼後，帶著顧岩嶺上街去了。

吳遠剛走出顧家沒多遠，忽然覺得汗毛倒豎，他憑著本能感覺有一道銳利的目光在盯著自己。

吳遠轉過身一看，馬路中央靜靜立著一匹馬，上面坐著的少年面如冠玉，臉上帶著燦爛的笑容。

吳遠仔細看了看，是沒見過的生面孔。青城縣什麼時候有了這麼出色的少年郎？而且，他雖然臉上帶著笑，眼底卻毫無溫度。

我與他素不相識，為何對我抱有敵意？

但人家正對著自己笑，吳遠心裡迷惑，卻也只能客氣地回了個笑容。

坐在馬上的衛景明心裡暗罵，緊趕慢趕，還是讓這個呆子先一步去顧家登堂入室了。

衛景明見吳遠回了笑容，立刻下馬抱拳鞠躬行禮。「這位兄臺，敢問縣衙往哪裡走？」

衛景明上輩子在青城縣混了那麼久，閉著眼睛都能摸到縣衙去，這會兒不過是為了找個理由搭訕罷了。

吳遠心裡安慰自己，這樣懂禮，定不是什麼惡人，想來是有些人天生目光犀利一些。

然後，吳遠客客氣氣地告訴衛景明怎麼去縣衙。

衛景明始終面含微笑，小雞啄米一樣點頭，等末了，再次鞠躬道謝。「多謝兄臺，在下衛景明，從京城而來，投奔親戚。敢問兄臺姓甚名誰，在下安頓好了之後，必定上門拜訪。」

吳遠平日交際不多，愣怔了一下才抱拳回禮。「在下姓吳，昌隆街吳家藥房，衛兄去了一問便知。」

衛景明笑咪咪地和吳遠告別。「來日定去叨擾，今日還有要事，先告辭。」

辭別吳遠後，衛景明牽著馬往縣衙去。想著剛才吳遠那有些呆愣的表情，衛景明心裡也起了一絲波瀾。

既然我重生而來，定要救一救這個呆子，不能再讓他英年早逝。

衛景明很快到了縣衙，門房一看他的氣勢，立刻點頭哈腰來行禮，聽說是京城來的，慌得趕緊去通報。

張大人聽說有個從京城來的華服俊美少年找自己，不敢慢待，趕緊過去見他。

衛景明上輩子做了十幾年錦衣衛指揮使，雖然他一直掩飾，張大人還是感覺到了此子定是來歷不凡。正急於升遷的張大人彷彿看到了一條金燦燦的粗大腿，只要抱上去，立刻就能升官發財做首輔。

張大人立刻主動抱拳行禮。「敢問這位公子仙居何方？」

衛景明並沒有回答他的問題，而是先從懷裡掏出一封信，笑著遞給張大人。「張大人好，在下衛景明，從京城而來。這裡有書信一封，還請張大人過目。」

張大人接過信，拆開後一目十行看完，頓時激動得熱淚盈眶。這是京城某位侍郎大人的手書，請他代為照看故人之子。

侍郎大人一手好字，滿天下沒幾個人不認識，且上面還有他的印信。

張大人頓時高興壞了。這種私密之事，大人能想到我，看樣子是還記得我啊！但他哪裡知道，對於衛景明來說，偽造這些東西簡直是手到擒來。反正山高皇帝遠，侍郎也不知道。

張大人立刻拉著衛景明的手。「賢姪遠道而來，快隨我進去，我們一起痛飲一番。」

誰知衛景明卻拒絕了。「不敢不敢，張大人言重了，叔父說了，我到了張大人這裡，請您給份差事，趕馬也行，掃地也行，只要有口飯吃就可以。」

張大人還要拉衛景明去喝酒，衛景明再三拒絕，張大人只能問他。「賢姪想要什麼差事？這縣衙裡有的，只管挑。」

旁邊許師爺提建議。「大人，衛公子風姿朗潤，卑職看不如去皂班？」

張大人也覺得好，皂班要負責儀仗，長相普遍好一些。

衛景明像個普通少年一樣撓撓頭，有些不好意思的討價還價。「大人，我能不能去快班？每天去巡大街，多威風啊！」

張大人頓時笑了，心想：果然還是個孩子，喜歡熱鬧。

「那好吧，老許，你帶他去找顧季昌。」

許師爺親自帶著衛景明去了快班，正在愁眉不展的顧季昌見到許師爺，立刻站起身。「許大人好。」

許師爺摸了摸鬍子。「顧班頭啊，這是大人親戚家的孩子，就放在你這裡了，巡街的時候帶他出去看看，務必要保證安全。」

顧季昌心裡極度不情願，這是哪裡來的大少爺啊？我哪裡有工夫伺候他，難道這是張大人給我穿的新小鞋？

不管有多不情願，顧季昌還是接下了衛景明。

等許師爺一走，衛景明端起人畜無害的笑臉，先給顧季昌抱拳行禮。「晚輩衛景明見過顧叔。」

顧季昌連忙閃身到一邊。「衛少爺客氣了，你叫我班頭就好。」

衛景明再次趕到他正前方行禮。「顧叔您太客氣了，我不過是個無父無母來投親的孤兒，家無恆產，哪裡是什麼少爺？我看您就覺得親切，以後還請您多多照看。」

聽說他無父無母，顧季昌心裡起了些憐惜。「你新來乍到，這幾天先跟著我熟悉一番，過一陣子開始領差事吧。」

衛景明再次行禮。「多謝顧叔。」

誰是你叔？想到衛景明怎麼說也是張大人的親戚，顧季昌心中嘟囔。

有人送來了衙役服，衛景明歡快地把自己那一身華服換掉。「顧叔，今日我們去哪裡？」

頓時讓顧季昌覺得這少年雖然長得好看，卻有些憨。「你今日先安頓，明日再來吧。」

這邊顧季昌正在為張大人送來的美少年頭疼，那邊薛華善開始行動了。

他知道，今日晚上義父當值，肯定不會回家。

天黑之後，顧家人都歇下了。

忽然，東廂房的門悄悄開了，顧綿綿立刻跟著悄悄起身，走出了房門口。

薛華善藉著淡淡的月光對她揮手，示意她趕緊進屋，顧綿綿知道自己這兩天身子弱，不適合跟著一起去，只能揮揮手，意思讓他小心，然後看著他翻牆而出。

顧季昌一直緊抓薛華善的功課，除了讀書識字、學寫公文，平日拳腳功夫也沒落下，顧家的院牆對薛華善來說，輕輕鬆鬆就能翻過去。

薛華善以為自己做得隱密，沒承想黑夜中有另外一雙眼睛正在盯著他。

衛景明站在離顧家不遠的一棵大樹上，靜靜地看著顧家的小院。

剛才顧綿綿走出西廂房時，他看著那個纖細的身影，差點忍不住哽咽出聲。

他想起上輩子十幾年宮牆裡的守候，還有在她墳前結廬而居十幾年的孤獨。現在，她又活生生地站在不遠處的地方。他忍住了衝動，靜靜看著不遠處的倩影又回了房間。

等薛華善走遠了，衛景明忽然如同影子一般跟著他飄了過去。

薛華善到了城外，把自己打扮成個乞丐，掏出一個破酒壺，一邊醉醺醺地走，一邊偶爾往嘴裡灌兩口酒。

有乞丐碰見了，立刻來搶，薛華善假裝喝醉了，倒在了一邊。那幾個乞丐長期沒酒喝，酒量都很小，沒幾口都有些醉意，居然沒發現多了個乞丐，反正這裡乞丐來來去去一直變化。

就在這時，薛華善「醒了」，開始和那幾個乞丐東拉西扯，沒過多久，他又搖搖晃晃地走了。

衛景明一直守在不遠處，等薛華善走後，他便把那個破酒壺扔進了護城河裡，然後跟著他回了顧家。等顧家兄妹倆徹底歇下，他才悄悄潛回自己剛剛租來的住處。

剛才薛華善和乞丐們說的話讓衛景明十分震怒。

張大人是個什麼狗東西？居然敢強娶綿綿做妾？

要是放在上輩子，衛景明現在就直接去把張大人的狗頭剁了。但他重生而來，不想再造殺孽，他要為自己和綿綿積福，只得另尋方法。

黑暗中，衛景明的雙眼十分明亮。

他原以為自己會守墓守到死，沒想到一夜醒來，他又變成十幾歲的那個美少年。他沒有被誣陷為盜匪，沒有為了救綿綿而淨身入宮，也不是什麼錦衣衛指揮使。最讓他驚喜的是，他一身出神入化的功夫沒消失，也跟著他一起回來了。

上輩子衛景明父母早逝，因為長得好看，總是被人覬覦。剛重生回來時，有個富貴人家子弟想讓他進府做男寵，衛景明手起刀落切了他命根子，奪下他的馬和錢袋子，直奔青城縣。

半路上，衛景明算了算時間，偽造了一封某位即將倒臺的侍郎的書信，張大人果然深信不疑。他比上輩子早了一陣子到青城縣，那時並未聽說有強娶綿綿一事，難道這輩子許多事情發生了改變？

衛景明坐在躺椅上，不管上輩子是什麼樣，現在他來了，自然不允許別人再傷害綿綿。

想著想著，衛景明就睡著了。

第二天早晨，他還是有些不大習慣身體的某種變化。他當了幾十年太監，一心只想守護那個人，毫無雜念。現在又變回完好的男兒身，每天早上小明都會提醒他，你是個大好男兒，一身本事，不要再想著去當太監！

衛景明覺得渾身火燒火燎，立刻起身洗了個冷水澡，然後穿上衙役服，端著笑臉出門去找地方吃飯。

就在他吃飯的工夫，就聽見有人在竊竊私語。「聽說顧小姐病得起不來身了。」

旁邊有人接道：「我聽人說，顧家女可能和縣太爺八字不合。她雖有什麼一品誥命的命，現在還什麼都不是呢，就被那位壓住了，所以一病不起。」這人說話的時候，指了指縣衙的位置。

又有人接口。「我還聽說，要是真過了門，這互相不合，說不定那什麼一品誥命的命也就沒了，搞不好還會刑剋呢。」

很好，才一個晚上，流言就起來了，小縣城的百姓傳播流言的速度一點不比京城裡的人慢。

衛景明安靜地吃著麵，中途還讓老闆多加了一次湯。老闆見這小夥子長得這麼好看，還主動多給他撈了一些麵。

那些傳小話的人這才看到有衙役在此，立刻閉嘴。

等到了衙門，衛景明直奔顧季昌的公房，見到愁眉苦臉的顧班頭正準備出門。衛景明連忙行禮。「見過顧叔，您這是要去哪裡？」

顧季昌值了一個晚上的夜，剛才又聽到了滿大街的流言，頓時心裡發苦。女兒病成那個樣子，他能不心疼？可恨張大人並不在意女兒的死活。

顧季昌實在沒心情照看這個張大人的親戚，對著衛景明擺擺手。「你今日就先在縣衙逛逛，我先回家去了，下午再來帶你一起出去。」

等回到了家，顧季昌努力擠出笑容，進了女兒的屋子。「綿綿，今日感覺怎麼樣了？」

顧綿綿這幾天因為不怎麼餓肚子了，精神好了一些。「爹，我好了一些，您值了一晚上的夜，快去歇著吧。」

顧季昌溫聲囑咐她。「妳也多歇著些，不要出門，需要什麼讓妳大哥去給妳買。」

顧季昌一邊想讓女兒多病一陣子，一邊又心疼女兒生病，真是操碎了一顆老父親的心。

顧綿綿沈默了片刻，心裡有些愧疚不該瞞著父親把自己弄成重病。「爹，您放心吧，我很快就會好了。」

顧綿綿放出了那樣的流言，不信張大人一點不顧忌。

可不，張大人也正在想這個事情。「老許啊，本官只是納個妾，怎麼總是一波三折？」

許師爺摸了摸鬍子。「大人，想來此女命格重，與旁人不一般。」
張大人有些不高興。「要是顧家早些答應了，哪裡會有這麼多事情。」
許師爺思索了一下這話的意思，有些吃不準。「大人您看，如今要怎麼辦合適？」
張大人揮了揮袖子，哼了一聲。「既然病了，讓夫人送些補品過去。真要是病狠了，先過門，說不得沖一沖就好了。」
這話正好被路過的衛景明聽到了，他的腳步沒有做任何停留，繼續往前走。
顧季昌說讓他熟悉縣衙，他真的就在縣衙裡閒逛起來。一路碰到許多人，不管認識不認識，衛景明都笑咪咪地和人家打招呼。
路過張大人的公房時，他的腳步變得很輕，且將自己的聽覺範圍放到最大，便捕捉到了張大人最後那兩句話。他臉上的笑容一點沒減少，眼神卻充滿狠意。
既然你不識抬舉，就回家賣紅薯去吧！
衛景明在縣衙轉了一圈，又回到了顧季昌的公房，把裡面略微打掃了一番，又把早上從大街上買的一些點心分給快班其他衙役們。
昨天快班的衙役們都在背地裡嘀咕，這小子白白嫩嫩的，能幹活兒？別回頭兄弟們的功勞都被他搶了。於是衛景明先用吃的堵住這幫衙役的嘴，大家吃吃喝喝的工夫，他還能乘機打聽一些縣衙裡的事情。
快班這幫人見他問的也不是什麼機密，吃人嘴軟，便將能說的都告訴了他。

衛景明之前把那個富家少爺的錢袋子搶了，昨天下午又賣了那匹駿馬，還把那套華服當了，手頭有近百兩銀子。他手上闊綽，立時要請大家吃酒。

大夥兒開玩笑。「衛兄弟，我們這群人肚子大，能給你吃窮了。」

顧季昌的跟班郭捕頭插了一句。「顧班頭不在呢。」

衛景明拍了拍郭捕頭的肩膀。「郭捕頭放心，今兒晚上我作東，請大家去青城縣最好的酒樓，顧班頭那裡，回頭我自有孝敬。」

有人笑著試探。「衛兄弟，我們快班的活兒又髒又累，回頭你可別跟張大人哭鼻子呀！」

衛景明哈哈笑。「我要是哭鼻子，就脫光了衣服跳舞給你們看！」

頓時，滿屋子人都哄笑起來。

衛景明也跟著笑，他以前做小太監時，宮裡競爭多激烈啊？大夥兒明著是兄弟，背地裡卻互相坑害插刀子。跟那些死太監比起來，這些衙役實在是太單純了。

衛景明一邊和快班裡的人稱兄道弟，一邊還在打聽外面的消息。

好傢伙，流言越傳越離譜，甚至有人說張大人命貴，一品誥命都壓不住他！

第三章

張太太得了張大人的吩咐，雖然有些不情願，還是打發人往顧家送了一些補品過去，並讓貼身的張嬤嬤去看了看顧綿綿。

張嬤嬤去了顧家之後回來。「回太太，老奴看過顧家小姐，確實是病了，並未作假。」

張太太未置可否。「妳下去吧。」

旁邊的張五姑娘道：「娘，您愁什麼？顧綿綿進了門，劉姨娘就老實了。論姿色、出身和年紀，她哪一樣也比不過顧家女。」

張太太嗔怪她一句。「妳小孩子家家的，別管家裡這些長輩們之間的事情。」

張太太有些發愁，這個女兒是老來女，被她和張大人慣得有些目中無人，脾氣大也就罷了，可她偏偏才幹不足，又怕人家輕視她，什麼事都要管一管，賣弄自己的本事。

張大人納妾，張五姑娘比張太太還上心。她一心巴望著顧綿綿早點進門，一來把家裡的寵妾打壓下去，二來，張五姑娘原來看上了縣丞大人家的二公子，可縣丞大人一家子都看不上張五姑娘，也不知是哪個壞心眼的人在中間說了一句，張五姑娘論相貌連顧裁縫一根手指頭都不如。

這可捅了馬蜂窩，張五姑娘再三壓抑，心裡的怒火還是沒忍住，就往外傳了那一品誥命的話。她原本的意思是讓青城縣一干浮浪子弟上門騷擾顧綿綿，沒想到她爹卻第一個心動了。

事到如今已經無法回頭，張五姑娘就希望顧綿綿早日進門，就算她如花似玉，以後見了自己也要低一等。

張嬤嬤一出門，一向從不說髒話的阮氏也忍不住罵了起來。「黑了心肝的東西，人都病成這樣了，還不肯死心。進門後萬一沖不好，我們姑娘就活該倒楣？」

阮氏心裡清清楚楚，兒子只有這一個姊姊，給縣令做妾有什麼好處？過幾個月跟著姓張的離開，一輩子都見不了面。嫁在本地，好歹還能走動，互相照顧。

顧綿綿和薛華善都沈下了臉，看來這姓張的是不肯死心了，拚著被剋，也要納妾！

其實張大人現在，不光是為了那莫須有的命格之事。

到了現在，若是不能讓顧家女進門，他這個縣太爺的臉往哪裡放？別說只是病了，就算死了，牌位也得給我抬進門！哼，不識抬舉！

張大人喝了口茶，命格的事虛，他想往上爬，還是得和上面搭上關係。他想到昨天才來的衛景明，真是打瞌睡遇到了枕頭啊。

張大人當天給大夥兒都放假，讓他們都跟著衛小哥去吃酒。

衛景明酒量好，和大家拚酒拚得天昏地暗。

快班的這些衙役都是糙漢子，發現這衛兄弟雖然長得好看，卻不是個娘娘腔，不光能喝酒，拳腳功夫還不錯，最重要的是，並沒有瞧不起他們這些衙役，頓時都起了結交的心思。

張大人不著急和衛景明套近乎，只是加快了納妾的步伐。

張太太把屋子都安排好了，讓人上門，按照納妾的正經規矩下禮，連日子都選好了。

張家也沒提前和顧家打招呼，連個媒婆也沒請，只讓張嬤嬤大張旗鼓帶著東西過來。

張嬤嬤讓人把東西放在顧家小院，對阮氏道：「顧太太，這是我們太太的一些心意，謝顧班頭和顧太太辛苦養育女兒一場。」

張嬤嬤來之前得過張五姑娘的吩咐，故而態度十分傲慢。

阮氏氣個倒仰，什麼叫謝我們養女兒？我們養女兒難道是為了你這點東西？後娘本來就難做，外頭人不知道還以為是我要賣女兒呢！

阮氏強忍著沒罵人。「張嬤嬤，如何不使人提前來送個信？」

張嬤嬤道：「顧太太，這不都是說好了的事情？再說了，顧班頭都點頭了，太太雖說生了兒子，姑娘卻是原配生的，太太難道要攔著她的好前程？」

阮氏氣得渾身發抖，她平日最恨人家離間她和繼女以及養子之間的關係。

顧綿綿穿著一身白衣出來了，手裡還拿著針線筐。「二娘，您和這老貨囉嗦個啥？我看她不大會說話，我來把她嘴巴縫上。」

說完，她欺身走向張嬤嬤。「妳這老婆子，我二娘雖說是後娘，從來不曾刻薄我和大哥，妳如何敢不敬她？好前程？什麼好前程？我顧綿綿就算做一輩子老姑婆，也不給那些腌臢的糟老頭子做妾。」

張嬤嬤聽見她說張大人是腌臢的老頭子，頓時氣得的用手指著她怒斥。「妳敢這樣侮辱張大人？」

顧綿綿忽然把針線笸扔到地上，左手一把捏住張嬤嬤的脖子，右手揮針。「妳一個奴才，狗仗人勢，就敢到我家裡來耀武揚威，既然不會說話，這張嘴就別要了！」

說完，她手上的針快速扎到了張嬤嬤的下嘴唇上，張嬤嬤立刻疼得嗷嗷叫。

平日裡看著病懨懨的顧綿綿，五根手指卻跟鐵鉗一般，牢牢抓住張嬤嬤的脖子，讓她掙脫不開，那針頭也扎到了張嬤嬤嘴裡。

阮氏見狀，立刻過來拉開顧綿綿，搶過針自己去戳張嬤嬤。「張太太見了我都客客氣氣的，定是妳這狗奴才不尊張太太的話在外頭胡作非為。」

阮氏年輕，張嬤嬤年紀大了，哪裡是阮氏的對手。

二人妳推我擠之間，阮氏把顧綿綿推到了一邊。顧綿綿知道，二娘在保護自己的名聲。

抬禮品的人都驚呆了，立刻過來拉開了阮氏和張嬤嬤。

薛華善護在了阮氏和顧綿綿前面。「我們家沒有同意親事，還請你們把禮品抬回去吧。」

張嬤嬤被扎了嘴巴，摀著嘴道：「收了我張家的禮，生是張家人，死是張家鬼。」

顧綿綿用冷冰冰的聲音道：「張嬤嬤，我這針給無數死人縫過屍體，縫活人還是頭一回。上次用完了，我連洗都沒洗，上頭還有屍油呢。」

張嬤嬤嚇得差點一屁股坐到地上，然後連跌帶爬哭著跑了。

顧綿綿見張家如此不要臉，直接讓薛華善把張家送來的東西都送到當鋪賤賣，得來的錢分發給了城外的乞丐，說是張大人即將告老，臨行請大家吃酒。

這可把張大人氣壞了，他把顧季昌叫來，準備把他臭罵一頓。

誰知顧季昌這回不忍了，當場把手裡的刀一扔悲憤道：「好叫張大人知道，卑職雖然只是個衙役，卻也不是個軟骨頭。卑職要真是指望賣女兒，當初早就答應府城同知家的求親。同知大人和卑職年紀相當，已經是五品了！這狗屁班頭我不做了，明日我就帶著女兒進京城，乾脆把女兒送給那些皇親國戚，從此就吃喝不愁了。」

這還是頭一次有人當面嘲笑張大人年近五十只是個七品，他氣得差點昏厥過去，用手指著顧季昌。「你、你，匹夫安敢！」

然而第二天，顧季昌就不來衙門了。

張大人本來想讓人拘捕顧季昌，被許師爺攔住了。「大人、大人，萬萬不能，衛家小子看著呢，要是被京城知道了，可不好收場。反正禮送過了，到時候直接去接人便是。」

既然已經鬧崩，顧綿綿讓薛華善繼續到外面放流言，什麼張大人強搶民女，張大人年紀大了不知檢點。但張大人似乎鐵了心，絲毫不肯放棄。

顧家人感覺到了一陣陣絕望，真要是張大人來硬的，顧家根本就沒法反抗。

吳遠也跟著操心起來，既然是他的病人，他得負責到底啊。

藥僮悄悄問：「少爺，您真看著顧姑娘去給張大人做妾啊？」

吳遠沒說話。

藥僮又問：「少爺，您是怎麼想的啊？要是、要是您有什麼想法，憑咱們家的家底，也不用怕那姓張的。」

吳家在青城縣能屹立不倒，是因為吳遠的祖父曾經做過太醫，在外頭還有些人脈，歷任縣太爺多少會給吳家一些面子。

吳遠想到顧綿綿看到他送去的吃食強迫自己扭開臉的小模樣，心跳忽然快了一下。

但提親的事不可為，一來爹娘不會輕易答應，二來，也過於突兀。

第二天，吳遠去顧家看診。

他告訴阮氏，姑娘因為身子差，又連日氣悶，出了水痘！

阮氏嚇壞了，她自己沒出過水痘，也不敢近身照顧，急得團團轉。

顧綿綿呆呆地看著吳遠。「小吳大夫，您如何這樣說？」

吳遠看著窗簾上的繡花。「姑娘，我打聽過了，張大人並沒出過水痘，這個時候，他定然不敢來硬的。出水痘是大事，總能再拖一拖，說不得這中間就出了什麼變故。」

薛華善看著吳遠，他隱隱察覺到了吳遠對妹妹那一絲的好感。不過這個節骨眼上，薛華善不想節外生枝，小吳大夫至少對顧家沒有惡意，還願意幫著遮掩。

吳遠抬起頭，對薛華善道：「薛公子，在下先回去了，姑娘這裡就交給您照看，沒出過水痘的，萬不能近身。」

吳遠回去後就把自己隔離開，他這樣煞有介事，那些懷疑的人頓時都偃旗息鼓。

衛景明知道火候到了，顧季昌不來衙門，他主動去顧家拜訪。

到了顧家大門口，衛景明感覺自己的心跳快了幾下。這幾天他每天白天打聽消息，晚上就來顧家牆外蹲守。趁大家都睡著後，他悄悄到西廂房房頂，靜靜坐在上面，聽著顧綿綿均勻的呼吸聲。有時候聽著聽著，他就忍不住掉眼淚。

他已經十多年沒見到活著的顧綿綿了，她就是他的命！

他強自鎮定，整了整身上的衣衫，很有禮貌地上去敲門。

來開門的是顧岩嶺，他好奇地看著衛景明。「大哥哥，你是誰啊？」

這個大哥哥真好看。

衛景明從懷裡掏出一隻小巧的機括鳥。「你是岩嶺吧？我是你爹的下屬，這個小鳥給你玩。」一說完，他把小鳥肚子底下的機括扭動了兩圈，小鳥撲騰撲騰飛了起來。

顧岩嶺高興地去追小鳥。

顧季昌聽見動靜，出來察看。

衛景明先行禮。「顧叔好。」

顧季昌點了點頭。「衛小哥好，你怎麼來了？」

衛景明端起笑容。「顧叔，您好幾天沒去衙門，晚輩有些擔心，就過來看看。」

顧季昌這會兒實在沒有精力和衛景明說閒話，況且他還是張大人塞下來的人。「衛小哥，多謝你來看我，我家裡事情多，回頭再敘吧。」

衛景明假裝沒聽懂他在趕人。「顧叔，我知道您的難處，晚輩不才，願為顧叔分憂。」

顧季昌勉強笑了笑。「多謝衛小哥，我無事，等我得閒了，再請你來我家裡玩。」

衛景明不退反進，湊到顧季昌面前低聲道：「顧叔可是在為一品誥命流言的事情著急？」

顧季昌抬眼看了他一眼。「多謝衛小哥關心，這是某的家事。」

正常人聽到這話就該知難而退了，但衛景明是誰，他的臉不光長得好看，臉皮更厚，聞言立刻紅了眼眶，差點擠出兩滴眼淚。「顧叔這話就見外了，晚輩無父無母，平日裡您對晚輩多有關照，如今您遇到難處，晚輩豈能袖手旁觀？」

顧季昌最見不得人家掉眼淚，頓時覺得自己的話有些過於生硬，趕緊安慰道：「小哥想多了，茲事體大，不是小哥能做主的。」

衛景明立刻把眼淚憋了回去，擠出個笑容。「顧叔，我真的有辦法，您相信我。」

顧季昌半信半疑，一時間混亂了。這小子平日裡聰明得緊，難道真的有好辦法？可張大人特別安排他到自己手下，他難道真不是張大人那邊的人？他不是張大人的親戚嗎？

「到屋裡說。」

衛景明跟著進了顧季昌正房，阮氏上了茶水，衛景明行禮致謝。「多謝嬸子。」

等阮氏一走，衛景明坐了下來。「顧叔，許師爺可是拿薛班頭之子的差事為難過您？」

顧季昌不說話，許師爺雖然有威脅之意，但現在問題已經不是薛華善的差事了，而是張大人要用強。「衛小哥，我意欲辭去差事。」

衛景明勸道：「顧叔，您可是老捕快，快班可離不開您。您要是抵死不同意，張大人一時半刻也不能直接把您攆回家，目前能拿捏您的，也就是薛家小哥的事情了。晚輩覺得，您倒不用急著辭去差事。」

顧季昌心裡忍不住稱讚，才來幾天，就把中間的關竅摸透了，果然是個聰明孩子。

衛景明知道，想取得顧季昌的信任，要先和他做自己人。「顧叔，要是您不嫌棄，晚輩可以幫您破了這局面。」

顧季昌假裝不在意的樣子。「你一個小孩子，能有什麼主意？」

衛景明低聲對顧季昌道：「顧叔，外人以謠言困顧叔，您也可以用謠言破謠言嘛。」

顧季昌正色道：「此話何意？」

衛景明抬頭看了看天。「顧叔可能不知道，咱們青城縣說起來也是龍興之地。當年太祖打天下，路過咱們青城縣，遇到好幾個義士，就是在這幾個義士的幫助下，太祖爺才能一統天下。如今青城縣既然有了一品誥命的好命人，龍氣再發，也不是不可能的事情！」

顧季昌心裡一驚。「可不能瞎說。」

衛景明神秘一笑。「顧叔，此事就交給我吧。」

顧季昌捏了捏刀柄。「衛小哥，你我非親非故，為何……」

衛景明聽到這句話，心裡像被刺了一下。不管顧季昌防備也好，不信任他也好，他都要想辦法護住顧家人，他們就是他的家人啊！

「顧叔可能不知道，這什麼一品誥命，定是小人嫉妒之言。晚輩因為相貌問題，時常被人指指點點，最恨人無事生非。顧叔放心，晚輩並無所求，只是路見不平而已。」

顧季昌還在思索他這話的真假。

衛景明卻再次道：「顧叔不用擔心，等我辦完了事情，您就知道我的誠心了。過兩天您要是聽到什麼話，千萬要說和自己沒關係。」

顧季昌有些顧慮。「你要做什麼？可別連累了你。」

衛景明笑道：「顧叔，我知道您還不大肯信我，但我心裡是想和顧叔親近的。要是我能辦成此事，還請顧叔以後不要再疏遠我了。」

顧季昌神色複雜。「你畢竟是張大人的親戚。」

衛景明笑了笑。「我的親戚要是知道他幹這不體面的事情，定然不會讓我來投奔他。」

顧季昌心裡疑惑，他為何不直接留在京城的親戚家，反倒跑個大老遠來青城縣這個鳥不拉屎的地方。但二人關係還不夠親近，顧季昌也不好多問。

說完正事，眼見到了飯點，顧季昌留他吃了頓飯，還讓薛華善作陪。

衛景明十分懂禮貌，一直客客氣氣的。

吃飽喝足後，衛景明對著顧季昌拱手。「晚輩先回去了。」

顧季昌點頭，只說了四個字。「你要當心。」

衛景明忽然對著顧季昌笑了開來，俊俏的少年郎，目光璀璨，笑容真誠，顧季昌覺得那一身衙役服穿在他身上彷彿也變成了綾羅綢緞。

出去的時候，衛景明憑著本能，察覺到了西廂房裡有人在偷看自己，還有輕微的竊竊私語。

「姊姊，我就說了，這個大哥哥長得可好看了。」顧岩嶺為了證明自己沒撒謊，非得拉著姊姊偷看。

「快閉嘴，一個男人，好看不好看有什麼打緊？」顧綿綿有些不好意思，她頭一次這樣偷看男人。

衛景明腳下差點趔趄。綿綿妳撒謊，妳上輩子就是先看上我這張臉！

他假裝不經意看了一眼西廂房，正好看到了紗簾縫隙裡兩雙好奇的眼睛。他眼底帶著溫柔的笑意，顧綿綿一驚，立刻縮回了頭。

辭別顧季昌，衛景明提前回了自己租的小院子。他脫去了衙役服，躺在躺椅上想問題。

張大人前幾日找衛景明，想和侍郎大人搭上關係，誰知侍郎第二封信又到了，言明三年後再敘恩情。

意思就是你現在別來找我。張大人頓時失望了。

衛景明晃了晃搖椅，他提前來了青城縣，希望一切還來得及。

他還記得上輩子第一次見到顧綿綿時，顧家正在給她挑人家，衛景明拚著自己俊俏、嘴甜、手腳勤快，還有個衙役的差事，成功打動了顧季昌，顧綿綿也羞答答的點頭同意。

兩人的婚事幾乎是板上釘釘，可還沒來得及正式訂親，一眨眼，他被誣陷為青城山盜匪，等他洗清冤屈回來後，顧綿綿已經去了京城。

阮氏哭著告訴他，官人和小郎的命被人家捏在手裡，綿綿她沒有辦法啊！

而顧季昌整日酗酒，他覺得是自己害了女兒。

衛景明心痛得差點昏厥過去，他衝到了京城，站在皇城下痛哭了一場。

當天晚上，他對著自己揮刀。三個月後，他成了皇宮裡一名雜役小太監，因嘴甜會做事，很快把自己運作到混得最差的顧嬪身邊服侍。

從此，二人一起面對宮裡的風雨和算計。

讓滿宮人都吃驚的是，進宮第一天就因為拒絕侍寢而失寵的顧嬪，跟前的大太監卻得寵了。

衛景明在顧綿綿那裡待了三年後，被調到了御前，一步步成為帝王心腹，最後掌了北鎮撫司，成為風光無限的衛指揮使。有他的庇護，一輩子無兒無女無寵的顧嬪在宮裡也無人敢欺辱。

他揉了揉心口，這輩子，他一定要占盡先機。

過了兩天，青城縣忽然又謠言四起。

青城縣又要出龍興之人了，一品誥命都不夠格相配！看，還沒進門呢，就總是生病！不光如此，還從青城山上滾下一塊大石頭，正好壓在官道上，大石頭上面刻了幾個字，潛龍出邸，天下昌盛！

張大人嚇傻了。這是誰在造謠？是誰要害他？顧季昌？

張大人立刻要把顧季昌捉來問罪，許師爺拚命攔著。「大人！大人不可衝動。顧季昌一個衙役，哪裡懂這些事情？」

張大人如同困獸一般。「老許，到了這個地步，不是他也得是他了。除了他，誰還會這樣和本官作對？」

許師爺張了張嘴巴，不知道該說什麼了。

顧季昌也聽見謠言，心裡正七上八下的，忽然就見縣衙來人要拘捕他，扣的帽子十分大，說他要造反。

來拿人的正是郭捕頭，他對顧季昌十分客氣。「頭兒，您放心，這事不是您幹的，肯定不能算在您頭上。張大人正在氣頭上，您就到那邊去住兩天，我們一切都給您安排妥當。」

顧綿綿套上外衣，蓬頭垢面出來了。「郭叔，您告訴姓張的，他要是敢把我爹怎麼樣，我今天立時就去他家門口吊死！」

郭捕頭嚇了一跳。「姪女，妳可千萬別衝動，都是謠言，早晚會過去的。」

顧綿綿當著所有人的面，從袖子裡掏出一把剪子，把烏黑的頭髮剪掉一把。「我顧綿綿今日在此立下誓言，要是給那姓張的做妾，有如此髮。姓張的要把我逼死了，他就是龍興之人了。除了龍興之人，誰還能把一品誥命逼死呢？」

衛景明藏在人群裡癡癡地看著顧綿綿，那眉眼，那生氣的小模樣，一點都沒變。

顧季昌對女兒道：「綿綿，妳別擔心，爹不會有事的，妳快回屋待著。」

至於女兒剪頭髮，顧季昌就跟沒看到似的，剪掉再長就是了。

因著人多，衛景明不好和顧家人說什麼，他只對顧季昌輕輕點了點頭，顧季昌雖然不明白他下一步準備怎麼做，還是決定相信他。至少，能想出那種流言的人，肯定是個心裡有成算的人。

顧季昌跟著郭捕頭走了，臨走前囑咐阮氏別擔心，自己就是去回個話，並讓薛華善看好門戶。

衛景明臨走前看了顧綿綿一眼，用口型對著她說，別擔心。

顧綿綿這會兒也顧不得什麼美男不美男的，心思全在她爹身上，只輕輕點了點頭，盯著她爹的背影滿是憂慮。

張大人還在氣頭上，讓人把顧季昌打三十鞭子。衛景明便主動要求領這個差事，郭捕頭忙不迭地答應了。

往常都是同僚，誰忍心去打顧季昌啊？這小子是張大人的親戚，他來幹最好！

衛景明說自己耍不好鞭子，怕大家笑話，讓大家都站到牢房外面去，別誤傷了大家。幾個衙役更不忍心看班頭挨打，臉色沈重地去了牢房外面。

衛景明拿起鞭子，手一抖，兩鞭子抽在了顧季昌後背。顧季昌疼得額頭冒汗，然而他很快發現，只有前面兩鞭子是實的，後面的鞭子只沾到他的衣裳，輕輕掃過皮肉，根本就沒打實。

外面的衙役們一看，好傢伙，這小子說自己不會耍鞭子，顧班頭的衣服都被他抽得稀巴爛，上面還隱隱滲血。

大家都別開臉，聽著鞭子揮舞過時的呼嘯聲，心裡都一抽一抽的。

顧季昌是多年的老衙役，鞭子還沒打完，他就看出來了，這小子怕是個練家子，這手鞭子耍得比自己還好。

平日裡看著像個孩子，卻這般深藏不露，到底是敵是友？

鞭子打完了，外頭幾個衙役進來兩個，走了幾個。

衛景明記下了各人的反應，然後從懷裡掏出一瓶金瘡藥。「顧叔，您忍著些，我給您上藥。」

衣服一扒開，整個後背都是鞭印子，其中兩道非常深。旁邊一個衙役不滿地看著衛景明，一把搶過藥瓶。「這個時候你來裝什麼好人？」

衛景明只是笑了笑，並未解釋。

張大人以為抓住了顧季昌，流言慢慢就能平復下來，誰知卻越演越烈。他左思右想，決定乾脆就把顧家女抬進門，這樣就不能說我逼死一品誥命，那什麼龍興之事，就是放狗屁了。

第四章

當天夜裡，衛景明悄悄站到了顧家牆頭上，西廂房還亮著燈。

衛景明一直等到正房和東廂房一點動靜都沒了，他才如影子一般飄到西廂房門口，猶豫再三，伸出手指輕輕扣了扣門。

顧綿綿本來就沒睡著，聽見敲門聲，立刻起身來開門。門一開，她吃驚地看著眼前的人。衛景明一身夜行衣裳，但那張禍國殃民的臉在昏暗的燭光下十分好辨認。

顧綿綿想說話，衛景明忽然一把摟著她的腰，把她帶進了屋裡，並隨手關上了門。

顧綿綿呆住了，第一次有人這樣唐突她。

到了屋裡之後，衛景明火速放開了她。

顧綿綿這才反應過來，立刻跳到旁邊，警惕地看著他。「你要做啥？」

衛景明張了張口，見她的樣子不像是和自己一樣重生而來，看來她什麼都不記得了。

衛景明心裡嘆氣：也好，都忘了吧。在那高高的宮牆裡，兩個人一個是太監，一個是到死都沒有承寵的嬪妃。等皇帝死了，他偷龍轉鳳把她弄出宮，兩個人才一起過了幾年好日子，顧綿綿因為在宮裡長期抑鬱落下病根，又一病沒了。

上一輩子的綿綿，過得不快活，這輩子一定要讓她快快樂樂一輩子。

衛景明輕聲道：「姑娘，妳別怕，在下沒有惡意。我來就是想告訴妳，顧班頭在牢裡很好，姑娘不要擔心。」

顧綿綿頓時有些著急。「我爹怎麼樣了？他什麼時候能回來？」

衛景明安撫道：「姑娘別急，顧班頭過些日子就能回來了，在那裡吃穿很妥帖。」

顧綿綿想起他剛才輕輕敲門，要是強人，可能就不會這麼客氣了，看來是自己誤會了他，連忙道：「多謝你。」

衛景明也沒想到，自己會一時衝動進了她的閨房，還做出那樣失禮的舉動。

燈光下，顧綿綿一頭黑髮披散在身後，身上穿著單薄的寢衣，雖不施粉黛，卻難掩天姿國色。

衛景明想到二人曾經在一起經歷過的風風雨雨，忽然鼻頭有些發酸，內心有千言萬語卻無法訴說。

雖然妳什麼都忘了，但沒關係，我又回來了，我還會一直陪著妳。

見他這樣目不轉睛地盯著自己，顧綿綿本來有些羞惱，又見他眼底似乎有些濕意，看起來很是傷感的樣子，心裡疑惑起來，這個人白長一張好看的臉，怎麼行為這般奇怪？

衛景明收起情緒，溫聲囑咐顧綿綿。「姑娘，這幾日先不要再有什麼舉動，免得激怒張大人，萬一他做出什麼不計後果的事情，姑娘平白受氣事小，牽扯到顧班頭便不好了。」

顧綿綿輕輕點頭。「多謝衛大人。」平日裡百姓都管衙役叫差爺，但顧綿綿看他年紀輕輕的，就改了稱呼。

衛景明哪裡在意這個，輕笑道：「姑娘不必客氣，等過幾日事情解決了，我再來看姑娘，姑娘定要保重身體。剛才是我唐突了，在下給妳賠罪。」

說完，他給顧綿綿鞠躬賠罪。

顧綿綿閃到了一邊。「衛大人不必如此，多謝您照顧我爹。」

大半夜的屋裡忽然多了個男人，還是個美男子，又給自己鞠躬，顧綿綿不免有些緊張。

衛景明看出了她的窘態。「我先走了，姑娘早些歇著。」

門悄悄開了，又被他隨手關上。他如影子一般飛走了，顧家其他人一個也沒驚動。

顧綿綿悄悄出門察看，發現早就沒了衛景明的影子。她只能熄滅了燈火，自己爬上床。

這個外地來的小衙役，不是張大人的親戚嗎？怎麼對自己家裡人這麼熱心？那流言到底是不是他放的？他不是說要幫我們，怎麼反倒把我爹弄到牢裡去了？他真是來幫忙的嗎？他來無影、去無蹤的，莫非是什麼高人？

敵友不明，可感受到的善意又不假，這讓顧綿綿有些煩躁。

那邊廂，剛回到自己的小院子裡的衛景明又躺到了躺椅上。

他抬起自己的雙手，剛才手下柔軟的觸感似乎還在，那溫馨的體香也若有若無地一直縈繞在他周邊。

這一切，定然不是一場夢。

衛景明無聲地笑了起來，賊老天，祢總算沒有一直辜負我。

轉天上午，衛景明又來了顧家。

阮氏急得上前詢問。「衛小哥，我家官人怎麼樣了？」

衛景明先給阮氏請安，然後安撫道：「嬸子別急，顧叔一切都好，我親自照看著呢。」

薛華善在一邊道：「義母，咱們進屋說吧。」

阮氏擦了擦眼淚。「你看我，糊裡糊塗的，衛小哥千萬別怪，家裡要不是有華善和綿綿，我一個人哪裡支撐得住？」

顧綿綿也略微整理了衣衫，把頭髮隨意攏上，跟著到了正房。

衛景明只看了一眼顧綿綿，然後撇開了眼，彷彿昨晚根本沒來過一樣。

他安慰阮氏。「嬸子，這當口，顧叔不在家裡也好。一來，張家總不好上門來搶人。二來，那什麼造反的事，顧叔人在監牢，張大人就算想找替罪羊，也不能找顧叔。」

阮氏這才放下心來。「多謝衛小哥幫忙。」說完，她給薛華善使了個顏色。

薛華善立刻往衛景明手裡塞了個荷包。「衛兄弟，那日你一來，我就覺得和你投緣，等義父的事情了結了，我請衛兄弟出去吃酒。」

衛景明有些哭笑不得，只得先接下了裝了銀子的荷包。「薛班頭高義，薛公子算起來是忠義後輩，能認識薛公子，也是我的福氣。」

薛華善連忙道：「衛兄弟客氣了，我一個無名小子，哪裡當得起你叫一聲公子？要是你不嫌棄，咱們兄弟相稱如何？」

衛景明來了興致，報上了年紀，二人一比較，衛景明大了幾個月，薛華善立刻鞠躬。「衛大哥。」

阮氏這時候能指望的只有衛景明，立刻把兩個孩子叫過來給衛景明行禮。如今連往日關係最好的郭捕頭，都不大上門了。

顧綿綿見他一副正經樣子，也只能聽從阮氏的話，屈膝行禮叫衛大哥。

衛景明心裡跟吃了蜜一樣。「妹妹客氣了。」

顧綿綿見他叫妹妹叫得很是親熱，心裡不禁嘀咕：這個人從頭到尾都奇奇怪怪的。

正說得熱鬧，孟氏來了。

她一進門就嚷嚷。「妹妹，可了不得了，求妹妹救命。」

阮氏面無表情。「嫂子來有什麼事情？」

孟氏一把鼻涕、一把淚。「妳大哥今日被人打了啊。」

阮氏吃驚。「大哥為何挨打？」

孟氏的哭聲卡了一下，阮老大在興盛街賣豬肉，因他妹妹嫁給了顧班頭，那條街都被他霸占了。昨天顧季昌進了監牢，立刻有別人來賣豬肉，阮老大去趕人家走，被人家兄弟合力揍了一頓。

孟氏繼續哭。「不過是和他們說幾句話，就動手打起人來。」
阮氏一聽就明白。「大嫂，興盛街那麼大，如今也該給人家分一些。」
阮氏心裡清楚，自家官人下了大牢，娘家大哥肯定不可能像以前那樣獨占一條街。
孟氏大哭。「都是你們家姑娘，好好的親事，為啥不早點答應？答應了一家子都跟著享福，有什麼不好？」
就在孟氏張大嘴抱怨顧綿綿的時候，忽然，房頂上的一片瓦掉了下來，帶下來一顆小石頭，正好砸在孟氏的嘴巴上，一下子就把她門牙打掉了。
孟氏先呆住了，然後哭得驚天動地。
顧綿綿一愣，隨即冷笑。「舅媽，我說過，我身邊有東西護著我，妳總是胡說八道，這回只是掉了門牙，下次就不曉得掉什麼了。」
阮氏心裡也疑惑，家裡的房頂才讓人收拾過，居然會掉瓦片？
她也不好明說，只得冷下臉抱怨。「大嫂，我家裡現在遇到難處，大哥、大嫂不說來幫忙，反來抱怨，這是什麼道理？」
孟氏心裡有些發怵，低聲嘀咕。「我又沒說錯。」
衛景明瞇起了眼睛，發現對面顧綿綿雙目炯炯盯著自己，立刻低下頭站好，假裝他是個路人。

阮氏很快把孟氏打發回家，衛景明在顧綿綿懷疑的目光中，帶著薛華善塞的荷包走了。

張大人想強娶，衛景明沒給他機會，流言迅速傳到府城，知府大人派人來問責。等閒謠言知府大人是不管的。牽扯到皇權，這可不能輕視！

張大人想把一切都推到顧季昌頭上，但府城來的人可不是傻子。「張大人，一個衙役，這會兒被你打個半死，如何有能力去造反？知府大人說，請你自己上請罪摺子。」

張大人急得頭上直冒汗。「這、這，真不是下官所為啊！」

張大人心裡清楚，他要是上了摺子，自己這輩子的前程就到頭了。

府城來的人得了知府大人的授意，一個七品縣令，說他造反多半沒人相信，但至少要把失察之罪扣到他頭上。

但張大人咬死了不承認，對方也不能直接把他鎖拿，立時又走了。

張大人急得團團轉，許師爺給他出主意。「大人，不如去問一問衛家小哥，看看能不能往上求一求。」

張大人立刻醒過神。「老許你說得對，我去找景明問問。」

這時衛景明正在牢房裡和顧季昌說閒話。

顧季昌身上的傷好得差不多了，他閉口不提那天鞭子的事，衛景明也就繼續裝好孩子。

他每天按時給顧季昌送來可口的飯菜，牢房裡打掃得乾乾淨淨，吃水、用水也都是乾淨的，馬桶一天倒一次，整個牢房裡一點異味都沒有。

顧季昌今天吃了頓可口的午飯。「多謝衛小哥這樣精心照看我。」

衛景明大剌剌坐在牢門口的凳子上。「顧叔啊，您整日忙碌，正好歇歇。我聽說府城派人來問罪，您放心，這事太大，牽扯不到您頭上去。要是有人來問，您只管裝苦主，就說張大人要搶您的女兒。」

顧季昌眉頭皺了起來。「茲事體大。」

聽見有人來叫，衛景明起身。「顧叔，我過去看看，您先歇著。」

顧季昌點頭。「你去吧，小心些。」這個年輕人絕對不簡單，有功夫、有手段，雖說不知是敵是友，但要是真的願意幫助他，現在也是唯一的救命稻草了。

張大人見到衛景明，一把拉住他的手。「賢姪，求你救命！」

衛景明立刻抽開手。「大人言重了，我一個小衙役，如何能救您。」

張大人也顧不得矜持了。「賢姪，剛才府城來人，看那意思，是要把罪名都往我頭上扣。賢姪，能否請求京城貴親幫我說幾句話，不然上頭真問罪起來，我吃不住啊。」

衛景明不肯答應。「大人，表叔說了，讓我不要去找他，要是我這個時候去說您的事情，萬一他惱怒起來，弄巧成拙可怎麼辦？」

張大人瞠目結舌。「賢姪，難道真要看著我人頭落地嗎？」

衛景明搖頭。「張大人，京城那邊就別想了，不過我可以給您出個好主意。」

張大人大喜。「賢姪請講。」

衛景明道：「張大人，事到如今，您這烏紗帽是保不住了，最重要的是保命。」

張大人頹然坐在椅子上。「賢姪，老夫不甘心啊！」

衛景明心裡冷笑，臉上神色仍舊未變。「大人，以卑職建議，您可以做兩件事情。第一，主動辭官，卑職說句不怕您生氣的話，只要您辭官了，一個年紀大了的老頭子，還怎麼造反？第二，關於謠言的事，您得找到造謠的人。」

許師爺在一邊道：「衛小哥，我們找過了，但總是撲朔迷離，現在唯一有嫌疑的就是顧季昌。」

衛景明覺得許師爺和他主子一樣蠢。「大人，怎麼沒有呢？那塊大石頭是從青城山上滾下來的，卑職覺得肯定是山上的盜匪異想天開想做皇帝，才弄出這個東西來。」

張大人頓時雙眼發亮。「賢姪說得對，肯定是青城山盜匪幹的。這些賊子，整日不幹好事！」

青城山太平了好多年，哪裡還有什麼盜匪？衛景明就是睜著眼睛說瞎話。

張大人和許師爺二人思及此都反應過來。沒有盜匪更好，上頭來抓也抓不到，就可以一直將罪名扣在盜匪身上。

張大人一拍巴掌。「妙啊！」

衛景明知道他的想法，只要把罪名栽贓給盜匪，自己說不定就可以不用丟官了。「大人，青城山有盜匪，大人也是有責任的。大人到任兩年多，可從來沒去剿匪過。」

張大人又傻眼，旁邊的許師爺給他遞了個眼色。

衛景明忽然冷笑一聲。「許師爺可是想把顧班頭當作盜匪送上去？」

許師爺尷尬地笑了笑。「衛小哥開玩笑了，是不是盜匪，總得大人審過之後才知道。」

衛景明大剌剌坐在旁邊的椅子上，拿起旁邊的果子吃了起來。「可惜啊，您晚了一步，我把這裡的情況都如實報上去了。」

張大人瞠目結舌。「衛小哥，我可曾薄待過你？」

衛景明笑著搖頭。「不曾。」

許師爺插話。「衛景明，如何這般坑害張大人？」

衛景明忽然起身，走到許師爺面前轉了兩圈。「許師爺啊，明明是你坑害他好嗎？既然給人做師爺，張大人糊塗的時候，你怎麼不勸著他？我明著跟你們說吧，造反這事，從來都是寧可錯殺一千，不可漏掉一個。你這一作假，你當上面查不出來？」

說完，衛景明一甩袖子就要走。「你們可別連累我。」

張大人急了，立刻拉住他的手。「賢姪，賢姪，求你救命。」

衛景明甩開手。「路我已經指了，就看張大人捨得捨不得了。」

張大人頹然坐到了地上，雙目空洞，他寒窗幾十年，剛剛做了縣令，難道仕途就此夭折嗎？

許師爺在一邊勸。「大人，這衛家小子未免小題大做，不過是盜匪的事情，何至於就辭官？」

張大人忽然暴起，給了許師爺一個巴掌。「你為何不早點攔著我！」

當天夜裡，張大人真寫了辭官奏摺。

而顧家，意外地迎來了另外一批客人。

還道是誰？原是吳家請媒人上門了！

吳遠聽說顧季昌被關，再結合縣城裡最近滿天飛的流言，斷定張大人可能要撕破臉。這個時候，張大人可能不會再強娶顧綿綿，但是有可能臨死拉個墊背的。對府城官員和張大人來說，顧家一家子的命，如同螻蟻一般。

想到此，吳遠便坐不住了，他先去找了吳大夫。

吳大夫很喜歡這個獨子，不但完美地繼承了自己的衣缽，而且比自己還有造化。不光醫術好，人品也很好。除了婚事上頭有些波折，別的地方簡直再沒有瑕疵。

吳遠進了吳大夫的屋子後，忽然有些不知道怎麼張口。他平日裡除了和父親討論醫術，也沒有別的交談。從小到大，他從來沒問吳大夫要過東西。

吳遠之前在心裡問過自己，真的要和父親開口嗎？算了吧，我和顧家非親非故的。

可吳遠腦海裡總是浮現顧綿綿有些驚慌又強行鎮定的眼神，還有她吃飽後滿足的小樣子，就和家裡那隻大花貓一樣，讓他每次都想摸摸她的頭。

吳遠輾轉了兩天，他一想到顧綿綿會落入老頭子之手，或者橫死街頭，他就覺得自己心裡非常難過。

我這是怎麼了？吳遠覺得自己病了。

正好，吳太太又來跟他嘮叨親事。吳遠不得不承認，藥僮說得對，他喜歡上了顧姑娘。有了這個意識，吳遠心裡又慌張、又羞澀。他總是發呆，等聽到外頭傳顧季昌下獄，他知道自己不能再等了。

吳大夫見兒子直挺挺站在面前，一句話不說，心裡奇怪。「遠兒，可是有事？」

吳遠嘴巴動了兩下，橫下心道：「爹，兒子有事相求。」

吳大夫立刻坐直了身子。好傢伙，兒子第一次這樣正式來求自己，他定要滿足他，年紀輕輕的，跟個老頭子似的無慾無求，他這個真老頭都看不下去了。

「遠兒想要什麼，家裡有的，你只管開口。」

吳遠垂下眼簾。「兒子……兒子想請爹，去顧家提親。」

吳大夫放下手裡把玩的物品。「誰家？」

吳遠重複了一遍。「顧家。」

吳大夫不敢肯定。「顧班頭家？」青城縣姓顧的不只一家，他怕自己弄錯了。

吳遠點頭。

吳大夫心想：完蛋了，兒子怎麼也喜歡上了那個「一品誥命」？夫人肯定不會答應啊。

吳大夫摸了摸鬍子。「我兒，顧家女不是要說人家了？」

吳遠抬頭看著吳大夫。「爹，還沒說呢，誰先說了，就是誰家的。」

吳大夫差點把鬍子扯掉幾根，兒子好不容易求自己一件事，就這樣駁回去，也不行啊，但是他也不敢貿然答應，只得委婉道：「就怕你娘不同意啊。」

吳遠抬起眼神。「所以，兒子來求爹。」

吳大夫氣得鬍子翹了起來。「你個賊小子！為了你娶婆娘，讓我去挨你娘的罵。」

吳遠的耳朵根忽然紅了，為了掩飾，他雙手抱拳鞠躬。「多謝爹！」

吳大夫忽然咧嘴笑了。「我還以為你小子要當和尚呢。」

兒子忽然開竅，吳大夫高興起來，哼著小調去找吳太太。

吳太太起先有些不想答應，畢竟顧綿綿的裁縫差事讓她有些恐慌，且現在和張家還有些瓜葛。吳家雖然不至於怕張家，但也不想和父母官為敵。

吳大夫勸吳太太。「妳整天發愁兒子不肯成親，現在他好不容易看上了一個，長得好看、命格又好，妳還矯情什麼？至於妳說的那什麼裁縫的事，我們不也時常給人接骨縫皮，不過一個活的、一個死的罷了。聽說『裁縫』身邊有東西護著，總能逢凶化吉呢。」

吳太太禁不起吳大夫的纏磨，最後答應了親事。等過了門，吳太太準備讓兒媳婦只關在家裡享福，不用出去接活兒。

阮氏看著吳家請來的媒婆，吃了一驚，等問明了來意，阮氏心裡有些想答應的。畢竟小吳大夫人不錯，吳家也是殷實人家，聽說人脈很廣，說不定可以把官人撈出來。

可這話阮氏說不出口。她知道，顧季昌絕對不會拿孩子們做任何交易。

阮氏笑著對來人道：「我家官人出公差去了，等他回來了，再給您一個答覆。」

媒人笑咪咪的。「應該的，這等大事，自然該一家人商議著來才行。」

媒人才走，顧綿綿聽說後，驚得目瞪口呆。

她想起小吳大夫幫她遮掩，悄悄給她送吃的，每次說話都細聲細氣的模樣。理智告訴顧綿綿，小吳大夫是個好人，要是能和他一起過日子，肯定能很和諧。

但顧綿綿總感覺少了些什麼。

薛華善聽說後反倒不奇怪，吳遠雖然從來不失禮，但他的所作所為，完全超過了一個大夫該做的。他也覺得吳家是個不錯的人家，還特意跑去問顧綿綿。「妹妹，妳覺得吳家怎麼樣？」

顧綿綿臉上毫無羞澀之意。「大哥，我還不想嫁人呢。」

薛華善猶豫了一下，還是實話實說。「妹妹，我說句大實話，這個時候吳家能上門，說明吳家是良善人家，不然誰會故意和父母官作對呢？」

顧綿綿慢慢撫摸自己的頭髮。「大哥，你的話沒錯，但我還是不想嫁人。我知道，很多人家其實是嫌棄我的。我生母早逝，還是個『裁縫』，且近來風頭太盛。」

薛華善有些不高興。「妹妹，有義母在，就算妳生母早逝，也不是無人教導。『裁縫』

怎麼了？妳是積德行善。長得好看又不是妳的錯，多少人想要還沒有呢！」

顧綿綿哼一聲。「嫌棄我才好呢！至少我能看出哪些人家是淺薄人家。」

薛華善本來想摸摸她的頭安慰，想想妹妹大了，又縮回了手。「妳別擔心，義父肯定會先問過妳的意思。」

顧綿綿順勢打岔。「也不知道爹怎麼樣了。」

薛華善跟著她的話走。「衛大哥悄悄告訴過我，張大人已經辭官，相信義父很快就能回來了。」

顧綿綿斜眼看向薛華善。「才認識多久，你們就好成這樣了？」

薛華善撓頭。「衛大哥說怕妳擔心，就沒告訴妳。」

顧綿綿心有疑慮，繼續摸著頭髮。「一切等爹回來再說吧。」

薛華善又道：「妹妹，小吳大夫人還是不錯的。」

顧綿綿把枕頭扔向薛華善。「你快些去把王姑娘找回來吧，別操心我的事！」

第五章

這邊顧綿綿兄妹倆拌嘴，那邊衛景明立刻知道吳家上門提親的事。

衛景明心裡暗罵：這個呆子，我這邊忙得很，又給我添亂！

罵完後，衛景明心裡又有些傷感。上輩子他和顧綿綿還沒來得及訂親，就被誣陷成盜匪。上頭來人要把顧綿綿強行接走時，就是那個呆子挺身而出，說自己和顧綿綿已經訂親，顧家女是吳家婦。

對方聞言，沒有貿然出手，然而沒多久，吳遠卻忽然暴斃身亡。

衛景明摸了摸懷中那個荷包，他認出那是顧綿綿的針線，把裡面銀子倒了出來，荷包放在懷裡捂著。他仔細摸了摸上面的一針一線，心裡卻想著吳遠。

呆子，別的我都能讓，就綿綿不能讓。上輩子本來就是我先求親的，只是還沒來得及過禮罷了。

衛景明知道，顧季昌不回家，阮氏不會答應親事，他得先想辦法把顧季昌照顧好。

張大人的辭職奏摺送上去沒多久，衛景明又去找他。

自從送上了辭職奏摺，張大人整個人似乎有了某種變化，雖然還有一絲對未來不確定的恐慌，眼裡的汲汲營營卻少了很多。

張大人讓衛景明坐下。「賢姪過來有什麼事？」

衛景明臉上的笑像個無辜的鄰家少年郎。「大人，顧班頭那邊，您準備怎麼辦啊？」

張大人臉上的笑容沒了，他始終認為是因為顧季昌的不識抬舉，自己才落得現在的下場。「賢姪，這些閒事你就別管了。」

衛景明坐在旁邊的椅子上，看著張大人。「大人，這怎麼能叫管閒事呢？您做了兩年多父母官，難道您不希望青城縣的百姓好？顧班頭多少年來兢兢業業，青城縣小偷小摸的事，都比別的縣少了許多。」

話雖有道理，張大人心裡還是不高興。

衛景明忽然轉移話題。「大人，貴府五姑娘說好了人家嗎？」

張大人有些轉不過來彎。這小子什麼意思？難道看上了我女兒？可你一個衙役，也不配啊！哦，他和侍郎大人有親，這倒是不錯……

衛景明一看就曉得他在打什麼主意。「大人，您不能光盯著公務，有空也看一看家裡。我聽說，貴府姑娘總是往齊家跑。」

張大人還來不及說話，他又嘖嘖兩聲。「話說齊家二公子確實不錯呢。」說完，他不等張大人回話，拍拍手起身。「卑職去看看顧班頭。」

衛景明當初就是靠著打探消息起家的，別人查不出謠言的來源，他兩天的工夫就查明白是張五姑娘所為。

衛景明懶得和一個蠢女人計較，便趁著張五姑娘還沒嫁人，先把張大人的烏紗帽搞掉，以後有的是時間讓張五姑娘去痛苦傷心。

張大人覺得衛景明話裡有話，他對家裡的事情從來不上心，都交給了張太太打理。難道家裡發生了什麼事情？張大人帶著一肚子疑惑回了後衙。以前衙役們查流言，誰也不敢去查縣太爺家裡，故而一直查不出什麼來。

張大人親自出手，很快便知道了自家蠢閨女幹的事情。

張大人氣得幾乎一佛出世、二佛升天，把張五姑娘叫了過來，兜頭給了她兩個巴掌。

「妳這個蠢材！」

張五姑娘最近一直有些害怕，因為衛景明在外頭放流言，說張大人老了，命太輕，不配一品誥命給他做妾，很快就要丟官回家。張五姑娘嚇得不行，漸漸也覺得顧綿綿命格重。她不過是隨口說出一品誥命的話，居然給老父親惹來這麼多麻煩。

現在被親爹打了，張五姑娘跪在地上嗚嗚哭了起來。「爹，我就是不服氣，我哪裡不如她了？齊家居然說我比不上顧裁縫一根手指頭。」

張大人瞇起了眼睛，齊縣丞家裡那個老二確實是不錯。他也曾暗示過，但齊家沒那意思，張大人自然不好上趕著。但他無論如何沒想到，自己這個蠢閨女居然上了心。

張大人心裡又惱恨起齊家來。小姑娘家家見到出色的少年郎，偶爾昏了頭也是正常，你們怎麼能說那種挑撥離間的話？

打過了孩子，張大人忽然又想起，這一陣子，齊縣丞對顧家的事從來不言不語，難道說他已經知道流言是自己的蠢女兒放出來的？這樣說來，自己威逼顧家的樣子都被齊縣丞看在眼裡？

張大人頓時羞愧得想找個老鼠洞鑽進去。哎喲！姓齊的說不定一直在心裡笑話我是個二百五呢！這口氣堅決不能忍！

張大人在屋裡走來走去，看見還在哭哭啼啼的閨女，一揮手。「滾回妳的房間去！再讓我知道妳去齊家，我把妳腿打折！」

張五姑娘捂著臉回房去了，全然不知她爹在想辦法報復齊縣丞。

這事瞞不過衛景明，他心裡有數，晚上笑著給顧季昌添了一大壺酒。「顧叔啊，您且再住一陣子，很快就能回家了。您放心，家裡我都給您照看著呢。」

顧季昌喝了口酒，又把酒壺遞給衛景明。「多謝衛兄弟！」

這聲兄弟讓衛景明差點給他跪下。「顧叔，您這叫錯了，差了輩分。」

顧季昌把酒壺放在小桌上。「我哪裡叫錯了？快班所有人都是我的兄弟。以後你也別叫叔了，就叫大哥吧！我還想著，衛兄弟你這回照看我，要是你不嫌棄，等我出去後，咱們結拜兄弟如何？雖然我們認識的時間短，但我看衛兄弟你是個豪氣之人，比我義兄薛正義也不差什麼。」

衛景明拿起酒壺咕嚕咕嚕灌了一大口，然後把酒壺重重地放在小桌子上。「我不管別人怎麼叫的，我就叫您叔！」

顧季昌搶過酒壺。「給你長點輩分有什麼不好？」

衛景明等他喝了一口酒，又把酒壺搶走了。「我喜歡當孫子不行？」

顧季昌的心往下沈。這幾日，他在牢裡左思右想，漸漸想明白一些事情。

衛景明長得好看，年輕，身手好，出手大方，在京城還有親戚，這種人必定來歷不凡，以後也大有可為。他為何要出手救我一個衙役？我有什麼東西可圖的？

顧季昌想來想去，覺得自家唯一的寶貝就是自己的女兒。

不是顧季昌吹牛，他覺得這天底下沒幾個男人見到自己的女兒會不喜歡。可他又不好明說，只能拐彎試探試探。

衛景明又何嘗不知顧季昌的意思？但他現在沒有別的辦法應對，只能先耍賴。至於後面要怎麼應對輩分的事，衛景明肚子裡轉兩個來回，就想到了好主意，他把眼睛盯上了薛華善。

顧季昌繼續喝酒。「衛小哥啊，這回多虧了你，不然我就要家破人亡了。」

衛景明假裝自己喝醉了，嘿嘿笑。「顧叔，等那姓張的走後，您還是班頭，到時候您帶我一起巡街抓小偷，我最喜歡抓賊了。」

顧季昌哈哈笑。「我年輕的時候和你一樣，最見不得小偷小摸。現在年紀大了才知道，小偷小摸算什麼啊？凡大惡之人，必定身居要位，那才是危害百姓呢。」

衛景明知道，顧季昌雖然是個衙役，但也有一顆忠君愛國之心。「顧叔，您別擔心，青城縣這龍興之地忽然又有了動靜，說不定就是我大魏朝中興之兆。」

兩個人你來我往，很快把一大壺酒喝光，衛景明乾脆倒在顧季昌的床上，和他一起擠了一夜。

犯人和差役睡在一起，這可真是天下少見。

再說那吳家，上門提親後，再也沒了下文。

吳遠這幾日心裡總是七上八下的，其實他自己心裡也清楚，顧季昌不在家，顧家不可能現在答應親事。但提了親，全青城縣都知道他看上了顧家女，能和他搶的，吳遠算算也沒幾個，更別說還有個張大人在一邊虎視眈眈。

自從吳家提親後，縣城裡的街坊們都開始看熱鬧。

吳家膽子不小啊！居然敢和縣太爺搶人。也不能說搶，縣太爺要納妾，吳家是做正妻。從名分上來說，人家吳家誠意足。但是張大人是官，吳家是民。嘖嘖，不知道顧家到底要怎麼選擇。

為此，賭場裡開始擺局，押吳家的人說，顧班頭都進牢房了，哪裡有女婿抓老丈人的；

押張大人的說，就是因為顧家不答應親事，顧班頭才進了牢房。

吳遠聽到這些混帳話很是生氣，又去找他爹。「爹，能想辦法把顧班頭撈出來嗎？」

吳大夫摸了摸鬍子。「張大人正在氣頭上，咱們家無官無職，去顧家提親已經觸了他的霉頭，顧班頭的事，還是要從長計議啊。」

吳遠無法，只得自己先上門拜訪。

顧綿綿這幾日也不裝病了，大剌剌坐在西廂房門口做針線活。她爹在牢裡受苦，她得給他做兩身好衣裳。

顧綿綿自從做了「裁縫」，每個月掙的錢比顧季昌明面上的俸祿還要多。畢竟能讓家裡人體面上路，誰家也不會小氣。衙役們的俸祿全靠縣太爺發，張大人那個小氣鬼，從來不會多給一文錢。

顧綿綿託薛華善買的好料子，給顧季昌做兩身夏衣，給顧岩嶺做一雙鞋，剩下的給薛華善做個荷包，再剩下的，嗯……給衛大人也做雙鞋吧！至少如今他確實是幫著家裡的，酬謝他每日辛苦照顧我爹也是應該。

聽說吳遠上門來了，顧綿綿有些不好意思。她正要回西廂房躲一躲，吳遠卻叫住了她。

「姑娘且等一等。」

吳遠先給從正房出來的阮氏行禮問好，然後走到顧綿綿面前，伸出兩根手指。「我給姑娘看看脈。」

這個理由極好，正好被一隻腳跨進門檻的衛景明聽見了。

這個呆子什麼時候這麼聰明了？

顧綿綿想說自己並沒有出痘，但吳遠卻微笑著道：「姑娘早些時候受了風寒，我看看好了沒。」

阮氏點頭。「綿綿，讓小吳大夫給妳看看。」

聞言，顧綿綿只能當著眾人的面伸出手。吳遠從針線筐裡拿出一塊布，裹成脈枕的樣子，放在顧綿綿的手腕下，當場開始看病。

衛景明看見吳遠那兩根手指頭搭在顧綿綿白淨的手腕上，心裡頓時酸得能釀二斤醋。

哼，你看病就看病，你耳朵尖紅什麼？你的腿悄悄抖什麼？

衛景明眼睛尖，一眼就看出了吳遠的異常。趁著吳遠診脈的工夫，他和阮氏以及薛華善打過招呼，又從懷裡掏出個小玩意兒送給顧岩嶺，然後站在一邊盯著吳遠。決定只要他再敢多靠近一步，就用小石頭彈他的膝蓋骨。

吳遠用心聽脈，他努力忽視手指尖溫軟的觸感，很快拿開手。「姑娘好得差不多了，還是要再養幾天。白天天氣好，可以多曬曬太陽，夜裡不要吹了風。稍後我讓藥僮送些藥過來，按時吃即可。」

阮氏客氣道：「多謝小吳大夫，華善，給診金。」

吳遠推了回來。「嬸子，我就是來看看，不要錢。」

阮氏笑了笑。「看病不要錢，吃藥總要錢。」

吳遠想了想，片刻後道：「給顧姑娘吃藥，不要錢。」

顧綿綿呆住了。大庭廣眾之下，小吳大夫怎麼說這樣的話？天啊，等會兒大哥肯定又要笑話她。

衛景明頓時酸到鼻子都歪了，只恨自己上輩子怎麼沒學點醫術。

忽然，他看到旁邊的針線笸裡有一雙鞋，他用眼睛一量，發現和自己的腳一般大。

衛景明大喜，也不顧那鞋還沒做好，高興地拿了起來。「妹妹，多謝妳給我做的鞋，這針線真好，我正好沒鞋穿呢！」

說完，他個臭不要臉的立刻把鞋套在了腳上。

顧綿綿急了。「衛大哥，那鞋還沒做好呢。」

吳遠剛才還熱騰騰的心瞬間涼了下來，他看看那雙鞋，又看看顧綿綿。

阮氏忽然發現有些不對，憑著本能出來解釋打圓場。「衛小哥，我家官人怎麼樣了？多謝你替我照顧官人，我本來說自己給你做雙鞋的，可惜手藝不大好，就把活兒交給了綿綿。我們綿綿手藝最好了，家常我都不用動手，一大家子的鞋襪、衣裳也都是她在打理。」

吳遠剛才暗下去的眼神又亮了起來。

衛景明臉皮其厚無比，彷彿沒聽見阮氏的話一般。「妹妹，這鞋真合腳，我都沒給妳尺寸，就做得這般好，可見妹妹用心。」

吳遠聽見他一口一個妹妹，略微有些刺耳。他已經認出來這是那天向他問路的人，頓時覺得這人有些無禮。

衛景明這些日子一直沒有去吳家，一來他有空就想來偷偷看顧綿綿，二來他也確實太忙了。他和吳遠早晚要為了顧綿綿爭起來，現在確實不好上門拜訪稱兄道弟。

顧綿綿沒想那麼多，笑道：「衛大哥，你快把鞋脫了。等我做好了之後，還請你把我爹的衣裳也給他帶過去。」

衛景明立刻脫了鞋，雙手遞給顧綿綿。「妹妹辛苦出力，怎麼還能讓妳破費給我扯料子？趕明兒我去買些料子送來。」

阮氏連忙道：「衛小哥客氣了，不過是一雙鞋罷了。」

衛景明笑咪咪的。「嬸子，我一個人在這邊過日子，吃喝也就罷了，隨便湊合。可穿的到哪裡去弄呢？我又不會做針線，腳上這雙鞋脫了穿、穿了脫，連個換洗的都沒有，缺了什麼只能去買，外頭買的，哪裡能有自家做的貼心？」

顧綿綿自小沒娘，且她娘因為是外地人，本地連個舅媽、姨母什麼的親戚都沒有。她爹這邊，祖母不管她，也沒有姑媽。阮氏沒來之前，她和薛華善的吃穿就是瞎糊弄，也是為此她才努力學習針線的。

聽見衛景明把自己說得這麼慘，顧綿綿心裡被勾起了一點同情心。「不過是一雙鞋，衛大哥不用客氣。以後你需要了，只管來說，我得閒了就給你做。」

衛景明笑咪咪地道：「妹妹病還沒好透呢，不好總是煩勞妳。妳放心，顧叔那裡好得很，我是來給他拿兩件換洗的衣裳，但人還在牢裡，這新的就先不要了，找兩件半舊的，只要乾淨就可以。」

然後薛華善又要給錢，衛景明推了回去。「兄弟，你這就是打我的臉了。我來了又吃又拿，怎麼能還要錢？快收起來，不然我生氣了。」

薛華善看了一眼阮氏，阮氏輕輕點點頭。「這晌午時候也到了，小吳大夫和衛小哥留下來吃頓便飯吧。」

吳遠臉上帶著微笑。「多謝嬸子，因近日有兩個病人要來複診，只能辜負嬸子的美意。改日有機會，定上門叨擾。」

阮氏笑著回道：「小吳大夫菩薩心腸。」

吳遠對衛景明道：「那日一別，竟再未見過衛兄弟，衛兄弟近來可好？」

衛景明鞠躬。「多謝小吳大夫關心，在下尚好，因著近來忙碌，也沒去貴府拜訪，是我的錯。」

吳遠仔細看了看衛景明的神色。「衛兄，我觀你眼窩有些青黑，可是身體有不適？」

衛景明那是熬夜熬出來的。每天到顧家來蹲到半夜，有時候都到了後半夜了，他還趴在顧綿綿房頂上聽人家姑娘的呼吸聲。等到了白天，他要在衙門裡忙忙碌碌，還要操心怎麼保護顧家人，怎麼避免前世那些悲劇的發生。雖然他年輕，功夫好，但總是這麼熬，正常人看不出來，吳遠從他的眼底還是看出來了一些。

衛景明聽到吳遠的話，心裡有些吃驚，他內功已經至出神入化的境地，常人都覺得他活蹦亂跳，這呆子居然能看出他近來睡眠不足，看來醫術果然不錯。可惜上輩子太早死，不然說不定也能成一代名醫。

不過現在說這話還太早，衛景明笑著拱手。「小吳大夫果然火眼金睛，我初來青城縣，總有些水土不服。白天吃飯吃不了太多，晚上睡覺也總是醒。」

吳遠繼續微笑，眨了一下眼。「衛兄弟可不能仗著年輕不愛惜身體，我這裡有個安神香囊，昨兒才做的，送給衛兄弟吧。」

說完，他從腰間取下那個香囊，遞給了衛景明。

衛景明心裡嘆氣：這個呆子，總是做些讓人不忍心傷害他的事情。罷了，除了綿綿，以後別的事情，都可以鼎力助他。

接過香囊後，衛景明再次謝過吳遠，也向阮氏道別。「嬸子，我就不留下來吃飯了，您把顧叔的換洗衣裳給我，我先回衙門。」

阮氏早就把東西準備好了，連忙拿出一個大包裹，裡面還有些顧季昌喜歡吃的東西。

「多謝衛小哥。」

衛景明接過包袱，和吳遠一起出了顧家大門。

兩個人一起走了一段路，衛景明先開口。「多謝小吳大夫替顧妹妹看病。」這話說的，彷彿他是顧家人，吳遠是外人。

吳遠又是一個微笑。「多謝衛兄弟照看顧叔。」吳遠覺得衛景明能喊叔，吳家和顧家也算多少年的老交情了，如今又在議親，自己自然也能喊聲叔。

衛景明被噎了一下。好小子，真是絲毫不讓，看來根本一點也不呆。

衛景明岔開話題。「小吳大夫什麼時候有空，我去貴府拜謝當日指路之恩。」

吳遠雙手背在後面，說話慢條斯理。「衛兄弟客氣了，不過是幾句話的事情，拜謝倒不至於。不過衛兄弟要是能來，在下倒履相迎。」

衛景明之前為了掩飾上輩子身居高位的痕跡，一直裝成個厚臉皮的少年郎，現在見吳遠老成持重，自己也不再偽裝。他身上的威勢一放出來，吳遠忽然又有了那天毛骨悚然的感覺。

吳遠吃了一驚，看了一眼衛景明，還是那個始終笑嘻嘻的少年，可眼神卻深不見底。不怪吳遠疑神疑鬼，上輩子衛景明掌北鎮撫司時，誰要是被他多看兩眼，就會跟吳遠一樣汗毛直豎。

衛景明臉上的笑容也變得讓吳遠看不透。「如此，過幾日衛某便去叨擾。」

二人互相拱手告別。

衛景明先走，吳遠在後面目送他。等他走遠了，那種被狼盯上的可怖感覺才漸漸消失。

那邊廂，顧綿綿繼續在西廂房門口做針線，心裡卻有些亂糟糟的。

小吳大夫每天來看病，卻什麼都不說，用自己的方式關心著她。說實話，放到哪裡，這都是個好男人。

連阮氏話裡話外也有玉成之意。「綿綿，小吳大夫可真是個貼心人呢。」

顧綿綿岔開話題。「二娘，舅媽家裡怎麼樣了？」

阮氏嘆口氣。「我現在只想讓妳爹平安出來，再把妳的事情解決好。我娘家那裡，無非是少些銀錢罷了。誰家還能一直吃獨食呢？我大哥、大嫂有些貪心了。」

顧綿綿最敬佩阮氏這點，腦袋清醒，從來不會為錢財而迷了雙眼，和她娘家大哥阮老大簡直不像是一個爹娘生的。

「二娘，聽衛大哥那意思，我爹應該不會有危險。昨日他就悄悄告訴大哥，張大人寫了辭職奏摺，等他滾蛋了，我爹就能回來了。」

阮氏聽了對天作揖。「那就好，保佑家裡平平安安的。」

顧綿綿又想到衛景明剛才的厚臉皮模樣，瞬間非常想笑，這個人真是白長了一張好看的臉，跟個二百五似的。不過顧綿綿也承認，每次衛景明來了，家裡歡聲笑語都不斷。

二百五衛景明這會兒正在大牢裡，他不允許別人靠近顧季昌，就怕吳家求親的事被顧季昌知道了，萬一他出去就答應吳家的親事，自己總不能把吳遠弄死吧？

顧季昌見他扛著一大包東西，趕緊起身。「衛兄弟來了。」

衛景明差點一跟頭栽倒。「顧叔，我求您了，別這樣叫我好不好，平白把我叫老了。我才十六歲，十六歲！」

顧季昌哈哈笑。「做兄弟還看什麼年紀？我看衛兄弟你樣樣出色，心裡歡喜，才想和你做兄弟的。」

衛景明心裡嘀咕：誰想和你做兄弟啊？我只想和岩嶺做兄弟！

「顧叔啊，我今日去您家裡了，顧妹妹身子好了許多，嬸子也沒有前幾日那樣焦急了。我給您帶了些換洗衣裳，還有些好吃的。」

顧季昌見四周無人，悄悄問：「我什麼時候能出去？」

衛景明小聲道：「顧叔別急，張大人辭官奏摺寫上去，上頭要批覆，這一來一回，且有的時間浪費呢！不過您放心，他不敢再來找您的麻煩。而且這會兒出去了，他還是父母官，您還要和他打交道，不如等他走了，顧叔再出去，到時候下一任縣太爺說不定也來了，顧叔被上一任縣太爺整治過，正好去投誠拜山頭。」

顧季昌看了衛景明一眼。小小年紀，卻這麼懂官場，肯定是個有來歷的人，萬萬要讓女兒離此人遠一些。

衛景明心裡苦啊！不操心吧，顧季昌要倒楣，幫著忙前忙後吧，他反倒懷疑我心裡藏奸……

第六章

張大人自從打定主意要坑害齊縣丞，每天就開始瞎琢磨。許師爺被他打了一耳光，眼見著張大人要告老，以後前程沒有了，也就沒有以前那麼殷勤伺候。

還沒等張大人想到好主意，他就聽到青城縣到處都在傳新的謠言。這次謠言可不一般，說是當初一品誥命的話是縣太爺的親女兒傳出去的，原因是被齊二公子嫌棄長得醜，故而嫉妒顧大姑娘的美貌，才傳了流言。

張大人氣得又把女兒罵了一頓，冷靜後又暗自不快起來。

女兒是他的，蠢是蠢了點，但他自己收拾就好，什麼時候輪到別人滿大街胡說了？他還沒下臺呢，這些人就開始不把他放在眼裡！

張大人首先懷疑的就是齊縣丞，但他如今也不去找許師爺，自己想了個主意。他又寫了封奏摺，先是舊話重提，說自己年老體衰，不能擔任縣令職務，然後說齊縣丞能力出眾，可捉青城山反賊。反正天知道青城山到底有沒有反賊，這會兒誰也不敢接這燙手山芋。

顧綿綿聽到流言後，心裡把張五姑娘罵了十幾遍。妳和齊二公子的事，關我什麼事，我又沒和妳搶男人。

阮氏也生氣。「好好的，把妳拉扯進去做什麼。」

顧綿綿用針狠狠戳了一下手裡的鞋底。「二娘，張五姑娘一向有些呆，說不定是齊家人想拿我擋槍。」

衛景明只管放流言，不管擦屁股。張五姑娘給顧綿綿弄出個一品誥命的頭銜，萬一被上頭那些黑心肝的知道了，豈不是又要來搶？乾脆捅破謠言的實情，給顧綿綿省去一些麻煩。

此時的衛景明正在逛綢緞鋪子。他在裡面挑挑揀揀，買了好幾樣上好的料子。大紅色的他自己穿，淡青色是給顧季昌父子三個的，還有一疋桃紅給顧綿綿，那塊銀紅色的就送給阮氏。

別懷疑，衛大人就是這麼風騷。他要穿大紅色的，就憑他的臉，穿上大紅色的衣裳，不愁綿綿不心動。

付錢後，衛景明抱著一堆料子直奔顧家，正好，碰見了剛剛給顧綿綿看過病的吳遠。

衛景明笑咪咪的打招呼。「小吳大夫，今日我不當值，您有空沒？我請您吃酒。」

吳遠端著招牌微笑。「衛兄弟，你身體內虛，還是莫要飲酒得好。」

衛景明心裡罵：你才虛呢！老子早上起來的時候，小明那麼精神，怎麼可能虛？等我和綿綿訂親，我就不用半夜來蹲牆頭了，到時候我多睡幾個好覺立刻就能補回來。

「多謝小吳大夫，我昨兒晚上多睡了一個時辰，您看我是不是好了些？您看我的黑眼圈是不是沒了？我是不是變得更俊了？」說完，他把自己的臉湊到吳遠面前。

吳遠看到一張俊臉湊了過來，呆愣了片刻，緩緩用手推開。「衛兄弟知道保養就好。」

說完，吳遠匆匆走了。

衛景明在後面笑，然後抱著一堆花花綠綠的料子進了屋。「嬸子，華善，妹妹，岩嶺，我來了！」

聽他這口氣，不知道的還以為他就是顧家人。

阮氏是過來人，一眼就看出了兩個少年之間的明爭暗鬥，小吳大夫靦覥，這衛小哥卻是個厚臉皮。吳家是不錯，但衛小哥也一直在幫忙照看官人。

唉，難辦啊！算了，等官人回來再說吧……我只把他們當作親戚家的孩子就好。

阮氏拉著顧岩嶺出來了。「衛小哥來了。」

薛華善從東廂房鑽了出來。「衛大哥來了！我正想找你呢。」

衛景明把料子放在正房桌子上。「嬸子，怎麼能讓妹妹白白幫我做鞋？我買了些料子，嬸子和妹妹看著給家裡人做些東西。」

阮氏懂行，一眼就看出衛景明買的都是好東西。「衛小哥，你幫了我家大忙，怎麼還送這麼多料子來？」

衛景明擺擺手。「嬸子客氣了，我只幫了些小忙，卻整天來吃喝，妹妹還給我做鞋。我雖然無父無母，多少也知道點規矩，這人情可不就是要走動，我也不知道買什麼好，嬸子以後多教教我。」

阮氏笑道：「這就很好了，晌午別走了，在我家吃飯。」

衛景明搖頭。「我今日雖然不當值，我還得去看顧叔呢，牢房裡那些衙役，粗手粗腳的，哪裡能伺候得好顧叔？」

正好，顧綿綿從西廂房過來了，聞言道：「二娘，衛大哥既然不能留下吃飯，我去給他做些餅帶上。」

阮氏微笑著點頭。「妳去吧，多放些油，讓岩嶺給妳燒火。」

顧綿綿笑著拒絕。「不用了，他燒火，可得把我餅燒糊了。」

衛景明立刻捋袖子。「妹妹，我給妳燒火，妳正好教教我怎麼做飯。我一個人過日子，也不想天天在外頭吃，偶爾也想自己弄點熱湯飯，但我手藝不好，不是糊了就是生的。」

聞言，顧綿綿滿眼憐愛地看著他。真可憐，跟她小時候一樣。

薛華善拉著衛景明往廚房去。「衛大哥，我教你燒火，等會兒你再把那套刀法耍一遍給我看看。」

衛景明每次來了都會指點薛華善功夫，薛華善十分好學。

兄弟倆在灶下燒火，顧綿綿在上頭攤餅。往大盆子裡倒些麵粉，打兩個雞蛋在裡頭，又弄點蔥切碎，加水一起攪和成均勻的麵糊，灑點鹽，準備工作算是做好了。

洗淨鍋，她指揮衛景明燒火，等鍋燒紅了，往鍋裡倒點油，再舀一些麵糊沿著鍋邊淋下去，立刻成型，等一會兒翻過來再煎一遍，就可以出鍋吃了。

薛華善絮絮叨叨。「衛大哥，綿綿說火小一些，你就少放點稻草，要大火，把稻草下面扒開個洞，多進些氣……」

顧綿綿笑道：「大哥，你說慢些，讓衛大哥慢慢學。」

薛華善撓撓頭辯解。「妹妹放心，衛大哥聰明，學什麼都快。」

衛景明聽見顧綿綿說小火，立刻撤一點稻草出來。「聖賢們都說，這治理天下，最後還是看百姓的柴米油鹽，這裡面的門道多著呢，我且得好生學學。」

顧綿綿把餅翻個面。「衛大哥，你喜歡吃鹹一些的，還是淡一些的？」

衛景明見剛才顧綿綿放的鹽不多，立刻回道：「淡一些好，吃鹹了還得找水喝。」

衛大哥口味和我們家差不多。顧綿綿點點頭，在心裡記下了。

衛景明一邊學燒火，一邊偷看正在做飯的顧綿綿。他想起上輩子二人在一起過的那幾年，顧綿綿每天在家裡給他做飯，他晚上回來就有熱騰騰的飯菜。吃飽喝足後，他摟著漂亮媳婦睡覺。雖然他是個太監，並不妨礙他讓媳婦快樂。就算那會兒沒有小明，他還有別的嘛。

衛景明看了一眼自己的十指，再看看認真做餅的顧綿綿，忽然有些不好意思，立刻低頭燒火。

顧綿綿心中奇怪：他老偷看我做啥？難道我臉上有麻子？我頭髮散了？

剛出鍋的餅熱騰騰的，顧綿綿找了個碗，給衛景明盛了兩張，還遞給他一雙筷子。「衛大哥，你先嚐嚐。」

衛景明笑咪咪接過碗。「妹妹的手藝，定然是好的。」

顧綿綿實在受不了他這馬屁精模樣。「衛大哥，鞋做好了，我等會兒拿給你。」

衛景明吃了一口餅。「辛苦妹妹了，妹妹病才好，可別累著了。」

顧綿綿笑了笑。「衛大哥自己也要注意，別總是熬夜。」這怪好看的一張臉，要是有了黑眼圈，可就不美了。顧綿綿覺得衛景明雖然性格像個二百五，但他的臉真的好好看啊。

顧綿綿忍不住又看了一眼。青城縣真沒有誰比他好看了。

衛景明一看就知道她的心思，立刻抬起臉讓她看個夠。綿綿最喜歡看他的臉了，上輩子他為了不變老，找了多少方子保養，弄得外頭人都罵他，衛指揮使是個死變態，每天往臉上搗騰女人用的東西。

衛景明那時候才不管別人的閒話，他們都是嫉妒咱家長得好看。

顧綿綿見他把臉湊近了一些，忽然有些不好意思，立刻往後閃了閃，心想：真是個二百五！

等吃過了餅，衛景明指點薛華善把刀法練習了一遍，還督促顧岩嶺好生寫大字，然後就要告辭。

顧綿綿拿出給他收拾好的一個包袱，裡面有顧季昌的換洗衣裳，衛景明的兩雙鞋襪，還有一大碗餅。

衛景明接過包袱，和顧家眾人告別，自去大牢裡照顧顧季昌。

阮氏看著薛華善埋頭練刀法，顧綿綿繼續做針線活，心裡再次嘆氣：這衛小哥真是好手段，不動聲色就把這兄妹倆收買了。

阮氏又想到小吳大夫，論起機靈，雖比衛小哥差了幾條街，但家世單純啊！而這衛小哥也不知什麼來歷，這般厲害，也不知會不會牽扯許多麻煩……

不得不說，顧季昌和阮氏不愧是夫妻，想的都一樣。

那頭，顧綿綿把衛景明送來的料子都打開看了看。每一塊上面都寫了名字，送給誰一目了然。

等看到那塊大紅色的，顧綿綿瞪大了眼睛，再三確認，那張紙條上寫的就是衛景明的大名。顧綿綿又看了看料子，忽然哈哈笑了起來。

這個人果然是個二百五，哪有大男人穿大紅色的？也罷，我就拿這布給你做件衣裳，我看你敢不敢穿！

阮氏聞訊而來，見到料子後也有些哭笑不得。「綿綿，妳把妳爹和妳兄弟們的衣裳做好，衛小哥的我來做吧。」

顧綿綿想想後不反對。「那我先裁剪好，二娘您縫製。」

顧綿綿的針線活是青城縣一等一的好，兩三下就把那塊紅布剪好了，正好可以做一件外衫。

到了晚上，衛景明又來蹲牆頭。

屋裡的顧綿綿還沒睡，正在燈下整理自己的針線包。那裡頭有許多針，長的短的各有區別，人體不同的位置用不同的針，顧綿綿從來不會亂用。

衛景明悄悄拆了一塊瓦片，看到顧綿綿正在屋裡忙活。他癡癡地看著，恨不得立刻跳下去夫妻團聚。

衛景明算了算日子，估計朝廷那邊很快會有回信，等姓張的滾了，岳父就要回來了。以岳父的耳力，他來蹲牆頭搞不好會被發現，這日子不多了，他可要多看兩眼。

等顧綿綿睡著後，他還在屋頂上吹風。直到後半夜耗子開始出動，衛景明才打著哈欠回去了。

衛景明在等張大人的辭官批覆，未料還沒等來批覆呢，張五姑娘又鬧事了。

張五姑娘最近被關在家裡，起初不知道大家都在傳謠言，等她知道的時候，大街小巷已經無人不曉。她哭得眼睛都腫了，她喜歡齊二公子的事街頭販夫走卒都知道，齊家說她不如顧裁縫的事，大夥兒也曉得了，連她放流言的事情也被戳穿。

完蛋了，徹底完蛋了！

她的丫鬟安慰她。「姑娘別怕，奴婢聽說，老爺快要離開青城縣，到時候咱們去了別的地方，誰還知道青城縣的這點小事？」

張五姑娘打了個嗝，停下淚水。

對啊！她很快就要離開這個鬼地方，那她幹麼都不用擔心名聲問題了。

有了這個想法，張五姑娘眼珠子一轉，立刻想到個出氣的好主意。她騙得張太太的同意，帶著丫鬟出了門，直奔齊家。

張五姑娘指著齊二公子的鼻子大罵。「姓齊的，是不是你在外面敗壞我的名聲？」

齊二公子雖然看不上張五姑娘，也不想和張家為敵，趕忙道：「姑娘誤會了，齊某不敢。」

張五姑娘繼續罵。「既然你們覺得我醜，有那漂亮的，你們去娶啊！」

罵完了齊二公子，她又往顧家去。在衙門裡聽到消息的衛景明火速趕了過去，比張五姑娘還先一步到顧家。

張五姑娘進了顧家小院，嫌棄地連坐都不肯坐下。

阮氏禮貌性地打招呼。「張姑娘怎麼來了？張太太可好？」

張五姑娘哼了一聲。「顧太太，我娘哪裡能好呢？有人存心不想讓她好呢。」

這話說的，阮氏都不知道怎麼接口。

衛景明正在旁邊吃花生，聞言把花生殼一扔。「可不就是，誰養了個糟心女兒，也好不起來啊。」

張五姑娘一看，這是來她家打秋風的窮親戚，還是個八竿子打不著關係的窮親戚，頓時怒斥。「你是什麼東西？這裡有你說話的地方？」

衛景明繼續剝花生。「我說張五姑娘，妳來有何貴幹啊？顧班頭都被妳爹關進大牢了，難道妳是來看笑話的？」

雖然衛景明長得好看，但張五姑娘嫌棄他是個臭衙役，懶得和他說話，高聲道：「顧綿綿呢？」

顧綿綿從西廂房出來了。「張姑娘找我有何貴幹？」

張五姑娘抬眼把顧綿綿打量一番。「都說妳是青城縣第一美人，我看也就這樣嘛。」往常顧綿綿也參加過張家的聚會，因張五姑娘是縣太爺的女兒，並不把顧綿綿放在眼裡。今日她又特意打扮過，見到顧綿綿的荊釵布裙，瞬間多了一些自信。

顧綿綿笑道：「可不就是，姑娘聽那些閒話做什麼？那些一味在意容貌的才是蠢人呢。」

張五姑娘點頭。「妳還算有兩分見識。」

剛誇完，忽然聽見衛景明哈哈笑，張五姑娘才反應過來，顧綿綿這是指桑罵槐呢。她氣得用手指著顧綿綿。「妳、妳放肆。」

顧綿綿睜著好奇的雙眼。「姑娘為何生氣？」

張五姑娘啞然。她如果生氣，那就是蠢人，但是她確實在意過容貌，確實是個蠢人。

不對不對，呸！我才不是蠢人！

張五姑娘拉下臉。「姓顧的，別仗著有兩分姿色，就不知道自己幾斤幾兩了。妳永遠記著，妳是衙役的女兒，妳爹是個臭衙役！」

這話剛落音，衛景明抬手往張五姑娘的嘴裡扔了兩個花生殼，張五姑娘頓時猛烈咳嗽起來。

衛景明繼續剝花生。「張姑娘，也別這般勢利眼。都說當著矮人不說短話，我還在這裡坐著呢，妳張口閉口臭衙役，這是故意來打我的臉？妳爹見了我都帶著笑，妳口氣倒是大。」

說完，衛景明拍拍手站起來，走到張五姑娘面前。「張姑娘，妳是縣太爺的女兒，妳不和人家比人品、比家教，非要比什麼容貌。妳要比美嗎？來和我比吧。」

他忽然陰沈著臉，把張五姑娘嚇一跳，她立刻後退幾步，然後感覺到後脊梁骨發涼，她看了一眼似笑非笑的顧綿綿，還有面無表情的衛景明，內心瞬間有些膽怯，強自鎮定道：「哼！我不和你們計較！」

說完，一甩手帕就走了。

衛景明轉過身。「妹妹，千萬別和這蠢東西計較。這回她自作聰明，害得她爹要丟官，還不知收斂，以後不知道要闖多大的禍。」

顧綿綿坐了下來，嘆一口氣。「因著她的原因，我爹進了監牢，我哪能不生氣？我剛才恨不得把她打一頓出氣。」

衛景明活絡氣氛。「妹妹不要急，張大人現在像熱鍋上的螞蟻，正想找人出氣呢。顧叔要是這時出來了，萬一他小心眼發作，豈不是又要找麻煩？索性再等一等，等上頭批覆來了再說。」

張五姑娘被衛景明罵了一頓，灰溜溜地回到了縣衙，還不敢告訴父母，只能繼續憋著一口氣，等找機會再找回場子。可還沒等到她再次找到機會，朝廷忽然來人。來的是吏部一位六品主事，還有一群錦衣衛。

青城縣有潛龍出邸？快要死了的老皇帝覺得非常不安，也沒查清事實真相，立刻親自寫了聖旨。

原青城縣縣令張大人不光丟了烏紗帽，連身上的進士功名都沒了，抄沒家產，收入監牢，發回原籍。

老皇帝原本想把這小縣令砍頭了事，眾官員覺得不妥，但自從皇后去世，如今敢勸老皇帝的也只有王老太師了，連太子和一干嬪妃們都不敢多說一句話。幸虧王老太師說陛下近來身子不爽利，留下一條命，說不得也能積點福氣，這才將老皇帝勸了下來，留下張大人一條命。

這可不是張大人想要的結果啊！

吏部主事剛剛唸完了聖旨，張大人立刻坐在地上傻眼了。他原本想著這回辭官後，回頭再找機會打點打點，說不定還能再出仕。現在功名被奪，他一瞬間變成個白丁，毫無翻身可能了。

張五姑娘更是哭得厲害，她還沒找到好婆家，嫁妝卻要被充公，爹也沒了官位。

主事大人勸。「張大人，好歹一家子還齊齊整整的，收拾兩身衣服回家去吧。」

後面一群錦衣衛如狼似虎，張家人想藏銀子，立刻被發現，連鞋底裡藏的銀票也被找了出來。

除了身上穿的，張家人只被允許帶一身衣裳，所有奴僕充公發賣。

張家人很快被攆出縣衙。

張大人倒在地上痛哭，反倒是張太太先站了起來。「老爺，當年你從鄉間走出來，現在權當告老還鄉吧。鄉下還有幾畝田地，兒孫們都在，日子還過得下去。」

張大人痛哭不已。「夫人啊，我對不起妳！什麼一品誥命？就算有，也該是給妳的，我糊塗啊！」

張五姑娘更是哭得厲害，父母雖然不責怪她，聽到張大人這話，她心裡卻自責得想去撞牆。

張太太安撫女兒。「莫哭，吃了這個教訓，以後好生做人，莫要再逞強。回去後給妳找個老實人，好生過日子。」

張五姑娘聞言哭得更厲害了。她不要嫁給莊稼漢，她想要做誥命夫人啊！

張太太把家人帶出來的好衣裳都當了，買了些粗棉布裹身，先在縣城的普通客棧湊合一晚上。

當天晚上，張大人起夜時，不小心被床邊忽然出現的凳子絆了一跤，第二天就起不來。又羞又氣之下，忽然中風不起。

張太太帶著驚慌的一家子，悄悄離開了青城縣。

張大人一倒臺，顧綿綿頓時見了天光，衛景明也忙了起來。

那群錦衣衛裡面，有幾個人衛景明還認識。不過現在衛景明不是高高在上的指揮使，只是一個有些狗腿的小衙役。

本來縣衙裡那麼多衙役，論資歷排不上衛景明。但他膽子大，對錦衣衛的規矩瞭如指掌，又長得好看，往那裡一站非常顯眼。沒兩天工夫，就入了錦衣衛的眼，把他要過去帶路。

縣令不在，齊縣丞被主事拎上來管事。他也不想和錦衣衛打交道，見衛景明和錦衣衛關係好，火速把他打包送過去，還時不時撥點經費，讓他好生招待這幫大爺們。

不查案的時候，衛景明帶著這幫大爺去不顯眼的酒樓吃喝。主事大人是吏部的官員，對於錦衣衛的行程，他並不過問，只是從旁協議。

第七章

吃了幾回酒，錦衣衛帶隊的莫百戶就覺得衛景明人還不錯，查案的時候也願意帶上他。

先是查流言的來源，流言是衛景明放的，他已經把屁股擦得乾乾淨淨。錦衣衛只能查到流言來源於縣城外的乞丐窩，這裡的乞丐還經常聚賭，看看到底是顧姑娘的命重還是張大人的命重。

流言的事中斷了，錦衣衛們又去查那塊大石頭。

這是哪個反賊吃了熊心豹子膽？

莫百戶看著大石頭上面的八個字就來氣，但他一路上多方打聽，若是有人造反，定然有大部隊做後盾，可此處並未出現兵馬行動跡象。那塊石頭像是從天而降一般，青城山那麼高，可這整個青城縣，也沒人能上去把這麼大一塊石頭推下來啊！

且那石頭上的八個字，不像是刻上去的，反倒像是天生就長在那大石頭上。

莫百戶查不出個結果，對著那大石頭狠狠踹了一腳。誰知那大石頭忽然破裂開來，裡面居然還藏著一塊小石頭。那小石頭上面還有字，上面寫著大魏朝開國皇帝的功績，並讚嘆當今聖明，有中興之兆。

莫百戶嘴巴頓時張得可以塞下個鵝蛋。

旁邊的錦衣衛們都歡呼起來。「沒有反賊，沒有反賊，這是天意，天授太祖爺！天佑我大魏！」

莫百戶立刻反應過來，跟著大喜。

這還查什麼啊？根本就沒有反賊啊！

衛景明拍馬屁。「莫大人，天降祥瑞於青城山，我大魏朝必定昌盛萬年！」

有一群錦衣衛和衙役們一起看著，這事也做不得假。

莫百戶喜笑顏開。「祥瑞祥瑞，我得趕緊向京城稟報！」

說完，他立刻留下大部分人看守瑞石，自己回去找主事大人商量。莫百戶是個謹慎之人，二人都是六品，這等大事，最好是一起上報，有福同享、有難同當，也不枉這一路的和平相處。

主事大人聽說後心裡吃了一驚，立刻跑過去一看，那麼多人在場，大家都看得真真的。

主事大人心裡雖然有些疑惑，但面對瑞石，也不敢說個二字。

莫百戶道：「我們這一路趕來，我和各地衛所都聯繫過，沒有查到哪裡有人馬行動，可見造反之說有待商榷。原來那八個大字看起來有反意，但現在又有了這瑞石上的字，反倒說得通了。」

上天還會一句話分兩次說？

衛景明在肚子裡發笑。他算準了老皇帝多疑，又好大喜功，最喜歡人家說他是中興之主。前面大石頭必定會引起老皇帝的注意，等這小石頭一出，老皇帝定是高興得立刻忘了造反之事，當然，肯定也會忘了「含冤」的張縣令。

衛景明這個時候一句話不插，只殷勤地端茶倒水。

那邊，主事大人和莫百戶很快合計好，二人一起寫了份摺子上報，然後在此地等候。若是平常的差事，辦完了就能回家，但這等大事，自然等朝廷有了批覆才好走。

石頭成了祥瑞，流言之事也不了了之。衛景明見正事辦完，便開始找莫百戶拉關係、談交情。

一大早的，他就表現得心不在焉。

閒得無聊的莫百戶正一邊剔牙、一邊翹著二郎腿抖來抖去，見衛景明一臉有心思，想著他平日裡表現不錯，忍不住逗逗他。「小衛，你有什麼煩心事？」

衛景明嘆口氣。「小人這點私事，不能拿來打擾莫大人。」

莫百戶對著他的屁股踢了一腳。「有屁快放！」

衛景明轉了轉眼珠子，給莫百戶倒了杯茶。「莫大人，小人的岳父還被關在牢裡呢！」

莫百戶手裡的牙籤頓了一下。「你一個衙役，居然讓岳父被關進了牢裡？你是怎麼混的啊？」

衛景明立刻苦著臉把前因後果說了一遍，但他省去了顧綿綿是青城縣第一美女這一事實，只說她長相清秀，還說二人情投意合，卻被張大人棒打鴛鴦。

莫百戶頓時哈哈大笑。「你小子淨吹牛！人家又沒答應親事，怎麼就是你岳父了？」

衛景明嘿嘿一笑。「大人不知，小人和姑娘說好了，只要我能救她爹出來，她就嫁給我。大人，您看我無父無母，家裡連一畝田地都沒有，只有這一張臉好看，好不容易有姑娘願意嫁給我，萬一黃了，我就得打光棍了！」

莫百戶看了他一眼。「放心，你有這張臉在，不會打光棍的。」

衛景明繼續笑。「還請大人幫個忙，既然張大人走了，我岳父又沒犯錯，也該放出來了。」

莫百戶嗯了一聲。「你且再等等，等朝廷有了回信，若是造反之事子虛烏有，你岳父是無辜之人，自然就能放出來。」

和衛景明心裡猜測的一樣。他也不失望，有這句話，到時候一切都好說。

衛景明帶著莫百戶的「聖旨」去了顧家，悄悄把這個好消息告訴了阮氏等人。

阮氏高興得差點哭了。「能回來就好。」

顧綿綿也嘆了口氣。「因著我的原因，讓爹受了災難。」

阮氏連忙道：「綿綿不要多想，妳是妳爹的女兒，他自然要護著妳。再說，原本就是那張家女子心胸狹隘才惹出這事來，和妳有什麼關係？」

衛景明打岔。「妹妹，顧叔在牢裡吃得好、睡得好，馬桶我每天都給他刷一遍，日子好得很，近來都長胖了，妳不要擔心。我的衣裳做好了嗎妹妹？」

阮氏笑道：「衛小哥，你的衣裳做好了，我去拿給你。」

衛景明連忙道謝。「煩勞嬸子了。」

等那身大紅色的衣裳上了身，顧綿綿覺得都沒法看。

我的天！哪有男人沒事穿大紅的？

衛景明像隻花蝴蝶在眾人面前轉了兩圈。「嬸子，華善，妹妹，我穿這個怎麼樣？」

薛華善本來想說大男人穿紅的不合適，又不是成親，可再一看衛景明那張禍國殃民的臉和這身紅衣相得益彰，襯托得人更俊俏，衣裳更好看，又說不出否定的話。

顧綿綿看了一眼，忽然覺得有些晃眼。衛景明眼含笑意看著她，眼底的溫柔似乎能把人的心浸透了，完全不像平日裡那個傻乎乎的二百五。

顧綿綿看著衛景明發呆，衛景明也停止了旋轉，看似和薛華善在說話，其實一直注意著顧綿綿。

冤家！阮氏又在心裡嘆了口氣。

顧綿綿忽然反應過來，我這是怎麼了，居然看著這個二百五發呆。

衛景明眼睛多精，一眼就發現了顧綿綿的窘態，心裡又心酸、又歡喜。心酸的是綿綿已經完全忘了上輩子二人的情誼，歡喜的是重活一世，綿綿果然還是喜歡上了自己。

衛景明穿著新衣裳坐在顧家人面前，和大家說著前幾日瑞石的事情，又把錦衣衛那些人的做派當作稀罕事說給大家聽。

往常誰見過錦衣衛啊？青城縣又沒有衛所，只聽說這些人凶殘得很，沒想到身上穿的衣裳還挺好看，沒事也不會去騷擾百姓。

顧綿綿忽然道：「衛大哥，我聽說錦衣衛難伺候，你可要小心些，莫要惹怒了他們，萬一打你一頓，也是白打。」

衛景明心裡有些感動。「多謝妹妹，我小心得很。」

在顧家廝混一陣子，衛景明戀戀不捨地走了。

所有人都在苦苦等待，齊縣丞接下了青城縣的事務，忙著春耕的事情，還要伺候主事大人以及一幫錦衣衛大爺。主事大人那邊齊縣丞自己接待，錦衣衛這邊的接待，則漸漸都交到了衛景明手裡。

沒辦法啊，旁人見了錦衣衛腿肚子都打哆嗦，只有衛景明還能嘻嘻哈哈說笑，還總能搔到莫百戶的癢癢肉，弄得他哈哈大笑。郭捕頭等人雖然羨慕，也不敢來和衛景明搶。

這樣等了一陣子，京城再次派來天使。這一次是敲鑼打鼓，好不熱鬧。

瑞石一出，老皇帝果然喜出望外。

他仔細看了看莫百戶和主事大人的奏章，咧著沒牙的嘴對王老太師笑道：「愛卿呀！朕就說，如今天下承平，怎麼會有反賊。各處無兵馬行動，天卻降祥瑞。青城縣果真是龍興之地，可惜朕身體不好，不然真想去看看太祖爺當年打天下時的地方。」
王老太師摸了摸鬍子。「陛下，既然天降瑞石，陛下不能親去，不如在當地建一祠堂，以供奉瑞石，昭告天下太祖之德。」
老皇帝頓時覺得這個提議好，便親自寫了塊牌匾，著人一路吹吹打打抬著去青城縣，讓吏部主事負責修建祠堂，供奉瑞石。
主事和莫百戶帶著青城縣一干官吏們跪地迎接牌匾，先放置在縣衙大堂裡，然後開始著手修建祠堂。
既然是瑞石，那什麼流言之事，自然也就無人再去查問。
於是衛景明再次找莫百戶說情，莫百戶便大手一揮。「去吧去吧。」
「多謝莫大人。」衛景明行個禮之後，直奔縣衙大牢。
還沒進牢房呢，他就喊了起來。「顧叔，顧叔，您可以回家了，我來接您回去。」
顧季昌正躺在床上思考問題，看見衛景明慌慌張張進來，心裡又疑惑道：一會兒像個城府深沈的高人，一會兒又像個冒冒失失的毛頭小子，到底哪個才是真實的你？
衛景明衝進牢房，把顧季昌的衣裳往包袱裡一裹。「顧叔，快！跟我回去。我剛才讓人去給嬸子報信了，咱們走。」
顧季昌問：「我真能回去了？」顧季昌第一次坐牢，雖然吃得好、喝得好，但也覺得日子甚是無聊，早就想出去了。

衛景明拉起他就走。「我還能騙您？朝廷派了人過來，那什麼造反的事是子虛烏有，您自然也可以回去了。」

顧季昌思索片刻。「那張大人豈不是被冤枉的？」

衛景明擠擠眼。「張大人半路上中風，現在想回，也回不來了。」

顧季昌終於放下心來。活該你中風，以後就躺在床上過日子吧！

顧季昌神清氣爽跟著衛景明出了牢房，出來的路上，衙役們紛紛行禮喊顧班頭。一出大牢，衛景明先用一塊布條蒙住顧季昌的眼睛。「顧叔，您長久不見太陽，別傷著您的眼。」

顧季昌懂得這個道理，一點沒掙扎，任由衛景明蒙上他的眼，然後牽著他回家。

兩個大男人手牽手，顧季昌雖然覺得有些彆扭，仍舊仔細摸了摸衛景明的手，感到骨節分明，手指上的繭子不太厚，便有些迷惑。

看起來不像是自小習武，但為何鞭子耍得那麼收放自如呢？

衛景明大大方方地給顧季昌摸，他這功夫是上輩子帶來的，剛開始這身體有些不適應，最近才全部撿起來，手上的繭子自然不是太厚。

二人一起到了顧家大門口，顧綿綿和顧岩嶺立刻衝了過來，姊弟倆拉著顧季昌的手，一起哭著喊爹。

顧季昌摸了摸兒女的頭。「別哭，爹回來了。爹沒受罪，你們看，我都長胖了。」

顧綿綿眼中帶淚。「多謝衛大哥照顧我爹！爹，快跨火盆，去去晦氣。」

顧季昌抬腳跨過火盆，然後回到了自家小院。

今日大太陽，屋裡的光線沒有外頭那麼強烈，衛景明又給顧季昌換了一條薄一些的綢帶，能透一點光，讓他的眼睛慢慢適應。

顧綿綿仔細看了看她爹，果然沒瘦，身上也沒有異味，看來沒受罪。她又感激地看了一眼衛景明，衛景明立刻對著她笑得如花一般。

顧綿綿怕她爹察覺到，趕緊扭開了臉。

顧季昌感覺到女兒在和衛景明眉來眼去，立刻透過布條縫隙看著衛景明，衛景明馬上老老實實坐好。「顧叔，莫百戶說，您在家裡先歇息幾天。」

顧季昌點頭。「多謝你。」

衛景明笑咪咪的。「不謝不謝，這是我和顧叔的緣分。」

說完他又起身。「顧叔您坐，我去和華善比劃比劃。」

他立刻拎著薛華善到院子裡練刀法，中途還給他演示了兩遍。顧季昌讓女兒搬了凳子，自己坐在正房門口，他憑著耳朵就能聽出，這小子的功夫絕對在自己之上。再一想，他平日走路定是故意踩重一些，要是自然狀態下，他走路多半都沒聲響。

這小子到底什麼來歷？顧季昌的心更加沈重了。

不是衛景明故意暴露功夫，他想早日把薛華善教出來，等那些豺狼來臨之時，顧家能多一分保障，至少薛華善能保全自己。

故而，衛景明教導薛華善可謂是毫無保留。在他看來，薛華善學的那點狗屁拳腳，也只能抓兩個毛賊，要是等到京城那些人來，兩三下就要被人打趴下了。

薛華善用刀，衛景明就授了他一套刀法，這是當年他師父獨創的，越笨重的刀用起來效果越好，頗有一夫當關、萬夫莫開之勢。除了耍刀，衛景明還教他一些內家功夫。

好在薛華善資質不差，又用心學，這才多久，他翻牆頭的姿態也變得瀟灑多了。但薛華善還是很羨慕衛景明，輕輕一躍，就能飛到房頂上。

顧綿綿只覺得大哥的刀耍得真好看。

嗯，沒想到那個二百五功夫不錯，要是能正經些就好了！

正在給薛華善餵招的衛景明察覺到視線，又對著顧綿綿笑了笑。顧綿綿立刻撇開臉。

「爹，您歇會兒，我去幫二娘做飯。」

顧季昌點頭。「去吧，讓妳二娘多做幾個菜。」

顧綿綿踩著輕快的步子去了廚房。

衛景明教完薛華善，和顧季昌打個招呼後，便直奔廚房。他帶著顧岩嶺往顧綿綿身邊一坐，從懷裡摸出幾個磨得光滑的小石頭，在地上畫上格子，教他下棋。

顧綿綿一邊燒火、一邊伸頭看，發現弟弟下不贏衛景明，趕緊幫忙，姊弟倆一起鬥衛景明，三人玩得不亦樂乎。

顧季昌看了心裡嘆氣：這個賊小子！才上門幾天，就把他一雙兒女的心都拉了過去。

等飯做好後，衛景明大剌剌地跟著上桌。顧季昌讓薛華善給他倒酒。「這回我能平安歸來，要多謝衛兄弟。」

正在倒酒的薛華善頓住了。這輩分不對啊！

衛景明咧嘴。「顧叔，您又叫錯啦，我和華善稱兄道弟，您是長輩呢。」

薛華善繼續倒酒。「義父，昨兒衛大哥說要和我結拜兄弟，我說要請示義父的意思。」

顧季昌一口老血悶在心裡，只能自己找臺階下。「看我，平日裡快班的兄弟們都是這樣叫，總是改不過來。」他也不是沒良心的人，心裡嘆氣改口。「衛小哥每日都精心照顧我，娘子，妳買些禮，讓衛小哥帶回去。」

薛華善道：「義父，送禮就見外了。我看衛大哥每日吃飯都是到處湊合，不如以後讓衛大哥到咱們家來吃飯吧？」順帶還可以來指導他功夫。

這徒弟沒白教啊！衛景明心裡竊喜，他嘴上仍舊客氣。「那多不好？我飯量大，不用麻煩嬸子。」

顧季昌知道他心思，好笑道：「客氣什麼？不過是多一雙筷子的事，我家裡一日三餐別的沒有，粗茶淡飯還是有的。」

阮氏也附和。「是啊，你一個人做飯不方便，出去買著吃，一來費錢，二來也吃不好。我雖然手藝比不了外頭那些大廚們，總歸乾乾淨淨，還管飽。」

衛景明立刻拍馬屁。「嬸子和妹妹做的飯可好吃了，每次在這裡吃了後，我出去都不曉得吃什麼。」

這話說得大夥兒都笑了起來。

顧綿綿看了一眼衛景明。這個二百五以後每天要來家裡吃飯啊？

衛景明對著顧綿綿笑。我這算是上門啦！

顧綿綿想到他每天的歡聲笑語，覺得還挺不錯的。

當天夜晚，衛景明又悄悄潛伏到了顧家，這一次，他比往常任何一次都小心。他坐在西廂房後坡上，將呼吸放到最緩，快速運轉內息。

他旁邊就是一棵樹，即使顧季昌能發現異常，他也來得及逃跑。別的不敢說，他全力跑起來，十個顧季昌也追不上。

第二天早上，衛景明開始上門吃飯，而且還買了些菜送到顧家，算是自己搭伙。

當天，顧季昌就知道了吳家上門提親的事。

到了晚上，他和阮氏商議。「娘子覺得小吳大夫怎麼樣？」

阮氏回答得很謹慎。「官人，這個還是要看綿綿自己的意思。官人知道我是後娘，我不能替綿綿做主。」

顧季昌已經去了眼睛上的布條，看著阮氏。「娘子，且再等等吧。衛家小子救了我，我感念他的恩情。我看他對綿綿有些想頭，此事還要從長計議。」

阮氏點頭。「上回吳家過來，我就說官人不在家，我不能做主，但我看衛小哥不像個壞人。」

顧季昌也點頭。「娘子做得對，吳家不提，咱們且忘了這事吧。娘子不知道，衛小哥深藏不露，我有心和他結交，又有些擔心，不知他底細。娘子以後把家裡飯食打理好一些，到了季節就給他做些針線，把他的生活照顧好。」

阮氏點頭。「官人放心吧。」她雖然是繼室，但為人正派，顧季昌把家裡的錢都交給她保管。顧家幾代的積累，顧季昌又是班頭，一年銀錢也不算少，多管一個少年的飯菜，並不是難事。

阮氏又道：「官人，綿綿年紀到了。」

顧季昌嘆氣。「她與旁人不同，總要多受些波折。」

夫妻倆說到了半夜，衛景明半夜跟一陣風一樣飄了過來，正好聽到了正房兩口子的對話。

衛景明如同老僧入定一般坐在房頂，直等到後半夜才走，顧季昌一點也沒發現。

轉天早上，他仍舊笑咪咪過來吃飯。他每天早晚過來吃飯，遇到不當值，可能一天都泡在顧家。薛華善以前盼著他來，現在每天看到衛景明都有些害怕。

以前衛景明和他過招，都是讓著他。等刀法學得差不多後，衛景明開始動真格的了。

第一天，薛華善被打得鼻青臉腫。第二天，薛華善被打趴下了。

顧綿綿在一邊拉偏架。「衛大哥，你輕點啊！」

衛景明笑道：「妹妹，我能讓著他，以後他去抓盜匪，盜匪能讓著他？想想薛班頭，要是功夫好一些，何至於丟命？」

薛華善聽見這話，咬牙從地上爬起來，繼續練功。

顧季昌在家裡養了幾天，見衛景明把薛華善打得毫無招架之力，一時技癢，拎著縣衙給他發的那把破刀衝上場，和衛景明打得不可開交。

衛景明心裡叫苦。我的老岳父啊！您這是幹啥啊？我還能打您不成？

顧季昌使出全力，衛景明只能悠著勁和他周全。打到最後，顧季昌累得直喘大氣，衛景明也假裝喘大氣。

顧季昌看出來他裝的，抹了抹汗。「你小子，真行！」

衛景明嘿嘿笑著裝傻。「多謝顧叔指點我。」

顧綿綿不懂功夫，見他們結束，立刻打水來給幾個人洗臉。「一天天的，到了家裡就打架，我好不容易種的花都被你們禍害完了！」

顧綿綿是個愛美的姑娘，家裡院子雖然小，她也種了許多花花草草。牆角的爬山虎，西廂房南邊的一叢竹子，院子裡花池中有雞冠花、梔子花，這會兒正逢仲春，整個院子花紅柳綠，煞是好看。

阮氏經常在外面替女兒說好話。「我家綿綿最心細，不光針線活兒好，還會打理花花草草，照顧兄弟們也妥帖。」反正就是努力樹立女兒的好名聲。

衛景明接過顧綿綿手裡的手巾。「妹妹放心，過幾日我給妳送兩盆過來。莫百戶快要回京了，青城縣許多人送給他的盆盆罐罐，他又帶不走，都送給我了。」

顧綿綿看他一眼。「衛大哥，聽說錦衣衛都凶得很，雖然他們和你關係好，你可不要失了警惕之心。」

衛景明拍拍胸脯。「妹妹放心，我和莫百戶關係好得很呢！」

第八章

青城縣的祠堂建好之後，全城百姓都去看熱鬧。顧綿綿本來不想去，但顧岩嶺非要去，她只能陪著弟弟去。

主事大人主持落成儀式，知府大人也親自來參加，帶著所有看熱鬧的百姓一起拜瑞石。

衛景明在人群裡跟著下跪，心想回頭去山上轉轉，要是能找到長得差不多的石頭，說不定可以賣個好價錢。因為衙役的俸祿實在太低了，一個月只有一兩銀子。一兩銀子夠幹啥啊？還不夠他每天送到顧家的菜錢。他又不想去盤剝那些小攤販們，最近他坐吃山空，手裡的積蓄都花掉一半了。

衛景明手面大，每天葷的、素的都閉著眼睛買，阮氏勸他不要買那麼好，他偏說自己一天不吃肉就沒力氣，讓阮氏哭笑不得。

在莫百戶的支持下，顧季昌已經官復原職，這會兒正帶著快班所有衙役維護現場秩序。

顧綿綿混在人群裡，看著那塊瑞石心裡有些懷疑。

衛大哥當日說幫我家裡破除流言，後來就出現這個石頭，難道是他弄的？造反可是大事。這個二百五，膽子怎麼這麼大！

顧綿綿這猜測讓她心裡一驚，又有些感動，也不在乎先頭的顧忌了。

平白無故，誰會這樣冒著生命危險搭救別人呢？他才到青城縣，就肯為我家出這麼多的力，這份情什麼時候我也還不上。罷了，以後我多給他做些針線和他愛吃的飯菜便是。

祠堂一建好，莫百戶還沒離開，新任縣太爺就來了。

衛景明在人群中一眼就認出老熟人，不是旁人，正是御史臺有名的臭石頭，楊御史！

衛景明嘖嘖兩聲，要說楊御史，別人不知道，衛景明了解得一清二楚。別看他現在還只是個七品小御史，哦不，小縣令，未來可是大名鼎鼎的御史中丞楊石頭，後來升任吏部尚書。此人最是剛正不阿，上輩子三天兩頭彈劾他北鎮撫司指揮使衛景明，氣得他半夜去楊家聽牆根，然後每逢楊石頭和老妻行事之時，衛景明就在外頭學貓慘叫。

前世兩個人簡直就是十輩子的冤家，見面就要吵嘴。

楊石頭因為名聲好，才被推薦來青城縣接任縣令。天下人都可能造反，楊石頭不可能。

楊縣令一來，主事大人和莫百戶就告辭回京。臨走之前，衛景明在大酒樓請莫百戶一干人吃喝一頓，莫百戶把自己不能帶走的東西全部送給了衛景明。

衛景明把那些花花草草都送給顧綿綿，還跟著她一起把院子重新打理了一遍。吃的、喝的交給阮氏，一些特別好的料子現在用不著，他拿去當了，錢落入自己的腰包。

顧綿綿和他開玩笑。「衛大哥，你這伺候錦衣衛一場，回本啦！」

衛景明正在搬一盆花。「妹妹，這個放哪裡？我才不耐煩伺候那些人，挑剔得緊。哪裡像顧叔，總是體貼我們。」

顧綿綿指揮他放好花盆。「你要不要跟我爹告假休息幾天？」

衛景明忽然眼睛發亮。「我休息，妹妹和華善要不要跟我一起出去玩？」

顧綿綿想著他一向對自家裡好，不能寒了人家的心，立刻毫不猶豫地點頭。「好啊！顧大哥想去哪裡？」

這一問，衛景明撓撓頭尷尬道：「我也沒有特別想去的地方，妹妹有沒有什麼計劃？」

顧綿綿有些猶豫道：「我想去挖些野菜回來做青糰，衛大哥你要去嗎？」

衛景明連連點頭。「去，去！春光正好，咱們去郊外挖野菜，多有意思。」

顧綿綿也正想出去走走，聞言立刻高興起來。「咱們多挖些，除了做青糰，我還想包餃子呢。」

二人一邊說閒話，衛景明一邊老老實實幫忙搬花盆、鏟土，顧綿綿見他渾身是土，決定晌午多做兩個菜，好好酬謝他。

打理好了花草，衛景明又去找薛華善。薛華善熬過最苦的時間，刀法進入了一個新階段，越發得心應手。

衛景明見薛華善把他爹留下的那把破刀耍得虎虎生風，立刻拍掌叫好。「這刀法你學了個六六七七，可以出師了。」

薛華善立刻收刀。「衛大哥，這等刀法，別說平常人家，就算那些將領世家，非親生子不能傳，你卻教給了我，以後大哥有差遣，我定全力以赴。」

衛景明咧咧嘴。「小小年紀，想那麼多幹麼。你要是覺得過意不去，這樣吧，我一個外來戶，在青城縣立足不容易，你要是不嫌棄，咱們結拜為兄弟如何？」

薛華善兩眼發光。「只要大哥不嫌棄，就算我高攀了。」

衛景明立刻拉著他的手。「來來來，我還從來沒和人結拜過！」

顧綿綿也覺得好，衛大哥外地人，要是能和大哥結拜，也算在本地有了親，以後遇到事情，到時兩家相互幫襯，也不會惹人說閒話。

兄弟倆當場在院子裡磕頭發誓，算是成了結義兄弟。

等顧季昌從衙門回來知道後，越發覺得衛景明賊精得離譜。

衛景明笑咪咪地給顧季昌倒茶。「顧叔，這下好了，您是華善的義父，那就是我的正經長輩。」我讓您還叫我兄弟，我看您還怎麼叫得出口！

顧季昌看了一眼院子裡擺得整整齊齊的花盆，接過茶水喝罷，一臉無奈道：「明日開始，跟我出去辦案。」

說起正事，衛景明來了精神。「顧叔您不在，郭捕頭整日也不正經帶著大家辦差，來嗚冤的百姓積得可多了。」

顧季昌沒有回答他的話，腹裡百轉千迴。他坐牢期間，郭捕頭並未上顧家來照看，只忙著去齊縣丞那裡奉承，若不是衛景明和莫百戶關係好，說不定他這個班頭的位置就已經被郭捕頭頂了過去。

衛景明懂他的心思。「顧叔，您別多想，您有薛班頭這樣的好兄弟，還有我這樣的好下屬，有兩個就夠了。」

第二天，顧季昌就開始把衛景明使喚得團團轉，別小看區區一個縣城，各種離奇的案子也有不少。

而衛景明發揮自己的老本行，破案子破得不亦樂乎。

衛景明有自己的打算，他和楊石頭天生八字不合，還是離他遠點好。

楊石頭剛來青城縣時，見到衛景明對著莫百戶的諂媚樣，心裡就有些不高興。

衛景明一見他臉色便知其意，心想：得！我出去幹活，離你遠點。

衛景明接的第一樁案子，是件假屍案。

話說青城縣有個石崗鎮，鎮子旁邊有條河，河岸有個胡秀才，娶妻劉氏，夫妻倆只育有一個女兒胡小姐。胡小姐長到十一、二歲時，忽然家裡來了個遊方道士，說胡小姐命裡有災難，若是不把女兒捨給他出家，必定活不過成年。

胡秀才大怒，攆這道士走，道士嘴裡仍舊胡亂嚷嚷。胡秀才情急之下，狠狠推了他一下，把這道士推倒在地上。

誰知這道士有咳疾，這樣一摔，一口痰堵在嗓子眼裡出不來，立時沒氣了。

秀才兩口子頓時嚇傻了，還是胡小姐的奶母穩得住，見這道士還有心跳，直接對著他的胸口狠狠捶了幾下，道士吐出一口痰，又活了過來。

胡秀才立刻向道士道歉，又送了一些銀兩，道士這才不再計較，舉著自己的招魂幡坐船走了。

本以為這事就算過去了，誰知當天夜裡，那河邊的艄公李大虎驚慌來敲門。「胡老爺，胡老爺，大事不好了。」

胡秀才開門問：「何事驚擾？」

李大虎進來後把門關上，悄聲說：「胡老爺，您鬧出人命了。」

胡秀才心裡一驚。「休要胡說！」

李大虎哼了一聲。「胡老爺，您今日可是把一個遊方道士打得出不來氣？他看似好了，到了我的船上，風一吹，他又堵住了嗓子眼，一口氣沒上來，立時就死了。胡老爺您快跟我去，我的船上沾了不吉利的屍體，您得賠我的船！」

胡秀才嚇傻了，一屁股坐在地上，劉娘子聽到後也跟著哭了起來。「怎地這般倒楣！」兩口子哭了一陣子，李大虎無奈催道：「胡老爺，您別只曉得哭，快跟我去把那道士的屍體處理了，還得去報官！」

胡秀才在屋裡轉圈圈，看了看外面漆黑的天，他忽然拉住李大虎的手。「李大哥，求您幫忙！」

李大虎把他的手一甩。「胡老爺，您可別坑我！」

胡秀才苦苦哀求，請李大虎找個沒人的地方把道士埋了。為了讓李大虎不說出去，他還給了李大虎二十兩銀子。

李大虎貪圖胡秀才的銀子，趁著天黑，把遊方道士埋在河道下游的一個地方。

這李大虎從此就不做艄公了，三天兩頭來向胡秀才要錢，不然就去報官。胡家夫婦不敢聲張，只能給錢。沒過幾個月，胡家家底都被他掏空了一半。

誰知這李大虎人心不足，居然癩蝦蟆想吃天鵝肉，要讓胡秀才把女兒許給他做婆娘，等長大了便直接嫁過去，不許要聘禮！

胡家夫婦大怒，李大虎年紀比胡秀才還大了十幾歲，又是個無賴子，怎麼能嫁他！

李大虎開始在胡家耍橫，胡秀才疼女心切，乾脆自己先來衙門自首。胡秀才和李大虎一起被收監，之前張大人判胡秀才一個過失殺人罪，要流放。李大虎是同夥，且訛詐他人，一起流放。上報京城後，等待刑部批覆。

衛景明覺得這案子有蹊蹺，一來那劉娘子天天來哭，說丈夫沒有殺人，二來胡秀才並沒有參與埋葬道士的過程，沒有見到屍體，從頭到尾都是李大虎一個人在操辦。

衛景明覺得張大人那個糊塗官肯定是隨意敷衍，並沒有去現場察看。

他帶著一肚子疑惑去了顧家，把這事說給顧家人聽。

顧綿綿好奇。「衛大哥，你想要翻案啊？」

衛景明剛吃飽，打了個嗝。「不是翻案，就是覺得有些蹊蹺。顧叔，我想去那個道士的墳上看看，您覺得如何？」

顧季昌沈吟。「去看看也好。」

衛景明喝了口大碗茶。「顧叔，我覺得這李大虎有問題。」

顧季昌沈吟片刻。「當日張大人結案結得匆忙，你要是能查清真相，倒也不錯。」

衛景明想了想。「我等會兒就去。華善，你要不要跟我一起去？」

薛華善搓搓手。「好，我跟衛大哥一起去。」

顧綿綿忽然道：「衛大哥，能不能帶我一起去？」

顧季昌反對。「妳去做啥？埋死人的地方。」

顧綿綿眼裡都是期待。「爹，我想看看這死了一陣子的人，和剛死的人有什麼區別。」

也就是顧家人習慣了，要是外人聽見這話，必定要把晚飯吐出來了。

衛景明笑咪咪的。「顧叔，讓妹妹去吧。她既然入了這行，多學一些也無妨。」

顧季昌嘆口氣。「去吧去吧，帶上香囊和薑片。」

兄妹三個換上一身最差的衣裳，趁著天黑，摸去了道士墳頭上。

衛景明先帶著二人燒了些錢紙，讓道士勿怪，只是為了查明真相。

做完這一切，衛景明叮囑顧綿綿。「用頭巾把口鼻捂住，裡頭裹上香囊。」

他帶著薛華善一起，兩人很快把墳墓挖開，裡面赫然是一副棺材。

顧綿綿第一次見到這種場面，忍不住吞了下口水。

衛景明讓薛華善舉著火把，又讓顧綿綿站在自己身後，還把懷裡一個玉製的黑白無常給了她，讓她別害怕，自己拿東西撬開了棺材。

空氣裡瞬間傳來一股不好聞的味道，顧綿綿覺得有些噁心。

衛景明卻面不改色，從薛華善手裡接過火把，用一隻手在棺材裡翻來翻去，彷彿那不是腐屍，而是什麼珍寶玩物。

薛華善在一旁看得目瞪口呆。

看完後，衛景明轉身用另外一隻乾淨的手拉住顧綿綿的手。「妹妹，妳別怕，來跟我一起看看。」

顧綿綿點點頭，二人一起站在棺材前面。瞧見裡面的人已經腐爛光了，只剩一副白骨。

衛景明道：「妹妹，我說，妳記下。」

顧綿綿再次點頭。

衛景明報了棺中之人的身高，大致年齡，衣服材料，還有別的一些特徵。

等報完之後，顧綿綿忽然道：「衛大哥，這不是那個道士！」

衛景明立刻笑道：「聰明！」

薛華善也反應過來。「大哥，胡秀才是冤枉的！」

衛景明沒有直接回他的話。「華善，來，咱們把棺材合上。」

等合上了棺材，衛景明又給此人燒紙，一邊燒、一邊叨唸。「這位大哥，不知道你是哪裡人，你放心，我定然不會讓你白死的。」

做完這一切，衛景明帶著二人在小河邊用皂角洗手，洗完後用生薑擦擦手，擦過後再洗了一次。

顧綿綿問衛景明。「衛大哥，你怎麼知道這裡面有蹊蹺的？」

衛景明一邊把生薑遞給顧綿綿、一邊解釋。「那李大虎原來在別的地方就犯過事，胡秀才沒看過屍體，定然有詐。這等把戲，刑部和錦衣衛卷宗裡多得是。」

顧綿綿不禁小聲嘀咕。「又吹牛。」

衛景明問她。「妹妹，今日感覺如何？」

顧綿綿低聲道：「原來骨頭架子長這個樣子，衛大哥，你不怕啊？」

衛景明咧嘴傻笑。「我怕啊！第一次摸死人時，我都嚇得尿褲子了。」

薛華善和顧綿綿都哈哈笑了起來。

三人一起回了顧家，衛景明直接和薛華善睡在了一起。

第二天，衛景明找到楊石頭，要求重新提審胡秀才和李大虎，並把自己昨夜的發現告訴了楊石頭，請楊石頭派人守住那座孤墳。

楊石頭見這小子不是一味拍馬屁的人，終於放下成見。「若是有隱情，你去查吧。」

得了縣太爺的令，衛景明立刻分開提審二人。

快班的衙役們都跑來看熱鬧，郭捕頭混在人群裡，有些訕訕的。

衛景明不想理郭捕頭這個吃裡扒外的人，顧季昌才下獄，他就想著怎麼取代顧季昌，也不管以前受到的照顧。郭捕頭事後解釋，若是他做了班頭，才能更好地照顧顧季昌，不過沒人相信。

衛景明把訊問地點設在大牢衙役們的休息所，先提審李大虎。

李大虎被帶上來，衛景明往那裡一坐，一聲高喝。「李大虎，你是如何殺害陌生船客的？速速招來！」

李大虎只感覺到一陣恐怖氣勢迎面而來，嚇得一屁股坐到地上去了。

李大虎在地上暈了半天，終於反應過來了，砰砰磕頭。「差爺，差爺，我真的沒有殺人啊！人是胡秀才殺的！」

衛景明哼一聲。「帶胡秀才！」

他這樣一吩咐，旁邊兩個衙役立刻不由自主地去照辦，郭捕頭的心往下沈，這小子年紀輕輕，卻能鎮住場子。

胡秀才帶上來後，衛景明讓人把李大虎的嘴巴堵住，開始審問胡秀才。

衛景明讓旁邊一個衙役在那裡記錄，自己問胡秀才。「那道士年紀幾何？穿著如何？有何外貌特徵？」

胡秀才已經認命，聽見衛景明問，只老老實實回答。「大概四、五十歲，穿著一身褐色粗葛布袍子，有些駝背，個子不高，人瘦得很。」

衛景明又問：「你送他走的時候，道士可清醒？」

胡秀才點頭。「很是清醒。」

衛景明又拿開塞住李大虎嘴裡的布。「說吧，你把道士弄到哪裡去了？那墳墓裡的死人是誰？」

李大虎仍舊喊冤。

衛景明冷笑。「你是不見棺材不掉淚了。昨晚我去開館驗過屍體，棺材裡的人個子高，整個白骨直條條的，一點不駝背，還沒腐爛完的衣裳是青色棉布，和道士完全不一樣。你老實說，棺材裡的人到底是誰！」

旁邊的衙役們心裡一驚。這小子昨晚居然翻屍去了？我的天，膽子真大！

正審著，衙門裡的仵作回來了，驗的結果和衛景明的話相差無二。

胡秀才忽然反應過來，立刻大哭。「差爺，差爺，我真的沒殺人啊！因李大虎說人已經死了，在他船上，我怕道士魂魄來找我麻煩，就沒有和他一起去埋死人。」

鐵證如山，李大虎頓時蔫了。原來這李大虎早前就喜歡幹小偷小摸的事，那日聽見道士說自己在胡家的遭遇，他當作笑話記在了心裡。

恰好，當日有個外地年輕客商坐船，不小心露了財，李大虎心動之下，想到這個法子。客商回去的時候仍舊坐他的船，他趁著天黑弄死了年輕客商，用東西包裹好，然後去訛詐胡秀才。

胡秀才果然上當，不光自己不敢來看屍體，還讓李大虎一個人把屍體埋了。若不是李大虎自己貪心，想打胡小姐的主意，恐怕也不會有今日的牢獄之災，自然也不會有水落石出的時候。

衛景明這邊才審出結果，那邊楊石頭和顧季昌都知道了。

楊石頭為人耿直，心下頓時對衛景明全然改觀。「既然是冤枉的，即刻上報。」

顧季昌的心思又複雜起來，心底的疑惑再起。這小子連破案都這麼精，到底是什麼來頭？正常人見到屍體就害怕，聽華善說他在棺材裡翻來翻去毫不變色。

快班裡的衙役們此時都圍著衛景明拍馬屁。

衛景明笑咪咪的。「我一個人哪裡辦得了這案子？還不是兄弟們一起幫忙。楊大人正叫我呢，我去回個話。」

衛景明先到楊石頭那裡，先正經行禮，臉上帶著笑，心裡卻在罵：要你假正經，見了你婆娘還不是厚著臉皮要和人家好。

楊石頭一邊寫公文、一邊道：「既然你能翻出這個案子，再把衙門裡其他案底翻翻，有疑問的都查一查，莫要冤枉了好人，一個月多給你撥點銀兩，但各樣花費可得算計好。」

衛景明乘機道：「楊大人，別的案子卑職不敢說，眼前卻有一件需要您做主呢。」

楊石頭抬起頭。「何事？」

衛景明笑咪咪地上前。「楊大人您不知道，原來咱們縣衙有個義薄雲天的薛班頭，為了救衙門裡的兄弟，被狼咬死了，這事全青城縣無人不知。他有個獨子，已經十六歲，長相周正，識文斷字，會寫公文，手下功夫也不差。按例，他可以到衙門承繼父親的職位，因他是顧班頭的養子，當初被那張大人拿捏，好好的苗子卻一直耽擱在家裡。」

楊石頭放下筆，叫來齊縣丞問了問，齊縣丞把薛正義和顧季昌之間的情誼誇了又誇，楊石頭是個讀書人，最喜歡這等忠義之輩，聞言立刻道：「把薛家子叫來。」

衛景明火速去顧家，拎著他飛奔而來。

楊石頭當場讓薛華善寫了份公文，看起來還不錯。又讓薛華善亮一亮手下功夫，衛景明親自下場，和薛華善打得不可開交。

楊石頭雖然不懂武，卻也看得出這兩個少年郎都是有本事的人。

旁邊的郭捕頭看得心裡更是一驚，這衛小子看起來功夫不錯啊。衛景明今日乾脆地亮了三成功力，一腳把大院裡的磚頭路踩了個大坑，衙役們都哄然叫好。

打了一陣子，楊石頭叫停。「既然是個有本事的，又是忠義之後，明日就來衙門吧。」

衛景明趕緊誇讚一番楊石頭，楊石頭不禁皺皺眉頭。這小子雖有本事，還是太諂媚了！

顧季昌給衛景明使了個眼色，讓他閉嘴。

第九章

消息傳到顧家時，顧綿綿正在看衛景明給她的書，上面都是一些有趣的案子，還有許多驗屍的知識，甚至連偵查、審訊的手段都有。

衛景明想讓顧綿綿更強大、更能識人，就自己寫了一本書送給她。他上輩子偵緝出身，後來跟了有名的大師鬼手李，不光學了一身出神入化的功夫，審案查案、翻屍盜墓、易容化妝什麼都學得很精，要不然也不能年紀輕輕就當了北鎮撫司指揮使。

他寫的書只是一些入門知識，顧綿綿卻看得津津有味。聽說大哥的差事解決了，她把書一丟就跑了出來。「恭喜大哥，賀喜大哥！」

薛華善撓撓頭。「都是衛大哥幫忙。他給胡秀才平反，立了功，自己不領賞，把我的差事要了過來。」

衛景明氣呼呼往凳子上一坐。「你們不知道，那些衙役們之前覺得我是張大人的親戚，走後門的小白臉，後來又覺得我是個馬屁精，靠著莫百戶擺威風。如今就讓他們看看，我也不是個吃乾飯的。」

顧綿綿連忙誇道：「那是他們有眼無珠，衛大哥本事大著呢。」

衛景明立刻轉憂為喜。「妹妹，妳不是說要去郊外挖野菜？明日我不當值，咱們一起去呀！」

兄妹和衛景明三個人熱熱鬧鬧，顧季昌坐在一邊喝茶，不時看一眼衛景明，但只要他眼光掃過去，衛景明立刻對著他傻乎乎的笑，弄得顧季昌自己反倒有些尷尬。

薛華善有了差事，顧季昌帶著他去薛正義墳前磕頭燒紙，稟報了此事，然後讓阮氏做了一桌酒席，自家人一起慶賀一番。

第二天，衛景明真的跟著顧綿綿一起去挖野菜，薛華善因為要去當差，顧綿綿就帶上了顧岩嶺，省得人家說閒話。

顧綿綿穿著一身棉布衣裙，頭上只有一根銀簪子，卻難掩她的美貌。她拎著小筐子，笑看著衛景明。「衛大哥，走呀！」

衛景明剛才看媳婦看得有些發呆，聞言立刻把顧岩嶺扛在肩頭。「走了！」

顧岩嶺忽然被舉起，驚得一愣，然後格格大笑。

顧綿綿走得不遠，就在城門口那塊空地上，用小鐽子挖新鮮野菜。「衛大哥，我準備回去做青糰，你吃過沒？」

衛景明幫著一起挖。「吃過吃過，加上糯米粉，可好吃了。」

顧綿綿見他挖錯了，立刻把他手裡的一根野草扯過來。「衛大哥，你認錯了。」

衛景明立刻湊過來。「我沒挖過這種菜，妹妹妳教我認認呀！」

顧綿綿只能耐心教他，野菜的葉子長什麼樣，野草長什麼樣。衛景明離得近，都能聞到她頭上的髮香。顧綿綿說著說著，感覺二人離得太近，往旁邊靠了靠，衛景明沒有繼續跟，而是伸手把她頭上的一根野菜葉子摘掉。

顧綿綿有些不好意思，衛大哥別的還好，就是偶爾動手動腳的，沒個正經。算了，他本性不壞，誰還沒些小毛病呢？顧綿綿乾脆原諒了衛景明，二人繼續一起挖。顧岩嶺在一邊挖土蓋房子，全然不理姊姊和衛大哥。

挖到一半，衛景明丟下鏟子去護城河邊摘了兩朵小野花跑了過來。「妹妹，這花和妳的裙子顏色真配。」

顧綿綿接過花。「還怪好看的，咱們挖兩棵帶回去栽吧。」

說完，她把那朵花插在了髮梢間。

衛景明享受著眼前安寧幸福的時光，結果第二天，他的麻煩又來了。

吳家再次上門提親！

這些日子，吳遠也經常上門，不過都是趁著顧季昌和衛景明去衙門的時間。

吳遠用自己潤物細無聲的方法，贏得了顧家人的歡心。他家世清明，年紀輕輕就有了一手好醫術，家中良田、鋪面什麼都有，又是獨生子，最重要的，對顧綿綿上心，怎麼看都是個好人家。

這天，顧季昌休息，衛景明和薛華善去下面一個鎮子提審一個嫌疑犯，正好不在縣城，吳家的媒婆就來了。顧季昌沒有擅自做主，而是讓女兒自己考慮三天。

當天夜裡，衛景明趕了回來，聽說吳家來提親，他立刻扔下差事就衝到了顧家。

顧季昌笑咪咪地和他打招呼。「壽安回來了。」衛景明小字壽安，這還是他師父給他取的。

衛景明忽然一撩袍子跪下了。「顧叔，晚輩衛景明，冀州府安平縣人，年十六，父母雙亡，家無恆產，卻有一顆赤誠之心，請顧叔將愛女顧綿綿，許給我為妻！」

顧綿綿頓時羞得滿臉通紅。「衛大哥，你在胡說什麼！」

衛景明大聲道：「我沒有胡說，我喜歡妳綿綿，我可以為了妳上刀山、下火海。」

顧季昌對著女兒道：「妳先下去。」

顧綿綿紅著臉走了，顧季昌看著其他人，阮氏立刻抱著顧岩嶺回了房，薛華善也去了東廂房。

顧季昌看向衛景明。「壽安，我不敢把女兒許給你。」

衛景明知道他的意思。「顧叔，我對綿綿，日月可鑒，絕無異心。」

顧季昌又道：「壽安，我不知道你的底細。」

衛景明沈默了片刻，看向顧季昌。「顧叔，我沒有什麼底細，我就是個窮小子，背後沒有任何勢力糾葛。要說特別的，就是功夫比旁人好一些，那也是我師父的功勞。師父雲遊天下，我也好多年沒見過他了。」

顧季昌沈聲。「你很好，你救了我的命，我也可以拿命救你。可你千里迢迢從京城奔赴而來，才見了綿綿幾次，就說肯為她上刀山、下火海，恕我不能把女兒交給你。」

衛景明忽然道：「顧叔，您不把綿綿許給我，我不勉強，但您不能把她許給吳家那個呆子，他護不住綿綿！」

顧季昌沈默片刻。「他雖然不如你有本事，可我希望我的女兒平平安安過一輩子。」

衛景明不能吐露太多，只能含糊道：「顧叔，您心知肚明，綿綿不可能平平安安在青城縣過一輩子，她早晚要離開這裡！」

顧季昌心裡大驚。「你快住口！她是我的親生女兒，她只能在青城縣，哪裡都不能去！」

衛景明心道：我知道她是您的親生女兒，但您卻不能阻止人家母女相認。

可他現在什麼都不能說，他不能讓綿綿和吳家訂親，不然那個呆子說不定又要暴斃。

衛景明想了想。「顧叔，這樣，您可以不把綿綿許給我，但是她不答應的親事，您不能強行給她訂親。顧叔您放心，我不會幹傷天害理的事。可我喜歡綿綿，您總不能剝奪我這個權利。」

顧季昌啞然，喜歡他女兒的人太多了，他真管不過來。「隨你，只求你不要傷害我的女兒。」

衛景明從地上爬起來。「顧叔，我就算自己死了，也不會傷害綿綿的。」天知道他最近為了夜裡來蹲牆頭，內息功夫又被他自己逼得提升了一個境界，如今顧季昌就算晚上起夜，也發現不了他。

顧季昌擺手。「你去吧。」

衛景明走的時候，去西廂房門口敲門。「妹妹，我給妳帶了本書，妳留著慢慢看。」

顧綿綿這會兒正害羞呢，不肯來開門，衛景明就把書放在房門口，自己回了租來的小破院子裡。

顧綿綿等他走後，悄悄取了書回去，心裡卻不停地翻騰。這個二百五為什麼要說這樣的話？他是開玩笑的嗎？

捫心自問，顧綿綿心裡也知道吳家是個好人家。她心裡清楚，她爹斷然不會答應衛景明的求親。可吳家，聽說吳太太是個最規矩的人，顧綿綿一想到可能得嫁去吳家，忽然有些煩躁。這三天裡，顧綿綿晝夜難安。等到最後一個晚上，顧季昌去衙門值夜，衛景明又來敲門。

顧綿綿一開門，發現是他，立刻要關門。衛景明用一根手指頭就抵住了房門，示意她不要出聲。

顧綿綿看著上房還亮著燈，不敢吵鬧。

衛景明抬手把屋裡的燈熄滅，隨手把椅子上的外衫拿到手，披在顧綿綿身上，然後摟著她的腰出了西廂房，門也被他帶上了。

顧綿綿嚇了一跳，正要叫喊，衛景明一把捂住她的嘴，然後抱著她騰空而起。

顧綿綿第一次體會在天上飛的感覺，很是新奇，瞬間忘了掙扎。衛景明飛得不快不慢，夜風吹起，顧綿綿的頭髮打在他的臉上，手下是她柔軟的腰肢，呼吸間都是她的香味，衛景明真恨不得吳家住得再遠一點。

衛景明先道歉。「綿綿，前天是我唐突了，請妳不要生我的氣。」

顧綿綿稍微紅了紅臉，岔開話題。「衛大哥，你功夫真好。」

衛景明在某戶人家的房頂上輕輕點了下腳尖。「妳要是喜歡，以後我經常帶妳飛。」

顧綿綿覺得他話裡有些不一般的意思，想掙扎開來，又怕自己掉下去，只能老老實實讓他抱著。「衛大哥，你要帶我去哪裡？」

衛景明咧嘴一笑，用寬大的袖子蓋住她的肚子，免得她受涼。「去個好地方。」

二人落在吳家正房窗戶外的一棵桂花樹上，示意她不要出聲。

顧綿綿有些不大自在，悄悄動了動，蹭到了衛景明敏感處，衛小明察覺到了，馬上興奮起來。衛景明額頭冒汗，一把摟住她，輕輕在她耳邊道：「別動，別說話。」

顧綿綿立刻老實下來，這時，正房裡的聲音飄了出來。

吳太太問吳大夫。「老爺，顧家什麼時候給回話啊？」

吳大夫道：「急什麼，顧班頭說得問問姑娘的意思。」

吳太太有些不喜。「婚姻大事，父母做主，怎麼還要問姑娘的意思？」

吳大夫把洗腳布扔到盆裡。「看妳這話說的，遠兒的親事，妳不也是問過他的意思才辦？誰家爹娘不心疼自己的孩子呢？」

吳太太笑著搖頭。「我就是擔心顧家姑娘性子野，聽說她在家裡父母都寵愛她。而且，她還幹過裁縫的營生，這膽子怕是比一般的漢子都大。」

吳大夫也笑道：「不會，顧太太是個賢慧人，顧姑娘是她帶大的，總差不到哪裡去。」

吳太太嘆口氣。「也是遠兒自己看中了我才答應的，行吧，姑娘長得好，以後給我生幾個孫子、孫女，多好看啊。」

吳大夫知道老妻的意思。「我的好太太，世人都說老實媳婦好，我反倒覺得，有些脾氣的好。遠兒是個老實孩子，媳婦有些脾氣，她總歸和兒子一條心，還能護一護兒子。我寧可兒子在屋裡被媳婦罵兩句，也不想他在外頭受別人欺負。」

吳太太點點頭笑了。「還是老爺你有成算。」

兩口子說笑間一起歇下，屋裡傳來些不一般的動靜。見顧綿綿還在豎著耳朵聽，衛景明心裡暗罵，兩個老不正經的。他一把抱起顧綿綿，像一陣風一樣飄走了。

半路上，顧綿綿低頭思索吳太太的話，衛景明把外衫給她裹緊一些，摸了摸她的頭髮，悄聲道：「綿綿，妳放心，我不會讓任何人傷害妳的。」

顧綿綿抬起眼看著他，忽然道：「衛大哥，多謝你。」

衛景明把她又摟緊了一些，輕輕拍了拍她的後背。「別怕，有我在呢。」

顧綿綿一點沒有掙扎，她覺得這一刻非常安寧。雖然在天上飛，她卻感覺到自己被保護在一個安全的匣子裡，沒有色鬼、沒有嫌棄她的人。衛景明一路飛來，已經變涼的夜風都被他用內息擋在二人之外，彼此之間呼吸相聞。顧綿綿甚至都想一直住在這個匣子裡，不去面對外面的風言風語。

等到了顧家，衛景明輕輕把她放在西廂房門口，他還想和顧綿綿說兩句話，對面東廂房的門吱呀動了。

薛華善打開門後，只看到妹妹披著外衣站在西廂房門口，衛景明早就飛得沒影了。

顧綿綿和薛華善打過招呼，自己回了屋。

第二天，顧季昌再次問顧綿綿的意思。顧綿綿看向顧季昌。「爹，如果吳家同意讓我以後繼續做裁縫，我就答應。」

顧季昌心裡也覺得這個問題好，他希望女兒能有自己的營生，不管到什麼時候，都不用看男人臉色吃飯。

吳遠覺得這都不是件事，他也希望顧綿綿能做些自己喜歡的事情，只要她高興就好。他當著父母的面告訴媒人。「煩勞您告訴顧叔，只要綿綿喜歡，她可以一直做裁縫。」

吳太太想說什麼，張了張嘴，又閉上了。

等媒人走後，吳遠高興得耳朵尖都紅了。他去顧家看病的時候，偶爾會看兩眼顧綿綿。美人動人心啊！顧綿綿那花容月貌，每每讓吳遠都要失眠半夜，夜裡作夢都是顧綿綿。

那邊廂，媒人傳達了吳家的意思，顧季昌和阮氏都很高興。

顧季昌心道：壽安，你不能怪我，這可是綿綿自己答應的。

顧綿綿十分冷靜地問媒人。「敢問姑姑，是吳太太親口答應的嗎？」

媒人笑咪咪的。「小吳大夫親口答應的，人家一家子，誰答應了還不是一樣。」

顧綿綿看向顧季昌。「爹，我要吳太太親口答應我，以後不能阻攔我做裁縫，不管任何時候，都不能拿這事做文章。」

媒婆聽見顧綿綿的話，半晌後擠了個笑容。「顧姑娘，小吳大夫答應的時候，吳太太也沒反對呢。」

顧季昌明白女兒的顧慮，給阮氏使了個眼色。

阮氏起身，往媒婆手裡塞了個二錢大小的銀角子。「嫂子，我們家姑娘雖說不是我生的，我也帶了她許久，我知道她的秉性，內心最是和善，喜歡把事情提前安排好。做親做親，這是一輩子的事情，自然希望公婆都看重她才好。我們做爹娘的也是這個意思，請嫂子代為轉告，務必請吳大夫和吳太太開口允諾才好。」

媒婆看在銀子的分上，雖然覺得顧家難纏，還是笑咪咪地答應下來，又去吳家跑了一趟。

吳遠今日沒有去藥房，他躲在自己屋裡寫字。在一張紙上胡亂寫些東西，剛開始還是什麼白朮沈香，漸漸變成龍鳳呈祥、鴛鴦戲水。

寫著寫著，吳遠的耳朵根紅透了。他想起夢裡的顧綿綿，千嬌百媚。不知道她穿上嫁衣，是不是和夢裡一樣讓人心醉。

綿綿，妳放心吧！我一定會對妳好的，讓妳衣食無憂，讓妳平安喜樂。

媒婆再次折回，吳家人有些奇怪。吳遠時時刻刻想知道顧綿綿的消息，立刻又奔回了正房。

媒婆期期艾艾說了顧家意思，吳遠再次衝在前面。「姑姑，您讓顧叔和嬸子只管放心，我家裡再不會反對的。」

媒婆笑了笑。「小吳大夫，我受人之託，總得問一問吳大夫和吳太太的意思。」

吳遠滿眼期待地看著父母。

吳大夫哪裡禁得住兒子這眼神？他多看重自己的兒子啊！難得他喜歡一個姑娘到了廢寢忘食的地步，做父母的怎麼能不支持。

吳大夫正要點頭，吳太太咳嗽了一聲，吳大夫摸了摸鬍子，止住了話。

吳太太看著兒子。「遠兒啊，你看，這婦人家成了親，要打理家事，以後養育兒女，就算我不反對你媳婦出門，她也沒時間出去啊。」

吳遠想了想。「娘，咱們家有丫鬟、婆子，要是綿綿覺得家裡悶了，想出去走走，您覺得可行嗎？」

吳太太十分為難，話說得很委婉。「遠兒啊，你看這樣行不行？沒孩子之前，她可以繼續做裁縫。等有了孩子，小孩子家家魄魂不穩，她要是成日還去和死人打交道，怕會惹上髒東西，孩子受不住啊。」

吳遠不知道要怎麼反駁吳太太，雖然他娘說的有些道理，但他覺得以顧綿綿的性子，可能會不高興。

也罷，先安撫住兩頭，等以後成親了，我慢慢在中間轉圜。綿綿是個好姑娘，娘肯定會喜歡她。只要婆媳關係好，綿綿以後想幹麼，自然也不難。

於是吳遠不再說話，媒婆問道：「太太，可是要這樣回顧家？」

吳太太點頭。「多謝您了。」

吳遠給旁邊的婆子使了個眼色，婆子雖然是吳太太的人，但家裡就這一個少爺，不敢不聽吩咐，立刻上前也往媒婆手裡塞了個銀角子。「還請您幫著轉圜。」

媒婆高高興興地走了，她也覺得吳太太說的很有道理。婦道人家，以後兒女一大群，好好在家帶孩子就是，吳家家底豐厚，又不指望她一個月掙那幾個銀子買米來下鍋。

顧季昌和阮氏聽到後，雖然不是十分高興，但也不得不承認，吳太太的安排也沒有錯處。只有顧綿綿，一臉嚴肅地搖頭。「爹，我不能答應這門親事。」

媒婆驚呆了。「姑娘，這是怎麼說的？青城縣哪有幾家比吳家還好呢？」

顧綿綿看向顧季昌。「爹，從小您就教我，雖是女兒家，也要自立，不能什麼都靠男人。我辛辛苦苦學本事，現在一年也能掙幾十兩銀子，雖然比不上吳家家大業大，但我花自己的錢，心安理得。可吳家想斬斷我的手腳，讓我以後只能靠男人吃飯，爹，我做不到。」

顧季昌心裡五味雜陳，他不知道自己這樣教女兒到底是對是錯。女兒能夠自食其力，不至於像她親娘以前一樣，家族覆滅時，毫無反抗之力。可世俗，卻越來越容不下女兒。

阮氏十分為難。作為一個靠男人吃飯的當家太太，她內心其實很羨慕繼女。

阮氏以前甚至想，要是自己年幼時學了好本事，是不是不用給人當填房？雖然官人在青城縣是個體面人物，對她也很好，但這是她運氣好。萬一運氣不好，那後娘豈是好做的？她不想讓繼女丟掉手藝，也不想她錯過吳家的親事。

媒婆想了想，勸道：「姑娘，您看，吳太太說了，沒孩子前，您想怎麼樣就怎麼樣。等有了孩子，到時候您一忙起來，怕是也顧不得出去了。」

顧綿綿硬邦邦回道：「不讓我出去和我顧不得出去，這是兩碼子事。」

顧季昌忽然嘆氣。「煩請您告訴吳家，兩家無緣，請吳家另擇賢良女為媳吧。」

媒婆驚呆了。「顧班頭，這、這可是打著燈籠難找的好親事。」除了顧綿綿的營生有些駭人，在媒婆看來，吳少爺和顧小姐，真正是郎才女貌，多般配啊！

顧季昌不再說話，阮氏上前陪著笑臉。「嫂子，煩勞您了，兩家少了些緣分。就算不能做親，以後也還是要來往的。」

媒婆有些洩氣。「那行吧……我去吳家回話了。」

聞訊，吳家人驚呆了，特別是吳遠，他從滿臉欣喜變得面色蒼白。

他木然地轉過頭，看著吳太太。「娘，您答應綿綿好不好？我打聽過了，在青城縣，她一個月也接不了兩、三個活。娘，就當是她帶來的嫁妝，咱們別管她好不好？」

見到兒子這個樣子，吳太太頓時心疼得要命。「遠兒，遠兒你別難過，娘答應她，娘答應她就是了。」

吳遠立刻又歡喜起來，他站起身就往外衝。「娘，我自己去告訴綿綿。」

吳遠一口氣跑到了顧家，和尷尬的顧家人打了招呼後，他一頭衝進西廂房，拉著顧綿綿的手道：「綿綿，妳別生氣，我娘答應了，她答應了。」

顧綿綿看著吳遠額頭上的汗，心裡十分不忍，本來想掏出帕子給他擦擦，想到自己確實無意，便頹然放棄，緩緩抽出自己的手，背對著吳遠。「小吳大夫，您回去吧，我想說的話，剛才已經告訴媒婆了。」

第十章

吳遠把顧綿綿轉過身來，認真地看著她的眼。

「綿綿，對不起，剛才是我的錯，我沒有為妳著想，只曉得聽憑我娘的安排。妳放心，等妳去了我家，我娘說得要是不對，我不會一味偏著她，妳是我的妻，妳才是和我過一輩子的人。」

顧綿綿皺眉，忽然高聲道：「吳遠，你還跟我裝糊塗？求親是男方家姿態最低的時候，這個時候，我為了一點自由都要和你們家來回拉扯好幾趟，入門前還得罪了你娘。就算你以後體貼我、照顧我，可你娘看不慣我，要是我和她三天兩頭吵嘴，剛開始你還能在中間調解，時間長了，你難道不煩？你會覺得我不懂事，家裡不缺吃、不缺喝，我幹麼一定要出門？鬧得家宅不寧！」

吳遠的心被重重擊了一下。他內心清楚，他娘是有些看不上綿綿，看在自己的面子才答應了這門親事。可顧綿綿一點不傻，立刻把這些見不得光的心思都拉扯出來，放在太陽底下曬一曬。

吳遠繼續爭取。「綿綿，妳再給我個機會好不好？我一定會處理好妳和我娘之間的關係，等我們有孩子就好了，我娘有了孫子，就不會再找我們的麻煩。」

顧綿綿不去看吳遠。「吳遠，你走吧，我們不合適，我不想以後每天和婆母鬥心眼。對不起，你是個好人，希望你能找到個你娘喜歡的賢妻。」

吳遠覺得自己的心都要碎了，他的聲音都有些顫抖。「不！綿綿，我喜歡妳，我想和妳在一起。我日日夜夜都在想妳，夢裡都是妳。綿綿，妳不能這樣傷我的心。」

顧綿綿心裡也十分難受。「吳遠，我不想為了嫁人，變成個廢人。」

吳遠忽然道：「綿綿，妳不肯，是因為他嗎？」

顧綿綿像被踩到了尾巴一樣。「我們之間的事情，和別人不相干！」

吳遠見她這樣子，忽然笑了，強忍住眼裡的淚水沒掉下來。「綿綿，我知道了。不管怎麼樣，妳要記得，我喜歡妳。」

吳遠像具行屍走肉一般離開了西廂房，剛出顧家大門口，他便遇到了衛景明。他睜著腥紅的雙眼看著衛景明。「你要好好對她，不然我隨時隨地都能一副藥毒死你。」

衛景明見他這個樣子，心裡也不好受，看他的背影走遠，才小聲嘟囔一句。「呆子，我這是在救你。」

吳遠繞開衛景明，回到了吳家。

剛一進家門，他頹然跪倒在地上。平日裡溫柔儒雅的小吳大夫，捂臉無聲地痛哭起來。

衛景明進了顧家小院，只有薛華善過來和他打招呼，小聲喊了聲大哥。

顧季昌和阮氏在正房，兩口子剛才看見吳遠失魂落魄地走了，心裡都不好受。

阮氏道：「官人，我看吳太太也不是個難相處的人。」

顧季昌看著院子裡面如冠玉的衛景明，說了句沒頭沒腦的話。「入不了心的人，一丁點事情，都能成為理由。」

阮氏品了品，才明白顧季昌的意思。「官人，要答應衛小哥嗎？」

顧季昌輕哼。「那就要看他的本事了。」

衛景明在外頭聽到這話，心裡並不在意。岳父您放心吧！我早晚會讓綿綿答應的。

他見顧家死氣沈沈的，乾脆拉著薛華善練武，一陣乒乒乓乓，家裡又熱鬧起來。

顧綿綿正在西廂房納鞋底，心裡十分煩亂，看到衛景明來了，忽然想起吳遠問的話。

小吳大夫為什麼要問那樣的話？是我和這個二百五之間看起來很不正常嗎？

顧綿綿仔細想了想，從衛景明出現，他似乎一直在接近顧家人，姓張的老色鬼步步緊逼，除了吳家幫忙，後面似乎一直有他的影子。

以前，顧綿綿以為他就是爹的下屬，當作親戚來往就是。可是，可是他昨兒為甚當眾求親？還帶我去吳家聽牆根。我拒絕了吳家的親事，是不是大家都以為是因為他？

思及此，顧綿綿不禁拿起帕子捂住了臉。

外頭衛景明有些心不在焉，他也是逼不得已，不然也不想讓綿綿這麼早知道自己的心思，他本想慢慢暖暖她的心呢。現在冷靜想想，就算自己不求親，其實也能阻止吳家。

衛景明不得不承認，他其實就是故意這麼做。精明的衛大人有一萬種方法，在感情上頭，卻選擇了最笨的一種。

衛景明見顧綿綿縮在屋裡不出來，又有些忐忑。

綿綿會不會覺得我孟浪？不光求親，還卑鄙地破壞了她和吳家的親事。算了算了，不管她怎麼想的，反正不能讓她和吳家訂親。

不得不說，有衛景明在前頭盯著，顧季昌確實一時半刻不再想女兒的親事問題，而是在想衛景明的來歷。

難道他是京城來的？難道是方家人？人人都以為顧綿綿親娘死了，只有顧季昌知道，那墳墓裡埋的，只是幾件衣裳罷了。

顧季昌打住自己的思緒，有些人雖然還活著，他只能當她死了。

妳派人來看女兒我不反對，但妳可不能傷害無辜！

衛景明和薛華善耍了一會兒刀，便一起到東廂房說話。

薛華善給衛景明倒了杯茶。「衛大哥，你昨天是怎麼回事啊？」

衛景明咕嚕咕嚕把一杯茶喝光。「華善，難道我不能喜歡綿綿？」

薛華善不知道怎麼回答，轉念一想也對，誰也沒規定衛大哥不能喜歡妹妹。「可是，我看義父的樣子，不想答應你。」

這個徒弟真沒有白教啊！衛景明心裡暖暖的。「不要緊，早晚顧叔會知道我的心。」

薛華善提醒他。「衛大哥，要不，你這兩天別來我家了，義父好像不太高興。」

衛景明放下茶盞。「不怕，只要顧叔不趕我走，我還會來吃飯。」

衛景明說到做到，等做飯的時候，今天輪到顧綿綿做飯，他跟著薛華善一起去灶下燒火。

顧綿綿只管做飯，一個字不說，完全忘了昨晚自己還依戀衛景明的懷抱。衛景明悄悄覷了兩眼，發現顧季昌就在外頭盯著，立刻把嘴巴閉緊，安分燒火。

吃飯的時候，一家子都詭異地不說話。

衛景明忽然開口。「顧叔，有件事情我得提醒您。」

顧季昌嗯了一聲。「你說。」

衛景明道：「當日說張五姑娘比不過綿綿一根手指頭的話，是從齊家流出來的。」

顧季昌不得不正視起來。「我與齊大人並無冤仇，如何這樣針對我？」

衛景明想了想。「可能是齊家僕婦隨口一說，也可能是齊家故意為之。」

顧季昌放下筷子。「你知道些什麼？」

衛景明起身，在顧季昌耳邊低聲說了一句話。「郭捕頭前幾日夜裡悄悄提著禮物去了齊大人家裡。」

顧季昌臉上冰冷。「我知道了，你莫要說出去。到了衙門裡，該怎麼樣，就怎麼樣，對齊大人要恭敬。」

衛景明連忙給他挾菜。「顧叔您放心，我對楊大人和齊大人，再沒有一絲失禮之處。」

顧季昌這點還是比較滿意，衛景明雖然平日裡嘻嘻哈哈看起來沒個正經，大事上頭從來不糊塗。

唉！若不是這小子來歷成謎，不然真是個不錯的孩子。再看看女兒，這一雙小兒女都長得這麼好看，要是能成親，以後的孩子那得多漂亮啊？

該死該死，這是做爹的能想的嗎？顧季昌立刻打住自己的思緒。

有了這個對話，大家都開始接話，總算打破了尷尬。

衙門裡的事情還沒理清，孟氏又上門了。

這次，孟氏沒有哭哭啼啼，而是一臉喜色。「妹妹，大喜，大喜啊！」

阮氏和顧綿綿都面無表情，顧岩嶺問：「舅媽，您懷小弟弟了？」

顧綿綿沒忍住噗哧笑了，阮氏拍了兒子一下。

孟氏尷尬地笑了一下。「妹妹，我受人之託，來說親了。」

阮氏不等她開口，主動拒絕。「嫂子，華善身上有親，綿綿的事要我家官人做主，多謝妳關心我家孩子。」

孟氏臉皮厚，面上又笑咪咪的。「妹妹，說來是我有眼無珠。那姓張的一把年紀，又是做妾，有什麼好的。這回我說的人家，保管妹妹也覺得好。咱們縣裡李員外，託我來跟妹妹說，想求你們家姑娘給他的長子做正妻呢！」

阮氏知道李員外，家裡家財萬貫，長子有些不務正業。

顧綿綿忽然道：「舅媽，您不知道吧？李大公子原來娶過親的，李大奶奶被他打死了，頭上破了好幾道口子，還是我去縫的。舅媽您可當心些，說不定李大奶奶的魂魄就在我身邊呢！」

孟氏立刻搓了搓胳膊。「外甥女，妳可別嚇唬我。我只是來說親，又不是來幹壞事！」

阮氏皺了皺眉頭。「嫂子，我知道了，多謝妳跑一趟，李家富貴，我們高攀不上呢，請妳幫我回絕了吧。」

孟氏收了李家給的銀子，有些不死心。「妹妹，妳再想想嘛，李家可是咱們青城縣第一大戶。」

阮氏怕顧綿綿不高興。「嫂子，多謝妳，不用再說了。」她用腳趾頭都能猜到，娘家嫂子肯定是收了人家的錢。

可不是？李員外想那什麼一品誥命雖說是流言，但顧家女長得好看，那一輪事下來，命格看來也算重，說不定真的能壓住自己的混帳兒子呢？

李員外千不該、萬不該，就是找了孟氏做媒人。要說顧綿綿討厭的人裡頭，孟氏絕對能排前三位。

孟氏見顧綿綿拉下了臉，敷衍幾句，便趕緊拍屁股走人，心道：你們不答應，我自然有辦法讓你們答應。

當天晚上，顧季昌回來聽說後，二話不說就拒絕了。李員外的大兒子是個什麼東西？老婆都讓他打死了，那就是個火坑！

阮氏十分羞愧，覺得娘家總是給她丟臉。可眾人萬萬沒想到，平日裡只曉得一味耍橫的孟氏，居然聰明了一回，她自己不敢上門，把顧家的老祖宗請來了。

第二天，顧季昌的親老娘岳氏上門來了！

岳氏生了兩個兒子，顧季昌是老大，繼承了父親的差事，他還有個弟弟顧老二。要說岳氏為什麼和老二一起生活，這裡頭有原因。

這岳氏別的毛病沒有，最喜歡補貼娘家。原來顧季昌的爹在世，她還稍微收斂些。等顧季昌的爹一死，她立刻幫小兒子娶了娘家姪女，夥同姪女一起整天往娘家搬運東西，恨不得叫兒子養著弟弟一家子才好。

當時方氏還在時，她給顧綿綿置辦了不少東西，卻經常被岳氏偷了拿回去給娘家姪孫，連尿片她都拿。

方氏大家小姐出身，自然不會和婆母吵架，自己一個人抱著女兒哭。

顧季昌心疼妻女，又不能罵老娘，就去舅舅家把表弟狠狠揍一頓，把女兒的東西全部搶回來。

岳氏把方氏罵了個狗血淋頭，說她離間兒子和舅舅的關係。顧季昌則絲毫不肯讓步，岳氏最後乾脆一賭氣，帶著小兒子夫婦，直接去城郊跟弟弟住在一起。

顧季昌也不攔著他們，只是逢年過節去看看，每個月給生活費。多少年了，兩邊還算和睦。等到阮氏進門，岳氏又想來搬東西，被孟氏罵個臭頭。

這回為了顧綿綿的親事，孟氏居然和岳氏和好了！

岳氏一進門，阮氏立刻帶著兩個孩子出門迎接。「娘來了。」

岳氏嗯了一聲，她對這個兒媳婦雖然不是十分滿意，但好歹給她生了個孫子。

顧綿綿依照規矩給岳氏行禮。「祖母。」

岳氏一反常態，親近地拉著顧綿綿的手，笑得一臉褶子。「我的乖孫女，怎麼不去祖母那裡看看？」

顧綿綿臉上帶著笑，心裡卻打起了鼓。往常祖母見了自己就翻白眼，怎麼今日如此熱情？定然有鬼！

阮氏心裡也覺得哪裡不對，立刻給兒子使了個眼色。

顧岩嶺乖覺，和祖母打過招呼後，便問阮氏要了兩個大錢，說要出去買糖人吃。出了大門，便直奔縣衙找他爹。

顧季昌聽說自己老娘來了，立刻找楊石頭請假，火速奔回家。衛景明見到顧季昌火燒屁股一般，立刻問薛華善。「家裡發生了什麼事情？」

薛華善小聲道：「老太太來了。」

然後，薛華善把顧家老太太的行為仔仔細細說了一遍，衛景明覺得這老太太定是無事不登三寶殿。

顧季昌急匆匆趕回家，見到笑咪咪的老母親，連忙問好。「娘近來身子可好？您怎麼一個人來了，老二呢？」

雖說不住一起了，岳氏見到出色的大兒子，心裡依然十分驕傲。「你舅舅這幾日病了，你表弟一個人忙不過來，我讓你弟弟留著照看兩天。」

舅舅是顧老二的岳父，幫忙照看也說得過去。

顧季昌吩咐阮氏。「晌午多做幾個菜，我們陪娘好好吃頓飯。」

阮氏點頭。「官人放心，我才剛讓綿綿又去買了兩個菜。」

岳氏忽然道：「綿綿大了，又這般出色。老大，你家裡也不是過不下去，怎麼不給她買個丫鬟？」

顧季昌實話實說。「娘，您都沒丫鬟使，她一個小孩子，哪裡用得上丫鬟？」

誰知岳氏這回不擺譜。「我一個老太婆，要不要丫鬟能怎麼樣？綿綿不一樣，等她成了李家大少奶奶，難道還能不用丫鬟？」

顧季昌立刻道：「娘，沒有的事，兒子拒了李家的求親。」

岳氏皺眉道：「你糊塗啊！怎麼能拒了李家的親事？那李家家財萬貫，李大郎雖然喜歡玩，那是他年紀還小呢，等過幾年就好了。李家可比張家都好，更別說吳家了。李家說了，只要同意親事，給一千兩銀子的聘禮呢！」

顧季昌額頭青筋直跳。「娘，您怎麼知道李家要給一千兩銀子聘禮？連我都不曉得。」

岳氏訕訕笑了。「我這不是聽小郎他舅媽說的嗎？」岳氏可不傻，孟氏想把她當槍使，她轉臉就把孟氏賣了。

阮氏頓時臉色煞白，恨不得找個地縫鑽進去。

顧季昌心裡門兒清，給了阮氏一個安慰的眼神，然後對岳氏道：「娘，李家的親事我不會答應的。那李大郎原來娶過親，前頭婆娘被他活活打死。我就這一個女兒，怎麼能把她推入火坑？」

岳氏立刻拉下臉。「老大，我已經答應了李家，連聘禮都收了。我是她祖母，難道做不得主？」

顧季昌大急。「娘！您怎麼能收人家的禮？快些退回去！」

外頭顧綿綿聽見了，一頭衝了進來。「爹，不要緊，舅爺家的表妹年紀也到了，既然祖母收了人家的禮，肯定泰半都給了舅爺家，不如讓表妹嫁過去，這樣豈不省事？」

岳氏撇嘴。「要不是妳表妹長得不如妳，我還真想讓她嫁到李家去呢！」

顧綿綿冷笑。「誰嫁過去我不管，我是不會嫁的。如果非要逼我，我就只能把我身邊的小鬼都放到她床頭去！」

岳氏聽見她這樣威脅，十分生氣。「婚姻大事，自來都是父母做主，有妳說話的地方？」

顧綿綿慢騰騰回道：「既然是父母做主，爹、二娘，你們誰答應了李家的親事？」

顧季昌看向女兒。「綿綿，妳去做飯吧。」

顧綿綿知道，有她爹在，祖母那裡不用擔心，她點頭道好，然後去了廚房。

剛出正房門，便看到衛景明進了大門。

衛景明走了過來，悄悄問：「老太太還沒走？」

顧綿綿點頭。「沒事，有我爹在呢，我去做飯了，你既然來了，晌午就在這裡吃吧。」

衛景明笑道：「我去打個招呼，然後給妹妹燒火。」

顧綿綿撇開眼神。「我自己能燒火。」說完，轉頭進了廚房。

衛景明嘿嘿笑著進了正房，掀開簾子給顧家長輩們行禮。

岳氏一看，好一個俊俏的少年郎。「老大，這是誰家孩子？長得真好。」

顧季昌想了想，回答岳氏。「娘，這是我的小徒弟，衛景明。」

上至老太太，下至小女娃，誰不喜歡俊俏的少年郎呢？岳氏拉著衛景明的手一頓摩挲，心想弟弟家的孫女要是能說給這個孩子，倒是不錯，好歹是衙門裡的人，比鄉下那些種田漢強多了。

衛景明覺得這老太太看自己的眼神就像看一塊肥肉，不動聲色地抽出自己的手。「顧叔，衙門裡的事我都交代好了，楊大人讓我來告訴您，下午不用去衙門，只管好生陪著老太太。」

顧季昌點頭。「你帶岩嶺去院子裡玩。」

衛景明拎著顧岩嶺去了院子裡，從懷裡掏出個陀螺，把顧岩嶺肚子裡的話掏得乾乾淨淨，然後去廚房幫忙燒火。

顧綿綿正在切菜，米已經下到鍋裡，灶門下還是涼的。衛景明坐在灶門下，看著她輕輕晃動的裙襬，又想起那天晚上拂在他臉上的秀髮，還有髮絲上淡淡的香味。

他從灶門洞裡掏出火石。「綿綿，妳別擔心，這事交給我吧。」

顧綿綿手裡的刀頓了一下。「和你有什麼關係？」

衛景明把火把填進灶門。「怎麼沒關係？我想娶妳啊，自然不能讓妳和別人訂親。」

這個二百五，腸子就跟那棒槌似的，直通到底！

顧綿綿的臉不自覺得紅了紅。「快別胡說了！」

衛景明笑了笑。「綿綿，我沒有開玩笑，我就是想娶妳。」

顧綿綿呸了一口。「我才不要嫁給你！」

衛景明小聲哄道：「好好，不嫁不嫁。反正不能答應李家，現如今顧叔夾在中間為難，這事交給我，肯定辦得好好的。」

顧綿綿聞言心想：這個二百五雖然臉皮厚，其實還挺體貼的。

她轉過身問：「你有什麼好辦法？」

衛景明抬起臉，笑咪咪地看著她。「我要是能解決，妳有什麼好東西獎勵給我？」

顧綿綿想罵他，又想到他一向機靈，說不定真的有好辦法。「要是你能解決此事，我再給你做身衣裳。」

衛景明立刻抬起腳。「還要一雙鞋！」

顧綿綿剛才還覺得他體貼，現在卻想把手裡的菜刀扔過去。

衛景明放下腳，委屈兮兮道：「綿綿，我整天跑來跑去，鞋壞得快，我又不會做鞋。妳看，這裡開口了，我大腳趾頭經常戳出來。」

顧綿綿見到他鞋上的口子，心軟下來。「等會兒做完飯，我先幫你把鞋補補。」

衛景明連連點頭。「我就知道，綿綿最心疼我了。」他當著眾人的面喊妹妹，私底下卻叫綿綿，而且喊得十分膩歪。

我的天啊！顧綿綿覺得這個人就是屬驢的，不能對他好一點。

她氣得轉身繼續切菜，卻感覺自己的臉火燒火燎的。她手下重重地切菜，彷彿衛景明就是砧板上的肉。

衛景明不再逗她，一邊燒火、一邊抬頭笑看她。顧綿綿覺得總有一道目光在後面盯著自己，讓她有些慌亂。

最後她實在忍不了了，回頭小聲喝斥他。「你別總是看我！」

衛景明立刻低下頭，小聲嘀咕。「可是我想看嘛……」

顧綿綿長這麼大，第一次遇到這種情況，她也不曉得要怎麼解決，只能蠻幹嗔罵道：「反正你低下頭，不許偷看。」

衛景明笑道：「好，我不偷看。」

等顧綿綿切完了菜，到灶臺上炒菜時，衛景明又目不轉睛地盯著她看，眼底的溫柔簡直就跟顧岩嶺買的糖人一樣，能讓人化在裡面。

顧綿綿揮舞著小鍋鏟。「不是讓你不要看我?!」

衛景明捧著臉笑。「妳說不讓我偷看，現在我是光明正大的看呀！」

顧綿綿氣結。

衛景明歪著頭。「綿綿，妳要是覺得吃虧，妳也看我呀！」

顧綿綿鬼使神差般真的去看他，然後自己先不好意思起來。這個二百五長得真不賴，她認識的少年郎裡頭，再沒誰比他還好看。

衛景明問道：「綿綿，我好不好看？」

炒菜的聲音比較大，但衛景明還是聽到了顧綿綿的聲音。「好看有什麼用？瞧你，整個人傻裡傻氣的。」

衛景明插嘴。「不傻裡傻氣，怎麼會對妳死心塌地呢？」

第十一章

這一頓飯做得比任何時候都讓顧綿綿難熬。衛景明這個二百五總是在那裡胡說八道，影響她做飯，逗得她滿臉通紅。那一盤青菜炒豆皮，她還差點忘了放鹽。

吃飯的時候，衛景明坐在岳氏旁邊，憑著自己嘴甜，哄得岳氏把家裡的事都透露出來。

吃過了飯，衛景明立刻告辭。一個下午的工夫，他就把岳氏娘家的事情打探得一清二楚。衛景明猜得一點不錯，但凡那種需要吸女兒血的人家，兒子大多不成器。岳氏的姪孫不但好吃懶做，還好賭。

說起賭，衛景明覺得這青城縣沒人能比得過自己。

岳家離縣城不遠，衛景明悄悄在岳家門口丟了半兩銀子。岳大郎撿到銀子後，立刻直奔縣城賭場，衛景明早就在那裡等著他呢。

衛大人當年是北鎮撫司的賭王，他和岳大郎在一個桌上。剛開始，他讓岳大郎贏了好幾十兩銀子，讓岳大郎贏得眼都紅了。然而很快，岳大郎就被衛大人坑得褲衩都保不住，倒欠近二百兩銀子。

衛景明看著眼前贏的一堆銀子，他從銀子堆裡拿了十兩銀子，把剩下的銀子一推。「我是衙門中人，按理不能來賭場，今日我破戒，我只拿回自己的本錢，剩下的銀子就不要了。」

說完，他叫來賭場老闆。「把這錢買了陳米，發給城裡的窮人吧。」

老闆立刻把衛景明誇讚一番。

衛景明斜眼看他。「你要是敢中飽私囊，我以後天天來，把你的家底贏光！」

老闆立刻道：「哎喲，差爺，求您手下留情。您只管放心，我一文錢都不貪。」

衛景明拍拍手，看著旁邊的岳大郎。「這位兄臺，你剛才問我借了二百兩銀子，什麼時候還給我啊？」

旁邊有人嗤笑。「岳大郎不用急，回去把妹妹賣了，立刻就能還帳。」

岳大郎陪笑。「差爺，您看，您剛才一甩手就捐出去那麼多銀子，哪裡在意我這點呀？」

衛景明哼一聲。「在意不在意是我的事情，怎麼？你想賴帳？」

岳大郎立刻作揖。「不敢不敢，小人這就回去籌款。」

當天下午，岳大郎又在家門口撿到二兩銀子。他立刻又飛奔賭場，碰巧遇到了又等著他的衛景明。

到了最後，他又欠了衛景明三百兩銀子。兩次加起來，總共五百兩。

岳大郎終於清醒了，他到哪裡去弄五百兩銀子還債啊？

衛景明再次把錢全部捐了，然後追著岳大郎要債。岳大郎想賴帳，衛景明當場把一個茶盞捏得粉碎，岳大郎腿都嚇軟了，好不容易起身，他哭著跑回家。

第二天他剛出門，想去賭場碰碰運氣，又被衛景明逮住。「岳大郎，快還錢！」

岳大郎哭了。他哪裡有錢啊？

衛景明拎著他的領子。「不還錢也可以，不過要賣身抵債。」

岳大郎驚呆了。「差爺，差爺，我、我是良民。」

衛景明哼了一聲。「你想一輩子跟著我我還不答應呢，這樣，你賣身給我五年，不用做別的，給我打掃屋子、洗衣裳就可以。便宜你小子了，你哪裡值五百兩銀子？五兩銀子我都嫌貴。」

岳大郎不肯，衛景明立刻道：「咱們去衙門說話。」

岳大郎喊道：「差爺，您去賭場是違規的，楊大人肯定會罰您！」

衛景明怕個屁。「大不了老子不要這差事，一個月才一兩銀子，一輩子也掙不來五百兩。走，跟我去衙門。」

岳大郎嚇得腿哆哆嗦嗦。「差爺，我賣，我賣！」

衛景明放開他，從懷裡掏出一張紙。「這可是你自願的，別說我強迫你。」

岳大郎簽了賣身協議，當場被衛景明捉回家。岳家人見岳大郎沒回來，到處找。岳大郎的爹還找到了顧家，哭著告訴岳氏他兒子不見了。

岳氏讓顧季昌去找，還沒踏出門，就見衛景明哼著小調來了。

一進門，衛景明就道：「顧叔啊，我想辭了差事。」

顧季昌奇怪。「為甚要辭了差事？」

衛景明一拍大腿。「哈！我昨天去賭場，一下子就贏了好幾百兩。遇到個賴帳的小子，沒錢還帳，自己賣身給我當五年奴才。我想著，這衙役一個月才賺一兩銀子，還不如我去賭場賭兩把。」

顧季昌聽了額頭青筋直跳。「你去賭場了？」枉我還覺得你小子人不錯來著！

衛景明渾不在意，笑嘻嘻的。「是呀顧叔，昨天那個姓岳的小子，剛開始贏了，後面不還是輸給我。」

旁邊岳大郎的爹連忙問道：「是你把我兒子帶走了？」

衛景明奇怪。「顧叔，這是誰啊？」

顧季昌忽然覺得有些不對勁，問衛景明和他賭博的小子是誰。

衛景明報上了姓名，岳氏立刻道：「哎呀，這可真是大水沖了龍王廟。景明啊，那是我姪孫，和你鬧著玩的，你趕緊讓他回家吧。」

衛景明咧嘴笑。「老太太，他欠我五百兩銀子呢。讓他回去可以，先把銀子給我。」

岳氏傻眼。「看在親戚的面上，錢就算了吧。」

衛景明哈哈笑，臉色一沈。「老太太，我和岳家算哪門子的親戚啊？而且我聽說，這岳家人專靠吸女兒的血過日子。我最討厭這種男人，昨晚我罰他幹了一晚上的活。」

岳氏心疼極了。「景明，都是誤會，看在我的老臉上，你讓他回家吧！那什麼文書，不能作數的。」

衛景明問顧季昌。「顧叔，那文書不作數？」

顧季昌已經反應過來。「你們雙方自願，文書拿到衙門都作數。」

衛景明笑道：「那好說，只要銀子到了，我立刻放人。顧叔，以後我不來你家吃飯了。我有奴才了，讓他給我做飯。敢不聽話，看我不揍他！」

說完，他一跺腳，把腳底下的磚石震碎，又道：「顧叔，我得趕緊去衙門備案，萬一這小奴才跑了，我可虧大了。五百兩銀子啊，就買了這個廢物。唉，虧大了、虧大了！」

他一陣風似的跑了。

顧綿綿在西廂房笑得肚子疼。這個二百五，才一天的工夫，就想出這樣的好法子。

笑了一會兒，顧綿綿忽然覺得心裡有一陣異樣的感覺。

甜蜜？羞怯？顧綿綿也說不清，只覺得心裡像喝了蜜似的。他雖然是個厚臉皮，其實真的很心細。而且，他好像不大在意那些世俗的規矩。

顧綿綿坐到了案桌旁邊，拿起裡面快做好了的鞋。既然答應了他，就多給他做些衣裳、鞋襪吧。想到他露出來的大腳趾頭，顧綿綿心裡一陣陣的疼。

唉，真可憐！

外頭，岳氏和岳老大傻了眼，都看向顧季昌。「老大（表哥），你得想想辦法啊！」

顧季昌把雙手一攤。「娘、表弟，這雖然是我徒弟，但五百兩銀子，我沒有臉讓人家放棄啊。不行就湊錢吧，我倒是可以在中間說一說，少要一些，但至少也得二、三百兩吧。」

天啊！岳家到哪裡弄銀子啊。

岳氏忽然拉住顧季昌的手。「老大，讓綿綿嫁過去吧，立刻就有銀子了！」岳老大也是一臉同意的表情。

顧季昌鼻子都氣歪了。「娘，您讓我把女兒賣了，給表弟的兒子還賭債？娘，我是您撿來的吧？」

說完，顧季昌直接把岳老大扔出了家門。

岳氏在家裡哭，顧季昌讓阮氏只管送一日三餐，其餘不用管。

薛華善晚上跑去給衛景明報信，衛景明讓薛華善回去傳話，賣女人得來的錢，他不要。想讓他放了岳大郎，要把顧綿綿許給他！

顧季昌氣得罵。「他也來趁火打劫！」

薛華善趕緊勸。「義父，您別動怒。衛大哥說，不答應親事也行，老太太和岳家要把李家的銀子還回去，並且簽下文書，以後再不得干涉妹妹的親事。還要簽下欠條，只要敢再犯，他立刻去要五百兩銀子。」

顧季昌這才息怒。「你去告訴岳家，讓他們家簽文書。什麼時候把李家的銀子退了，什麼時候放人。」

岳氏氣得一直在屋裡罵，衛景明正好進門聽到了。「我怎麼聽見老太太在罵我？定是我昨晚沒睡好。那個死奴才，床鋪得硬邦邦的，讓我怎麼睡得好，我這就回去揍他一頓！」

岳氏拿他沒辦法，退了李家的聘禮，簽下文書，岳大郎也簽了欠條。

衛景明把欠條吹乾放入懷裡，笑咪咪地看著岳家人。「一群大男人，成日不曉得好好做活，就想著賣女人過日子，丟不丟臉？」

岳老大和岳大郎都羞愧地低下了頭。

岳氏在這裡住了幾天之後，心裡惦記小兒子和娘家，又火速奔回城郊。

岳氏一走，大家都鬆了口氣。只要岳氏不在中間瞎許諾，其餘誰也不能左右顧綿綿的婚事。

衛景明幫助顧家解決了一大麻煩，顧季昌雖然感謝他，可是一想到他去賭場瞎混，還能一下子贏幾百兩銀子，心裡又開始發愁，這小子真是不省心。

而顧綿綿心裡十分感激他，沒幾天的工夫，就給衛景明做好兩套衣衫和兩雙鞋子，每雙鞋子裡頭還塞了一雙襪子，用一個大包裹包好。

做好之後，衛景明來吃飯的時候，顧綿綿當著父母的面，大大方方把東西給了他。「多謝衛大哥前日的幫忙。」

阮氏有些羞愧，都是她嫂子鬧出來的。雖然眾人並沒有責怪阮氏，她還是私底下掏私房錢給繼女打了根赤金簪子，顧綿綿給衛景明做針線時，她還在一邊幫忙，也算是避嫌。

衛景明接過東西十分高興。「多謝妹妹，我前兒下鄉，把最後一雙鞋穿爛了。去針線鋪子買了一雙，不光不合腳，鞋底還薄，穿兩天又要爛了。」

顧季昌在一邊道：「你一個月就一兩銀子，總是買這、買那的，哪裡夠花？」

衛景明笑咪咪地坐在一邊。「顧叔，前日楊大人帶我們去青城山查找瑞石來源，我在山上找到兩塊石頭，一個長得像南極老仙翁，一個像金元寶，而且，這兩塊石頭和瑞石同出一處。兩塊石頭，您猜我賣了多少錢？三、五十兩！」

顧季昌喝了口茶。「既然有了錢，就好生過日子，莫大手大腳。這種橫財可遇不可求，不要總是指望這個。」

衛景明把包裹往懷裡摟緊一些。「顧叔，我又不想去問那些小商販要錢，可不就得想法子。您放心，買這石頭的都是縣裡有錢人。」

顧季昌嗯了一聲。「吃飯吧。」

吃飯的時候，衛景明貼心地幫顧岩嶺挑魚刺，幫他盛飯，活脫脫一個貼心兄長。

顧季昌見了心裡嘆道：真是冤孽！

轉天早上，剛吃了早飯，忽然有一年輕婦人急急忙忙來了顧家找顧綿綿。「顧先生，顧先生在家嗎？」

顧綿綿立刻起身。「我在。」

婦人道：「顧先生，我家老爺子今兒天還沒亮就謝世了。他生前全身長滿了瘡，身上沒得一塊好肉。我家老太太讓我來請顧先生去給我家老爺子送送行，您可得空？」

顧綿綿看向顧季昌。「爹，我去收拾東西。」

顧季昌道：「華善，你陪著你妹妹去。」畢竟得摸老頭子屍體什麼的，顧季昌肯定不能讓女兒單獨去。

衛景明趕緊自告奮勇道：「顧叔，我今日不當值，讓我陪妹妹去吧，華善今日還有好多差事呢！」

顧綿綿想了想。「爹，我自己去吧。大哥有了差事，不能總是為我告假。」

顧季昌猶豫了片刻才鬆口。「那就讓壽安陪妳去吧。」

衛景明把碗裡最後一口稀飯仰頭喝完，對顧綿綿道：「妹妹，我要不要換衣裳？」

顧綿綿看了看他身上的淡青色衣裳，點頭道：「不用換，這樣就很好。到了別人家，衛大哥不要多說話。」

衛景明立刻站好。「聽憑妹妹吩咐。」

顧綿綿回房把自己的東西收拾好，帶著衛景明一起，隨著那小婦人出門去了。

等到了那家，衛景明率先揭開白布。老爺子得了怪病，長了許多瘡，一個個破潰後，還沒長好，又開始長新瘡，他年紀一大把，如何能熬得住這苦？

衛景明來之前問過顧綿綿，趁著老爺子剛走，有些瘡要放膿，然後才能縫補。衛景明在一邊打下手，顧綿綿說刀，他立刻遞上小刀片，要剪子，他又火速遞了上去。

他在一邊靜靜看著，顧綿綿認認真真給老爺子縫補一個個嬰兒拳頭大的傷口。換做旁的女子，是寧可死也不會去摸一個死老頭子的屍體。可顧綿綿滿臉專注，沒有絲毫嫌棄，彷彿在繡花一樣。

衛景明忽然笑了。如吳太太一樣的蠢人，才會覺得綿綿的營生上不了檯面，他只覺得這個時候的綿綿，才是最美麗的。

忙活了近兩個時辰，顧綿綿終於讓老爺子變得體體面面。家裡孝子賢孫們謝過顧先生，端來熱水讓顧先生洗手。

顧綿綿換了三盆水才把手洗乾淨，又給老爺子磕了個頭，然後接過二兩銀子的工錢，謝絕主家留飯的邀請，帶著衛景明往回走。

這個時候不早不晚，已經過了午飯時間，衛景明立刻道：「妹妹，我請妳吃午飯。」

顧綿綿笑道：「今日煩勞衛大哥跟我一起出來幹活，怎麼能讓你請我？我請你吃吧。」

衛景明咧嘴笑。「那好，妹妹這一趟活，趕得上我兩個月俸祿，今日我也吃一回大餐。」

顧綿綿笑著快步往前走。「別貧嘴，跟我走。」

顧綿綿帶衛景明去了一家小飯館，點了兩大碗炒飯，還有兩碗清湯。

衛景明忙前忙後，給顧綿綿搬凳子，把凳子擦了擦，又幫她端飯、拿筷子。

店家很客氣。「顧先生和衛小爺慢吃。」這二人如今都是縣城裡有名的人物，不怪這小店的老闆認識。

顧綿綿謝過店家，先坐了下來。「衛大哥，這家的炒飯特別好吃，你也嚐嚐。」

很快東西就上來了，店家給的分量足，顧綿綿覺得自己吃不完，先分了一半給衛景明。

「你整日到處跑，多吃些。」

衛景明忽然想起上輩子，二人以夫妻名義同居時，顧綿綿知道他早年傷了身子，每天都會想辦法做些養生的東西給他吃。

他心裡流過一陣暖流，兩眼怔怔地看著顧綿綿，訥訥道：「綿綿，妳對我真好。」

顧綿綿看到他又賣呆，笑道：「快吃吧，晚上你想吃什麼？我做給你吃。」

衛景明立刻來了精神。「我想吃雲吞，那種皮特別薄的！」

顧綿綿用勺子舀了一勺飯進嘴裡。「好，我回去就做。」

衛景明卻搖搖頭。「妳今日累了，明日再做吧。」

顧綿綿忽然問：「衛大哥，你有沒有覺得，我幹這個不大體面？」

衛景明立刻道：「怎麼會？妹妹妳幫那麼多人體體面面上路，怎麼會不體面。憑自己本事掙銀子，有什麼不體面的？妹妹，妳要不要收徒弟，我給妳當徒弟好不好？」

顧綿綿頓時笑了。「快別胡說了！」

衛景明忽然把臉湊近。「妹妹，我的話都是真的，妳難道不喜歡我這樣的？」

顧綿綿啞然，然後塞了一口飯進嘴裡。「喜歡，比喜歡炒飯多一些。」

兩個人一直說說笑笑，少年俊俏爽朗，少女嬌媚大方，怎麼看都是一對璧人。

後來一陣子，衛景明但凡休息日，不是陪著顧綿綿出門，就是賴在顧家一整天。

這一日，衛景明一大早就拎著菜上門。

天漸漸熱了起來，顧綿綿換上了輕薄一些的衣裙，頭上還插了一根赤金釵。

衛景明一算日子，心裡偷偷笑，今日是顧綿綿的生辰。

衛景明把菜蔬交給阮氏，對著顧綿綿作揖。「恭喜妹妹又長一歲。」

顧綿綿這些日子和衛景明關係不錯，不再刻意避開他，聞言大大方方的。「衛大哥，你怎麼曉得我生辰？」

衛景明立刻栽贓。「岩嶺告訴我的。」

顧岩嶺不禁撓頭思索，心想：我什麼時候把姊姊的生辰告訴衛大哥了？

阮氏喊大家吃飯，一大家子很快圍在一起吃早飯。

顧季昌對阮氏道：「綿綿今日生辰，妳晌午帶她去扯些好料子，做兩身夏天的衣裳。」

阮氏笑道：「官人，咱們家就這一個姑娘，光扯料子怎麼夠？我還想給她打兩件首飾。」

顧季昌點頭。「隨妳。」

薛華善聽到後心裡暗暗盤算，他剛剛領了第一個月的俸祿，雖然只有一兩銀子，也該給妹妹買些東西。他想到衛景明天天買菜過來，放下筷子和顧季昌商量。「義父，我現在有了差事，也該往家裡交些飯錢。」

顧季昌立刻道：「胡說什麼？快吃飯！」

薛華善搖頭。「義父，就算是親生子，孩子大了，領了俸祿，也要交給父母。」

顧季昌想了想。「那你每個月交二錢銀子吧，給你義母就行。」

薛華善繼續搖頭。「義父，我交五錢。」正好是他俸祿的一半。

顧季昌想拒絕，阮氏道：「官人，孩子的心意我們接著吧。家裡吃穿都給他備好，一個月有五錢銀子零花也夠。我都給他攢著，留給他以後娶親用。」

顧綿綿捧起碗偷笑，薛華善耳朵根紅了紅，連忙從懷裡掏出五錢銀子給阮氏。

阮氏笑咪咪收下，還煞有介事道：「我得找個帳本記上。」

顧綿綿放下碗。「爹，我也交些伙食費吧。」

阮氏連忙道：「妳交什麼？家裡許多東西都是妳買的。姑娘家家的，好好攢著。」

顧季昌點頭，看向薛華善和衛景明。「男子漢大丈夫，要出去找食，不要在家裡和姊妹相爭。」

衛景明暗自發笑，立刻坐直了身子。「多謝顧叔教導。」

薛華善也連忙跟著道好。

顧季昌擺手。「吃好了跟我一起去衙門。」

等家裡男人一走，就剩下母女倆，連顧岩嶺這幾日也開始去上學。

阮氏看著顧綿綿把自己收拾好，母女倆一起出門。說是母女，兩人其實只差了七、八歲，一道走看來像年齡差多一些的姊妹。母女倆到了縣城最好的銀樓，阮氏帶著顧綿綿挑了一對金耳環，還有一根鑲嵌普通寶石的雙股金釵。

顧綿綿小聲道：「二娘，買一樣就夠了。」

阮氏把金釵插在她頭髮上。「妳大了，原該多買些首飾。因著妳容貌出色，頭先我就沒有刻意打扮妳。但咱們家又不是買不起，現在給妳買，妳得好好存著，過兩年都可以當嫁妝。」

顧綿綿小臉紅了紅。二娘真是的，整天把嫁妝兩個字掛在嘴上！

母女倆高高興興買了首飾，又一起去綢緞莊，這次顧綿綿非要阮氏也買一些。掌櫃的連聲誇，誇顧綿綿漂亮有福氣，誇阮氏大氣，後娘跟親娘似的。

阮氏最喜歡人家這樣誇她，抬手給了掌櫃一錢銀子賞賜。

等到晚上，顧家四個男人一起回來，阮氏和顧綿綿已經做好了一桌飯菜等著他們。

顧季昌從懷裡掏出一對實心赤金鐲子交給顧綿綿。「按照那些大戶人家的規矩，今日是妳的及笄之日。爹只是個小小的班頭，不能給妳辦及笄禮，就給妳買了一對鐲子，願我兒一輩子平安喜樂。」

顧綿綿聽到這話，眼角有些濕潤，雖然她爹只是個班頭，但從她小時候開始，就給了她最多的愛和包容，比起別人家的女兒，她真是自由自在長大的。

顧季昌看著女兒也有些感觸，只覺得一眨眼，她就長大了，也越來越像她親娘。

顧綿綿接過手鐲。「多謝爹。」

衛景明見這父女倆弄得氣氛有些沈悶，趕緊給薛華善使了個眼色，兄弟倆各自從懷裡掏出一朵絹花。

衛景明先開口。「妹妹，今日妳生辰，我和華善各自給妳買了朵花，祝願妹妹芳華永駐。」

薛華善也連連點頭。他和顧季昌想的不一樣，他覺得衛大哥人挺好的，而且對妹妹是一腔真心。且衛大哥不是個壞人，哪怕他有一身來歷不明的本領，卻從來沒傷害過別人。因此，他買花的時候，特意叫上了衛景明，衛景明一高興，又多教他一些鞭法。

顧綿綿笑著接過兩朵花，一朵迎春、一朵牡丹，紅通通的煞是好看。見她開心，阮氏笑而不語，顧季昌也沒說什麼。

等到顧岩嶺時，他撓撓頭，從懷裡拿出一個針頂。「姊姊，妳不是說妳的針頂不好用了，我給妳買了個新的！」

顧綿綿一把抱過弟弟，在他臉上親一口。「我們岩嶺最好了。」

顧岩嶺立刻笑得眼睛都沒了。

一家子高高興興吃了頓晚飯，眼見著天黑了，阮氏便留衛景明下來，讓他和薛華善睡在一間屋子。

臨睡前，顧綿綿仔細察看今日的生日禮物。看完薛華善送的迎春，再看到衛景明送的牡丹，顧綿綿忽然發現有些不對勁。

她把那花仔細看了看，其中一片花瓣比較厚，她再一摸，這花瓣是雙層的。她找到剪刀，小心翼翼把花瓣拆開，發現裡面有一張極小的紙條，只見紙條上赫然寫著四個小字：綿綿吾愛。顧綿綿立刻把紙條扔得老遠。

哎呀！這個二百五，真是沒羞沒臊！

衛景明此時正在東廂房翻來覆去。

不知道綿綿有沒有發現那張紙條，她看到後會不會害羞？

想著，衛景明忽然一個人嘿嘿嘿偷笑起來。

薛華善聽見了，忍不住問：「衛大哥，你在笑什麼？」他哪裡知道，一起去買的花，衛景明卻背著他悄悄做了手腳。

衛景明趕緊躺好。「沒事，快些睡吧。」

那邊廂，顧綿綿又悄悄撿起紙條，對著紙條假裝呸了一口。不要臉！

過了一會兒，她的俏臉蛋忽然有些紅。她把那張紙條悄悄放在首飾盒的夾層裡，然後熄燈爬上床。第一次有人寫這樣的紙條給她，顧綿綿也輾轉反側睡不著。

這個二百五其實挺心細的，看起來嘻嘻哈哈、不著調，卻什麼事情都能安排得妥妥帖帖。既然你送我一朵花，我明日也給你做些東西吧！

第十二章

第二天早上，衛景明笑咪咪地看著顧綿綿。顧綿綿想起那張紙條，臉上有些熱熱的。

衛景明看了看她頭上的牡丹花，他眼一掃就發現夾層被拆了。

顧綿綿假裝什麼都不知道，主動打招呼。「衛大哥起來了？」

衛景明十分守禮。「起來了，妹妹起得好早。」說完，他拿起旁邊的掃帚開始幫忙掃院子。

顧季昌在房裡看到這一幕，見女兒臉上不自覺喜笑顏開，木然轉開了臉。他近來漸漸認清事實，很多事情，非人力所能阻擋。

薛華善也看到妹妹戴的牡丹花，低頭笑了一下，打了一盆水招呼衛景明。「衛大哥，來洗臉呀？」

衛景明瞥他一眼。「洗什麼臉啊？等我把院子掃乾淨，你先練功夫。」

薛華善頓時苦著臉，顧綿綿同情地看了薛華善一眼，笑著去廚房做飯。

一大早，顧家小院裡異常熱鬧。三個大男人在練功夫，打得乒乒乓乓；阮氏洗衣裳，水聲嘩嘩響；顧綿綿做飯，鍋鏟炒得嗤啦嗤啦；顧岩嶺在正房廊下讀書，搖頭晃腦。

顧綿綿伸頭看了一眼院子，覺得這日子真是美，什麼縣令和大戶，哪裡能比得上自由自在的好？她想著想著，忽然笑了起來。

衛景明周旋在顧季昌和薛華善之間，並不費勁，抽空還能看看左右，正好看見顧綿綿花一樣的笑臉，他也對著顧綿綿笑了起來。

顧綿綿這次沒有躲閃，紅著小臉心想：這個二百五笑起來真好看。

衛景明也覺得這種日子真是給個神仙他都不換。

綿綿，妳放心，我一定能護住妳的！

衛景明和顧綿綿之間，似乎多了某種默契。他不再緊逼，她也不躲閃。每天在一個桌上吃飯，她給他做衣裳，他悄悄送她一些東西。

偶爾衛景明背著人對她偷偷笑，顧綿綿也會回一個略微帶些羞怯的笑容。

對此發展，顧季昌並不說什麼。他想知道，這個小子能堅持到什麼時候。

可阮氏的想法不一樣，她私底下問顧季昌。「官人，你覺得衛小哥怎麼樣啊？」

顧季昌裝傻。「這孩子挺不錯的，我娘還說想把舅舅家的孫女說給他呢！」

阮氏笑罵。「官人還跟我裝糊塗。」

顧季昌無奈。「且再等等吧，總得打熬打熬他。」有些話他不方便告訴阮氏，他覺得衛景明很可能跟前妻方氏有關，他總要把中間的原由弄清楚。如果衛景明不是敵人，兩個孩子又處得好，他自然不會反對。

阮氏道：「官人，綿綿大了，不早點定下親事，總會有人來搗亂。」

顧季昌想了想。「若是再有人來問，妳就說我心裡有了中意的。」

阮氏刨根問底。「官人，你是說衛小哥嗎？」

顧季昌一句話沒說。

阮氏又道：「官人，要不要我先問問綿綿的意思？」

顧季昌終於嗯了一聲。

這一日，阮氏忽然問顧綿綿。「綿綿啊，妳過了生日都十五歲了。雖然我很想一直留妳在家裡，但總不能耽誤妳。妳的親事，妳自己是怎麼想的？」

顧綿綿低頭做針線，小聲回答。「二娘，我還不想離開家裡。」她覺得，到哪裡都沒有家裡這般好。

阮氏意有所指。「要是有好的，先定下來也好。」

顧綿綿手下的動作越來越快。「二娘，這事不是由爹做主？」

阮氏笑了。「妳爹又不是那等霸道的人，什麼事不得先問一問你們呢？」

顧綿綿的手頓了一下。

二娘這是什麼意思？試探我？她的意思還是爹的意思？肯定是爹的意思！我要怎麼回答？哎呀，也不知道那個二百五是怎麼想的。

想到衛景明每天的小意溫存，顧綿綿又覺得不能無視人家的心意。

阮氏見她臉上表情變來變去，乾脆主動問：「妳覺得衛小哥怎麼樣？」

顧綿綿立刻臉紅。「二娘，您說什麼呢。」

阮氏慢條斯理道：「這也沒什麼害羞的，當年我說親事，我大哥給我說了好幾戶人家，但我一眼就看中了妳爹。照著我大哥、大嫂的性子，肯定是誰家聘禮多選誰家。我要是害羞，就不會嫁給妳爹了。妳要是覺得衛小哥好，以後別人家再來問，我就通通回絕了。」

顧綿綿知道二娘是真心為了自己好。「二娘，我看我爹的樣子，好像還有些顧慮。」雖然她感覺和衛景明在一起每天嘻嘻哈哈很快樂，但她又不希望看到父親不高興。

衛景明其實也明白她夾在中間難做，故而從來不主動問這個話題。

況且他不急，上輩子他三十多歲才娶了綿綿，這輩子還早呢！

等到晚上，顧季昌帶著兄弟倆從衙門回來，顧岩嶺也拎著小書袋從學堂裡回來了。一大家子如往常一樣，熱熱鬧鬧的吃飯。

六口人八個菜，一鍋米飯，吃得乾乾淨淨。

衛景明一邊吃、一邊講他今日遇到的一件事。「前幾日開始，東街劉燒餅家的小姑娘忽然跟中了邪似的，每天嚎哭個不停。一歲多的娃，也不大會說話，問她哪裡疼，她能把全身指個遍。哭了三天三夜，郎中也看不出來，後來找道士，道士也看不出來。」

顧岩嶺好奇。「衛大哥，她為什麼要哭？」

衛景明冷哼了一聲。「我聽說後，拉著兩個衙役一起去看了看。哼，也不知哪個缺德鬼，往小女娃身體裡扎了幾根針！」錦衣衛沒少幹給犯人扎針的事，衛景明一下子就看了出來。

阮氏頓時倒抽了一口涼氣。

顧綿綿氣得破口大罵。「誰這麼缺德？那麼小的孩子，怎麼下得去手？」

衛景明趕緊道：「我把這事告訴了楊大人，楊大人震怒，讓我查清楚這事。這哪用查？我用腳趾頭都能猜得出來，肯定是家裡人幹的！」

顧季昌和薛華善知道這事，在一邊默不作聲，任憑衛景明講給家裡婦孺聽。

衛景明扒了口飯。「劉家娘子生了三個女兒，就是沒兒子。她家公婆著急，聽了誰的鬼話，說是往姊姊身體裡扎針，就能帶來弟弟。前頭兩個孫女大了，他們不好下手，就扎了這個最小的，才十四個月啊！」

顧綿綿捏了捏筷子。「那，衛大哥，這事要怎麼解決？」

衛景明給顧岩嶺挾了一筷子菜，摸摸他的頭，一臉溫和道：「快吃。」然後他繼續講故事。「還能怎麼辦？老頭、老太太哭著說知道錯了，我把針都拔了出來，劉燒餅說免費管我吃一年燒餅。」

顧綿綿有些不服氣。「那就這樣算了？」

衛景明嘆口氣。「還能怎麼樣呢？兒子、媳婦又不能把公婆殺了。」

顧綿綿感覺剩下的飯菜一點滋味都沒有。

等吃過了飯，衛景明對著她擠擠眼。顧綿綿雖然不懂什麼意思，憑直覺認為他肯定要弄什麼事情。衛景明用手指當針，對著自己戳了戳。

顧綿綿忽然懂了，輕輕笑著對他點頭。

顧綿綿洗碗的時候，衛景明悄悄跟了過去。「妹妹，把妳縫死人的針借我用用。」

薛華善在後面聽到了，連忙問道：「衛大哥，你要做什麼？」

衛景明坐在小板凳上。「我要讓那兩個老貨嚐嚐被針扎的滋味。」衛景明上輩子沒孩子，他最喜歡小娃兒，看不得孩子受欺負。

薛華善問：「大哥，能不能帶我一起去？」

衛景明看了他一眼。「什麼時候你能一口氣奔襲半里路，我就帶你出去。」

薛華善垂頭喪氣地低下頭，顧綿綿趕緊岔開話題。「衛大哥，你要什麼樣的針？」

衛景明想了想。「最長的針！」

顧綿綿回去把針拿了過來，衛景明辭別顧家人，回了自己的小院子。到了後半夜，他悄悄出動，一口氣來到劉燒餅家的房頂上。

他對著裡面吹了些迷魂藥，然後先把老頭子綁起來拎到郊外，先把他的頭按進河裡，劉老頭立刻醒了。

衛景明二話不說，拿起長針，對著劉老頭就扎。扎進去，拔出來，換個地方扎，再拔出來，每次整根長針都全部沒入肉裡面。

劉老頭痛得滿地打滾告饒。

衛景明低著嗓子罵。「一歲多的女娃娃都能受，你怎麼不能受？」他一口氣扎了一百多針才放手，然後把劉老頭打昏送回家。

顧綿綿第二天聽說後，覺得十分痛快，心道：活該！死老頭子！

她又問：「衛大哥，聽說動手的是老太太？」

衛景明悄悄道：「妹妹別急，一個個來。」

顧綿綿笑咪咪地看著衛景明。「衛大哥，你真是個俠義之輩！」

衛景明挺了挺胸脯。「那是當然！」

顧綿綿覺得他有時候跟弟弟岩嶺一樣，只要誇兩句，立刻就開心了。她心裡覺得好笑，又覺得有些感動。劉家三姑娘被扎，沒有一個人替她討公道，反倒是衛大哥這個不相干的外人在打抱不平。

顧季昌知道後，心裡也有些感嘆。看來，孩子們比我的眼光還是準一些。能為一個小女娃打抱不平，必定是個良善之輩。

第二天晚上，衛景明如法炮製，扎了劉老太太一百多針。剛把劉老太扔在院子裡，他準備悄悄回家。忽然，衛景明聽到了不一般的動靜。

風中有異常！

他輕輕一躍，站到劉家屋後一棵樹上。果然，風吹過時，若是有異物阻擋，聲音會變。他聽到有一個微小的聲音快速往城內來，說明這個異物在移動，那就只有一種可能，這是個大活人。

衛景明屏住了呼吸，青城縣不可能有此等輕功高手，那就只能是外來的。

我的好岳母，是您來了嗎？

衛景明聽見聲音往顧家那邊飄去，他如一陣風一般跟了過去。

前面那個人看起來輕功還不錯，衛景明需要使出五成功力才能追得上。那人飛得很快，並沒發現後面有追蹤者。

黑衣人停在顧家院子外的一棵樹上，衛景明也停在不遠處的地方。他藏在一棵樹後，屏住呼吸，防止對方發現自己。

黑衣人在顧家周圍轉了一圈，立刻把目標鎖定到西廂房上。他站在西廂房頂上，停留了片刻後，彎下腰，正想拆掉一片瓦，忽然，旁邊一道凌厲的攻勢襲來，又快又狠。

衛景明本來想看看這人到底想幹啥，誰知道他一上來就直接揭西廂房的瓦片。

那是我才能蹲的地方，你是個什麼東西？敢偷看老子的媳婦！

衛景明二話不說，如一道離弦的箭一樣衝了出去。黑衣人迅速往旁邊躲去，還是被勁風掃到，二人剛纏鬥了兩招，黑衣人立刻落了下風。他心裡大驚道：這個小縣城為何會有此等好手？看來我非對手，既然已經找到地方，先撤！

衛景明知道他想跑，乾脆先砰砰打兩拳出氣。讓你拆瓦片，讓你站老子媳婦房頂！

那人被打得吐出一口血，強忍住沒倒下，隨即虛晃一招，衛景明故意上當，放他走了。衛景明知道這是個探路的，打了他一頓，算是警告。

顧季昌聽到了動靜，只穿著睡衣就拎著刀跑了出來，見衛景明站在房頂上，趕忙問道：「壽安，發生了何事？」

見家裡人都起來了，衛景明只能扯謊。「來了兩個毛賊，我已經打走了。」

顧季昌沈聲問道：「為何你半夜會在這裡？」

衛景明連忙把自己剛才去城外找劉老太太的事情說清楚，又說半路碰到毛賊，便一路跟過來，把他們揍了一頓。

顧綿綿站在西廂房門口，看到衛景明站在自己屋頂上，再聽到他的說辭，心裡嘀咕：打毛賊為何要跑到我屋頂上？你不是去城外了？回家的路和這裡正好相反啊！怎麼抓賊抓到這裡來，還正好在我家抓到了，而且還放跑了賊。

顧季昌心裡疑惑更甚，他剛才推開門的時候，明明看到那個賊人和衛景明纏鬥，那賊人看起來身手不錯，哪裡像個小偷小摸的小毛賊？要是青城縣小偷都能隨便飛上房頂，他這個班頭早就不用幹了！

他看到身邊的孩子們，忍住了心裡的疑問，只吩咐衛景明。「時辰不早了，你留在這裡和華善一起歇著吧。」

衛景明自然不會違背，連忙從房頂上跳了下來，跟著薛華善進了東廂房。

很快，整個顧家又安靜下來。

顧綿綿躺回床上，忽然想起一個問題。這個二百五功夫那麼好，輕輕一跳就是丈把高，而且一點聲音都沒有，剛才要不是我爹聽見，他和賊人打鬥我都不知道。要是、要是他什麼時候偷偷爬到房頂，我也不知道啊！

而且，他對自己又有些心思……

顧綿綿想到衛景明可能半夜悄悄爬自己房頂，俏臉在黑夜中一陣通紅。那自己幹麼他都知道？萬一我睡覺打呼嚕、磨牙他也聽到了？

雖然顧綿綿睡覺並沒有啥毛病，但想到被這個二百五看到自己睡覺的模樣了，心裡還是跟小貓撓一樣，立刻一點睡意都沒有了。

第二天早上，衛景明起了個大早，拎著薛華善在院子裡乒乒乓乓打了起來。顧綿綿漱洗過後，坐在正房廊下看著弟弟讀書。今天她來了月事，身上不大方便，阮氏怕她累著，不讓她做飯，連衣服都不讓她洗。

衛景明的方向正好背對正房，他一邊帶著薛華善使槍，一邊耳聽八方。憑著本能，他感覺到後背有一道目光一直盯著自己。

難道是岳父？不對呀，岳父的目光不會這麼柔和。岳父那眼神跟小刀子似的，要不是他皮厚，早就被扎成了篩子。

衛景明為了弄明白，帶著薛華善轉了半個圈，然後看到了後背之人。

只見顧綿綿表情深沈地看著自己，而且，往常顧盼生輝的美目，今日看起來有些憔悴。衛景明見了心裡大驚。綿綿這是怎麼了？生病了？晚上沒睡好？怎麼眼下帶了點烏青？而且，她為甚這樣看著我？

衛景明心疼媳婦，很快打發了薛華善，坐到了顧綿綿身邊。

他先聽顧岩嶺背書，中間還指出了兩點錯誤。別看衛大人是個衙役，整天動刀動槍，當年他可是司禮監學問最好的太監，要不然也不能脫穎而出。四書五經這些玩意兒，他早就背得滾瓜爛熟。當初他做了指揮使，為了討皇帝喜歡，仍舊堅持學習，還不時去向朝堂上那些兩榜進士們請教。

六部官員們看在衛大人雖然喜歡往臉上搗鼓女人家用的玩意兒，但並不貪財受賄，也不欺壓良民，比之前的指揮使風評好了很多的分上，也放下架子，凡是衛大人來請教，都悉心指導。卻不知當初衛大人心想：你敢不指教，我晚上去蹲你家牆根！

十幾年下來，衛景明覺得自己要不是個太監，說不定也能考個進士。指點顧岩嶺，絲毫不在話下。

等顧岩嶺再次搖頭晃腦背起書來，衛景明開始和顧綿綿搭話。「妹妹，可是昨晚被小賊嚇到了？」

顧綿綿搖頭。「有我爹和衛大哥在，我不怕小賊。」

衛景明立刻笑靨如花。「半夜被驚擾，後半夜是不容易入睡。我看妳眼角有點青，要是犯睏，吃了飯補一覺也行。」

顧綿綿再次搖頭。「我還要做針線。」

說起這個，衛景明有些抱怨老丈人。

家裡又不是沒錢，怎麼不雇兩個人來使喚？這樣嬌子和綿綿也不用事事動手。

衛景明又開口。「我看妹妹今日心情不佳，可是有什麼煩難事？」

顧綿綿又深沈地看著他，看得衛景明心裡發毛，立刻悄悄把自己從頭到腳看了兩遍。我頭髮亂了？我衣服破洞了？我臉上有髒東西？一切妥帖啊！那綿綿為何這般？

衛景明把頭湊近一些，低聲問道：「妹妹，妳為何總是看著我？」往常綿綿看我，都是眼帶歡喜的，不像今日這樣苦大仇深。

顧綿綿暗自思索。我若直接問，他定然不會承認。我若不問，他豈不是以為我是傻子？要是真的天天夜裡來蹲我的屋頂，我都成什麼人了?!

她心裡轉了兩圈，馬上有了主意，她故意用那天嚇唬孟氏的嗓音問他。「衛景明，你輕功這般好，是不是經常半夜出去浪蕩？」

這聲音聽起來真怵人，衛景明嚇了一跳，立刻伸手摸了摸她的額頭，熱的，沒事。做完這些，他又罵自己，怎麼相信什麼附身的鬼話。綿綿這樣，肯定是想知道些什麼。

旁邊的顧岩嶺呆了呆。姊姊怎麼大清早的就扮鬼？衛大哥可別嚇到了。他悄悄覷了一眼衛景明，發現他並不害怕，立刻繼續背書，分出一隻眼盯著這邊。

衛景明把顧綿綿的話仔細品了品，馬上坐立不安起來。綿綿這是什麼意思？怕我半夜去逛窯子？偷雞摸狗？啊！老天爺，她定是昨晚看到我站在她屋頂了！

衛景明趕緊陪笑。「妹妹多慮了，小吳大夫說我內虛，要多睡覺，沒事我晚上從來不出門，天一黑就關門睡覺。昨兒晚上不是要整治那劉婆子嗎？所以才出城的。」

顧綿綿覺得哪裡不對勁，卻不好再細問，但心裡還是有些不甘心。

這個二百五，肯定經常半夜出門，不然小吳大夫怎麼會說他內虛？

衛景明為了轉移她的注意力，趕緊打岔。「妹妹不知道，昨兒那劉婆子，我扎她一百多針，她疼得都哭了，求爺爺、告奶奶，也不想想，劉三姑娘那麼小的娃，怎麼受得了？那劉老頭也是，一個男子漢，都尿褲子了！呸，這一對老賊，要是敢再虐待孫女，我還要整治他們！」

顧綿綿的心忽然軟了下來。罷了，這個二百五雖然不正經，但確實是個好人。劉三姑娘那個可憐的孩子，要不是遇到衛大哥，誰能替她伸張正義呢？連劉太太也只是哭了一場便作罷，不敢忤逆公婆，還在自責自己沒生出兒子來。

顧綿綿摸了摸旁邊弟弟的頭，聲音恢復了正常。「劉三姑娘也是可憐，衛大哥，既然做了這事，你別聲張出去，平白惹麻煩，能對自己孫女下這樣狠手的人，定然不是個好東西。」

說完，她又囑咐顧岩嶺。「小郎也別說出去。」

顧岩嶺點頭。「姊姊放心，我不會說的，劉三姑娘真可憐。」

衛景明逗趣。「岩嶺，你要是可憐她，長大了娶她做媳婦好不好？」

顧綿綿立刻罵他。「快別胡說，岩嶺還小呢，別教他這些。」

三個人一起絮絮叨叨說了一陣子的話，阮氏便來喊大家吃飯。

顧季昌今日似乎也有心思，總是看衛景明。衛景明知道，岳父肯定也在懷疑昨晚的事情。

顧季昌見衛景明老神在在，忽然開口道：「壽安，你在屋外頭租的那間院子，一個月多少錢？」

衛景明心道：不好，岳父想抄我的家。

可他也只能硬著頭皮道：「顧叔，一個月一百二十文錢。」

顧季昌忽然對著衛景明笑。「你叫了我這麼久的叔，還救過我的命，是我的恩人。我原想著讓你來我家裡吃飯，咱們也能每天親近親近，但又累得你每天跑來跑去。你看這樣好不好，華善一時半刻也不會成親，你搬來跟他一起住，也能省些房錢。一百二十文也不少了，夠我們家好幾天的菜錢。」

顧家人口多，每天葷的、素的再加孩子們的零嘴，一天至少得花二、三十文的菜錢。

薛華善聽到後，立刻滿眼期待。「衛大哥，你來吧！東廂房那麼大，我一個人住太大。你要是嫌我的床小，我再置辦一張床，咱們一人一間屋，中間那個明間咱們共用，這樣以後我們可以一起去衙門、一起回家。」

顧綿綿心裡大喜。還是我爹好，我正愁不知道怎麼處理這事，爹就幫我解決了。讓他和大哥睡一個屋，他總不能半夜三更再跑出去了吧？

第十三章

衛景明看顧綿綿和顧季昌都虎視眈眈地看著自己，薛華善和顧岩嶺一臉期待，阮氏似笑非笑，這關頭，他能不答應嗎？

他立刻笑得臉上開了花。「那敢情好，多謝顧叔為我考慮。只是我這樣混吃混住的，總得交些房錢。」

阮氏連忙道：「壽安，你這就是多慮了。你每天教華善學功夫，教小郎讀書，真要是論起來，我們還得給你束脩錢。以後你也別買菜了，我們吃什麼、你吃什麼。」

衛景明雖然很高興能日夜和綿綿在一起，但這樣一來，他以後想單獨行動太難了。

他忽然轉念想到，自己來青城縣的目的不就是為了找綿綿嗎？現在能住到她家裡，還有什麼不高興的？要是以後真有什麼行動，我直接告訴她實話，她定然會幫我的。

衛景明想明白了後，心裡又高興起來，對著顧綿綿粲然一笑，然後回答阮氏的話。「那就多謝嬸子了，以後我也能過上有家的日子了。」

這話讓阮氏和顧綿綿都心裡一軟，剛才還因為衛景明的笑臉而有些發愣的顧綿綿回過神，立刻低下了頭，心裡埋怨：這個二百五沒事笑什麼？

顧季昌給衛景明挾了個煎餃。「吃吧！以後就把這裡當作自己的家。」幾番試探下來，顧季昌越來越篤定，這小子雖然神秘，應該不會是他家的敵人。

當天下午，顧季昌給衛景明放假，讓他去退房搬家。

衛景明沒多少東西，就是幾件衣裳，隨便打個包袱就能帶走。一到顧家，阮氏就帶著顧綿綿幫他鋪床疊被。

顧綿綿把他的包袱抖開，發現裡面有一身純黑的衣裳，像極了他第一次半夜進她房間裡穿的那身衣裳。

衛景明做手勢，示意她趕緊藏起來，顧綿綿立刻放到別的衣服底下，然後把所有的衣裳都放到了旁邊的一只箱子裡。

阮氏對衛景明道：「你和華善都大了，睡在一張床上擠得很。這是原來家裡剩下的一張床，雖然小了點，也夠你睡。這箱子給你裝衣服，這裡還有一張桌子，給你放些東西，明日我再幫你弄點別的什物。」

衛景明正和顧綿綿在阮氏身後用眼神說話，衛景明指了指顧綿綿頭上的牡丹花，意思是很好看。顧綿綿微微有些臉紅，也指了指他的腳，又指了指西廂房，意思是我給你做了一雙鞋。衛景明給她作揖道謝，顧綿綿再指了指旁邊的一本書，意思是我看完了。

阮氏一回頭，見到二人擠眉弄眼，有些哭笑不得。「有話好好說，莫要作怪。」

衛景明趕緊笑道：「嬸子，我逗妹妹玩呢。還煩勞嬸子給我鋪床，辛苦嬸子了。」

阮氏擺擺手。「無妨，官人昨兒告訴我了，以後就把你和華善一樣對待。我也不會別的，只能照看好你的吃喝吧。」

就這樣，衛景明在顧家住了下來。

阮氏夜裡和顧季昌說悄悄話。「官人，你把壽安弄到咱們家裡來，外頭人會不會說閒話？」

顧季昌正在看衛景明給顧綿綿寫的書，上面的案子真是千奇百怪，他看得十分入迷，聞言連頭都沒抬。「娘子，咱們家特殊，閒話就沒斷過，管那些做啥？」

阮氏不再多問，見他看得津津有味、頻頻點頭，笑了笑沒作聲。想看就直說唄！還拐彎抹角向女兒要。

西廂房裡顧綿綿看著針線筐裡的那雙鞋，這次鞋是阮氏幫著她做的，但顧綿綿多做了一雙襪子放在裡面。她伸頭看了看正房，見正房已經熄燈，便端著盆子出來倒水。

衛景明聽到動靜，立刻也把自己的衣服端了出來。

薛華善奇怪。「衛大哥，你要去做啥？」

衛景明笑道：「我去把自己的衣裳洗洗。」

薛華善想了想。「我的衣裳好像都是妹妹和義母洗的。」

衛景明端著盆子往外走。「我才來，怎麼能隨便煩勞嬸子和妹妹？」

他剛推開門，看到顧綿綿正往西廂房去。顧綿綿見他往井臺旁邊去，奇怪問道：「衛大哥，你大晚上打水做啥？」

衛景明說要洗衣服，顧綿綿趕緊過去，搶下他手裡的盆子。「大半夜的，哪能叫你洗衣裳。給我吧，我明日早上一起洗了。」

說話的空檔，她把那雙鞋遞給了衛景明，彷彿知道他會跟出來的樣子。

衛景明有些奇怪，往常給他做鞋，都是大大方方的給，怎麼今日偷著給？他搓搓手，看看正房，知道老岳父正在偷聽，悄悄接過鞋，連忙道：「多謝妹妹，明日我早起劈柴。」

顧綿綿感覺到他接鞋的時候乘機在自己手上蹭了一下，趕緊拿開手，把盆子放在一邊。「快些去睡吧。」

衛景明乾脆伸手摸了摸顧綿綿的頭髮。「妹妹也去睡吧，別怕，有我在呢，什麼賊都不敢來。」

顧綿綿趕緊打掉他的手，瞪了他一眼，衛景明偷偷笑，把鞋子藏在懷裡，回了東廂房。

顧綿綿回到屋裡後，忽然倒在床上笑了起來，在床上滾了兩圈。她在那雙襪子的腳背上各繡了一隻小烏龜。

哈哈哈哈哈！讓你上我房頂！

衛景明回去後就把房門關上，拿出那雙鞋子左看右看，沒有異常，憑著錦衣衛的直覺，他在鞋裡面掏了掏，果然掏出一雙襪子。

他高興地立刻想套在腳上，再一摸，不對，有刺繡，然後一看。只見兩隻紅通通的小烏龜，一隻腳背上一隻。

衛景明也忍不住笑了起來。綿綿真是調皮。不過這小烏龜煞是可愛，倒是可以穿一穿。

衛景明拿著襪子仔細摩挲，內心又有些感動。畢竟還得避嫌，之前他與吳家那呆子吃醋，也是阮氏打圓場，如今沒有阮氏首肯，顧綿綿定是不敢隨意親自給他做鞋。但她知道光有鞋也不行，才又悄悄加了雙襪子在裡頭。

還是綿綿心疼我！我就喜歡小烏龜！

衛景明把小烏龜在臉上蹭了兩下。

衛景明第二天早上就穿上了小烏龜，可惜在鞋裡面，他也無法展示給人看。

顧綿綿見他總是看著自己笑，假裝不在意。「衛大哥，昨兒準備的褥子，睡得可好？」

衛景明連忙道：「多謝妹妹，甚好甚好。」說完，他繼續看著顧綿綿笑。

顧綿綿也不甘示弱，看了看他的腳。衛景明卻是笑得越發意味深長，還故意把腳伸出來讓她看。

當天下午，衛景明回來的時候帶了一隻小狗。那小狗剛剛斷奶沒多久，肉乎乎的煞是可愛。

顧岩嶺立刻抱著小狗不撒手，阮氏笑道：「這東西養起來好，就是命短，過幾年就沒了，平白讓家裡人難過。特別是小娃兒親手養的，也不知要哭多少場才行。」

衛景明想了想。「嬸子，我給牠取了個小名，叫小烏龜怎麼樣？希望牠能長壽。」

顧綿綿頭一個忍不住笑了起來，阮氏也撐不住笑了。「一條狗，叫小烏龜，這可真是少見。」

顧綿綿覺得他就是故意的，但她又不好說出來，一邊笑、一邊橫了他一眼。

衛景明摸摸小狗的腦袋。「給岩嶺玩，長大了還能看家。平日裡我們不在家，嬸子和妹妹單獨在家裡，也不大安全。」

阮氏不在意家裡多了條小狗，便把照顧小烏龜的事情交給了顧岩嶺。

小烏龜長得很快，衛景明在顧家住了十來天，牠就能滿地撒歡亂跑。家裡人每天小烏龜、小烏龜的叫，外頭人聽說後都大笑不止，沒幾天工夫，整條巷子的人都知道了，顧班頭家裡的狗叫小烏龜，時常說來湊趣。

等薛華善發現衛景明的襪子後心裡更奇怪，衛大哥怎麼如此鍾愛烏龜。

他不好問出口，衛景明卻主動把腳伸出來。「這你就不知道了吧？烏龜長壽啊！我爹娘早逝，我希望自己能把他們那一份都活夠本。」

薛華善立刻不再問，還安慰他。「衛大哥人中龍鳳，絕非池中之物。」

衛景明摸了摸襪面上的小烏龜。「多可人疼呀！」

薛華善也覺得那小烏龜樣式很是可愛，心想什麼時候讓妹妹也給我繡個別的。

衛景明已經好久沒有半夜三更出門了，他睡在東廂房，夜裡稍微一豎起耳朵，就能聽見西廂房的動靜，也不用再去爬房頂，因此睡得好，他越來越精神，眼睛周圍一點青色都沒有了，整個人越發顯得風流俊俏。

每天早起就能看見媳婦，晚上回來也能看見，還能吃她做的飯，衛景明覺得這日子美極了。至於那個黑衣人，衛景明並沒有把他放在心裡。他知道，要不了多久，方家肯定還會再來。與其提心弔膽，不如養好精神，有他在誰也不能把綿綿帶走。

哼！方侯爺，我抄了你家一次，不介意再抄第二次。衛景明看著自己的手，等方家再來人，我得告訴綿綿真相。不破不立，到時候不用你們來找，我主動去京城。

他不在意，顧季昌卻不能放下。他在青城縣還沒看過這等好手，難道是壽安招來的？他又不好明著問，一直憋在心裡。

這天，快班有個衙役家裡添了個孩子，請所有同僚們去他家吃喜酒，顧季昌帶著衛景明和薛華善一起去。顧季昌送了一份禮，衛景明單獨送了一份禮。薛華善也想下禮，顧季昌沒讓他下。

衛景明今日穿著顧綿綿給他做的大紅衣裳和新鞋，頭髮打理得一絲不亂，整個人神采飛揚，端著酒杯像隻花蝴蝶一樣在場中轉，和人家比酒，還給了那個新出生的小娃一對銀手鐲。

他摸了摸小娃的小胖手。「多可愛的孩子呀！」

旁邊有人開玩笑。「你別急，等你有了娃，更好看呢。」

衛景明笑咪咪的，頓時驕傲起來。「那是，你們誰有我好看？」

大夥兒都哈哈大笑，一邊笑還一邊悄悄看顧季昌。顧季昌是班頭，不好和大家嘻嘻哈哈，薛華善性子內斂，坐在顧季昌身邊，衛景明只能代為交際。

大夥兒聽說衛小哥住進了顧班頭家裡，心裡都暗自嘀咕：難道顧班頭看中了這個小白臉？但誰也不敢多問一句，不要看人家是個小白臉，功夫高得很，萬一惹毛了他，誰也不是他的對手。

也不知誰起鬨，吃酒吃到一半的時候，都來敬顧季昌酒。天可憐見，顧季昌那點酒量，哪裡經得住大家灌？兩輪下來，他就趴下了。

等滿月酒吃完了，顧季昌還趴在桌上呼呼大睡呢。衛景明謝絕主家留客的好意，揹起顧季昌就走。

走到一半，衛景明感覺後背的顧季昌動了一下，呼吸並不像睡著了。他心裡有了猜測，便對薛華善道：「華善，你先回去告訴嬸子，備好醒酒湯。」

薛華善連忙先跑回家。

這樣走了一陣子，顧季昌忽然醒了，他噴著酒氣道：「壽安，我能相信你嗎？」

衛景明笑答。「顧叔，我是最值得相信的人。」

顧季昌沈默片刻，帶著醉意道：「你老實告訴我，那天晚上的賊人是哪裡來的？」

衛景明的腳步頓了一下。「顧叔，您真想知道嗎？」

顧季昌點頭。「自然想知道。」

衛景明也不瞞著他。「顧叔，我懷疑，是方家來的人。」

顧季昌心裡大驚。「你到底是何人？和方家有什麼關係？」

衛景明繼續往前走。「顧叔，我和方家沒關係，我是來保護你們的。」

顧季昌覺得他話沒說完。「我一個小小的班頭，如何能驚動那些高官權貴？又如何能勞動你這等高手來保護？」

衛景明嘆口氣。「顧叔，您告訴我，綿綿的生母去哪裡了？」

顧季昌當場差點捶爆他的狗頭。「休要胡說八道！先妻方氏已經去世十二年。」

衛景明哼哼。「顧叔，您還騙我。我從京城來的，我還能不知道？先孀子方氏沒死，她又來了，挾貴妃之尊，來搶奪她分別了十二年的女兒！」

顧季昌呆愣住了，半晌後訥訥道：「不是說好了，女兒歸我，她回方家，以後兩不相干。我連墳頭都給她立了十幾年，現在你跟我說她又回來了？」

衛景明嘆了口氣。「顧叔，您別想那麼多了。您現在有妻有子，她也是尊貴的貴妃娘娘。真要是她來了，就當親戚走吧。」

顧季昌雖然喝醉了，但人不糊塗。「我聽說皇家人最是臭講究，她嫁過人、生過孩子，難道皇帝這麼大度，還能封她做貴妃？就算她做了貴妃，那是皇帝的女人，難道她敢跟皇帝說她還有個女兒？」

衛景明嘆口氣。「顧叔，方貴妃當年往自己臉上劃了一簪子的事，被方侯爺傳了出去，後來滿京城的人都說她是婦人楷模，皇帝這才把她納進宮。而且，咱們那位老皇帝，把貴妃娘娘納進宮就是當個擺設的。皇后娘娘去世多年，宮裡有兒子的嬪妃一大堆，個個都想做貴妃，甚至還想做皇后。方家上一代定遠侯是軍中名將，含冤而死，後來平反，發還爵位和家產。當年京城第一美人方大小姐，年過二十未婚，名門嫡女，為了清白自己劃傷臉，有了貞潔烈婦的好名聲，進宮做貴妃綽綽有餘，一能鎮壓下面諸妃，二能保護太子的嫡子之位，還能彌補皇帝當年胡亂殺功臣的罪過。」

顧季昌跟聽天書一樣，他一個縣衙裡的小小班頭，什麼時候聽說過這些事情。

衛景明的腳步越來越緩，顧季昌感覺有些頭昏腦脹。他忽然想起十幾年前，他剛剛繼承了老父親衙役的差事。府城有個大案子，青城縣離府城近，通判大人從青城縣借了十幾個差役過去打雜，顧季昌正好是其中之一。

那天，他辦完了差事，路過菜市口，看到有一批人被發賣，其中一位十五、六歲的女子，臉上一塊疤痕，滿眼空洞。

人牙子不停地叫賣，告訴大家。「別看這丫頭臉上有塊疤，這可是定遠侯府的嫡出大小姐，京城第一美人。買回去不吃虧，生個孩子還不曉得多漂亮呢。要不是臉上有塊疤，哪裡還輪得到你們！」

女子聽見人牙子的話，神色仍舊毫無波瀾，彷彿跟死了一樣。

有個猥瑣的男人問人牙子。「喲，大家小姐啊！不曉得這伺候人的本事怎麼樣？」

顧季昌有些不忍心女子落到這人手中，他不禁仔細看了看這女子。女子似乎感覺到了，同時抬眼看了一下顧季昌。

顧季昌感覺自己當時的心被什麼東西刺了一下，捨去那塊疤痕，他發現這女子確實極美。女子似乎看到顧季昌眼底的憐憫，死寂的眼裡有了一絲希望。她眼巴巴地看著顧季昌，憑她的眼力，一眼就看出這位少年郎是個心善之輩。

顧季昌被她眼裡的哀求打動，花光了身上的銀子贖下她。

顧季昌還記得，剛到家的時候，方氏什麼都不會幹，被岳氏罵了個狗血淋頭。岳氏一來生氣兒子白花錢，二來生氣方氏是個廢物，做飯、洗衣一樣不會。

但方氏一點都不生氣，若不是顧季昌救了她，她說不定要被那些噁心的男人買回家肆意玩弄。她還不想死，爹是被冤枉的，她要和兄弟們一起，為定遠侯府伸冤。

方氏眼光確實好，顧季昌把她買回來後，從來沒有折辱過她。顧老二調戲方氏，還被顧季昌狠狠揍了一頓。後來方氏憑著一手絕好的書畫，在青城縣打響了名頭。靠著賣字畫得來的錢，在顧家站穩了腳跟。

顧季昌用自己的方式默默保護著她，從來不提任何要求。方氏曾和他說過很多知心話，定遠侯掌軍權，被皇帝猜疑後下了詔獄，死在裡面。她和兄弟們流放的流放，發賣的發賣。

她為了苟活，抄家當日，就用簪子把臉劃得鮮血直流。

顧季昌當時就想幫她好好活下去，將來要是她能回家，他也算做了一樁好事。

可是一年之後，方氏卻主動要求嫁給顧季昌。

那天，岳氏帶著顧老二回娘家去了，家裡只剩下顧季昌和方氏。方氏用高超的化妝技巧，把臉上那一條疤完美地遮蓋住。

十幾歲的顧季昌，還是個懵懂羞澀的少年郎。他第一次見到這樣美麗的少女對他投懷送抱，還是他心儀的姑娘。顧季昌頓時衝破自己內心的防線，不管不顧地抱住了方氏。

第二天，顧季昌就和岳氏坦白，他要娶方氏。不管岳氏怎麼反對，都不能讓顧季昌改變主意。

方氏從那之後，每天都遮著臉上那一條疤痕，看得岳氏心裡暗罵她狐狸精。

顧季昌如願以償，一年以後，顧綿綿出生。方氏再也沒有了當初剛來青城縣的青雲之志，她知道，想為父親平反是難上加難。她有了女兒，暫時把那些想法都放到了一邊，安心撫養女兒。女兒多好看啊！將來肯定是個美人胚子。

一家三口一起過了三年安靜平穩的日子，可變故來得如此突然。

顧季昌還記得，那天他從衙門回來，家裡多出了一群人。那個滿身肅殺之氣的男人告訴他，方氏是他妹妹，他要接妹妹回家。

方氏問她大哥，她能不能帶著丈夫和女兒一起回京時，方侯爺抬手抽了妹妹一個巴掌。

「妳忘了爹是怎麼死的嗎？妳難道要一輩子和這個衙役過嗎？」

方氏反問道：「爹已經平反，我此刻拋夫棄女，難道就能讓爹活過來嗎？」

方侯爺動手想去奪孩子，誰知方氏卻如鬼魅一般抱著孩子就移開了。那時顧季昌第一次知道，自己的枕邊人居然是個隱藏的高手。

方氏抱著孩子把方侯爺打趴下了。「大哥，你為何一定要逼我？」

方侯爺擦擦嘴角的血。「妳是方家嫡出大小姐，當日咱們家被抄，妳一個人功夫再高也不能和朝廷對抗，我才容許妳隱藏於這市井之中。現在我繼承爵位，自然不能讓妳再和這個衙役在一起。妳打得過我，但他呢？妳能保得住這父女倆嗎？」

方氏如同被人捏住了軟肋，她的女兒才三歲，嬌嬌軟軟的，她怎麼忍心讓孩子受傷？

方氏被方侯爺強行帶走，臨行前方侯爺告訴顧季昌，若想保住一家子的命，此生此世，不可上京城。

方氏是哭著走的，給女兒留下一塊玉珮，然後抱著顧季昌痛哭了一場。「顧郎，我對不住你，你就當這是一場夢，老天爺送你一個女兒。以後不要再惦記我，當我死了。若是再續娶，請告訴後來的妹妹，善待我的女兒。我給你留了些方家的武學秘笈，你若是自己有悟性，多學一些，以後也好防身。」

顧季昌沒有任何反抗的能力，只能抱著三歲的女兒，一個大男人，哭了好幾天，他恨老天、恨方侯爺。哭過恨過之後，顧季昌又站了起來。他給方氏做了衣冠塚，對外說她死了，從此一個人獨自撫養女兒。

顧綿綿成了沒娘的孩子，顧季昌為了照顧好女兒，學著做飯、洗衣裳、梳小辮子，但還是把日子過得一團糟。

等薛華善來了之後，顧季昌一個人又要當差、又要顧家，實在照顧不了兩個孩子，才續娶了阮氏。老天憐憫，阮氏是個心善的女子，對顧綿綿和薛華善都很好。他感激阮氏，便把家裡的財務都交給她掌管，對於阮老大霸占一條街的事情睜隻眼、閉隻眼。

顧季昌以為，此生此世他和方家再也沒了交集。自從衛景明出現，顧季昌內心一刻都沒安寧過。他雖然不想承認，也不得不承認，這樣出色的少年郎，出神入化的功夫，除了京城那個人才輩出的地方，再沒有別的地方會有了。

顧季昌拉回了自己的思緒，感覺胃裡面一陣湧動，他從衛景明後背上爬了下來，蹲在牆角吐得稀裡嘩啦。

吐過之後，顧季昌感覺自己的腦子清明了一些，他看著衛景明。「壽安，你告訴我，你和方家是什麼關係？」

衛景明早就想好了。「顧叔，我和方家有仇，我看見方侯爺就不順眼。」

這陣子衛景明的作為顧季昌是看得見的，這一說他便信了一半，只要不是和方家一夥的人，他就不害怕。

衛景明安慰他。「顧叔，您別擔心。聽說貴妃娘娘在宮裡好得很，雖然不得寵，但該有的地位和尊榮都有，太子殿下也很尊敬她。」

顧季昌不想對方氏的事情做過多評價，他現在只想保護女兒。「那你來青城縣，為的是什麼？」

衛景明肚子裡轉了幾圈，才道：「顧叔，我就是得罪了方侯爺，才來青城縣的。雖然我功夫好，但方侯爺此人狡詐陰險，我一個人不敵，現在咱們是一條繩上的螞蚱，該一條心才對。」

第十四章

顧季昌的腦子暫時分析不了那麼多事情，他喝太多酒了，有些撐不住，緩緩坐在了地上。

衛景明又揹起了顧季昌，快速回到了顧家。

阮氏著急得很。「怎麼老半天才回來。」

衛景明解釋道：「嬸子，顧叔半路上吐了，我怕他難受，就歇了一陣子。」

顧綿綿端來了熱水。「爹，您漱漱口。」

顧季昌接過大茶杯，咕嚕咕嚕漱口，然後喝了些醒酒湯。見他看著嬌豔如花的女兒，神情恍惚，衛景明生怕他醉酒之下說出些什麼，趕緊對阮氏道：「嬸子，讓顧叔歇著去吧。」

顧家人並未懷疑，顧綿綿還給他上了些飯。「衛大哥，我聽大哥說你光顧著和人喝酒，定是沒怎麼吃飯。晌午還剩了點飯菜，我給你熱了熱，你再吃點吧。」

要是綿綿知道了真相，不知道會不會難過？

衛景明剛才還有些發愁，這會兒見到顧綿綿這樣關心自己，心裡立刻又高興起來。

他看了看顧家這個小院子，雖然小，卻無比溫馨，還有他愛的人，他想好好守護這裡。

顧綿綿送過了飯就回了西廂房，自己一邊看書、一邊打哈欠。天氣越來越熱，她每天晌午都要睡一會兒，今天要不是為了等那個二百五回來，她早就睡著了。

顧綿綿脫了鞋爬上了床。最近家裡基本上沒人來提親，看來大家都把自己忘了。這樣很好，正合她意。

顧綿綿一個人住西廂房，她的床很大，掛上了淡綠色的蚊帳，上面還繡了幾隻蝴蝶，一看就是姑娘家的閨房。

剛才那個二百五雖然對我笑了，但好像有心事的樣子，難道他遇到了難處？迷迷糊糊之間，顧綿綿心裡還在想：得空我問問他。

顧綿綿一覺睡了大半個時辰，等她起來的時候，阮氏正在清理家裡的衣裳。夏天快來了，冬日裡的棉襖都要曬一曬然後收起來。

顧綿綿睡眼惺忪地走了過來。「二娘，您怎麼不叫我？」

阮氏笑道：「妳小孩子家家，多睡一些身體好。去打水洗臉，然後來給我幫忙。」

顧綿綿拿著面盆去水井邊打水，剛好，衛景明從東廂房出來了，手裡也拿著盆子。

顧綿綿和他打招呼。「衛大哥在呢。」

衛景明剛剛也睡了一覺，看到顧綿綿後，想到自己剛才作的夢，忽然有些不好意思，趕緊和她一起走到水井邊。「我來吧，妹妹站著別動。」

他把小水桶放下去，很快打了一桶水上來，往兩個盆子裡各倒一些水。「妹妹先洗，這水涼不涼？」

顧綿綿試了試。「還好，往常都是用水缸裡的水，今日水缸裡沒水了，我先用水井裡的。」說完，她端著盆子起身。「多謝衛大哥給我打水。」

衛景明讓出路。「都是小事，妹妹走慢些。」

顧綿綿多看了他一眼，好像又沒心思了。到底是我看錯了，還是這個二百五沒心沒肺，睡一覺就忘了？

衛景明察覺到了顧綿綿眼底的探究，直接把臉伸了過去。「妹妹有什麼事？」

他的呼吸都噴到她臉上了，顧綿綿慌忙往後退。「無事。」

真是的！靠那麼近做什麼，二娘看見了怎麼辦？

衛景明洗過了臉，三下五除二把顧家的水缸裝滿了。

顧綿綿和阮氏把家裡的衣服整理了一遍，等做完後，天也黑了，顧季昌自己起了床。

顧綿綿給他端了杯水。「爹，您好些了沒？」

顧季昌點頭。「好多了，綿綿這幾日出門了沒？」

顧綿綿想了想。「沒有，沒人來叫，我很少出去。」

顧季昌放下茶杯。「要是出門，叫上壽安或者妳大哥。」

往常顧季昌總想讓衛景明離女兒遠些，現在又盼著他能多保護女兒一些，他知道自己和薛華善都護不住女兒。

顧綿綿乖巧地坐在旁邊，給顧季昌捶腿。「爹，您多注意身體，酒吃多了傷身。」

顧季昌忽然道：「夏天就快來了，妳給家裡人從裡到外做一身新衣裳。外頭太陽大，沒事就在家裡跟妳二娘說話。」

顧綿綿覺得今日的爹總有些絮絮叨叨。「爹，衙門裡可是出了什麼事情？」

顧季昌安慰女兒。「無事，妳別擔心。」

打發走了女兒後，顧季昌把衛景明叫到了正房，低聲問他。「我仔細想了你跟我說的話。方家如今爵位復得，綿綿她娘有了榮華富貴，他們為啥還來要這個早就忘了的外甥女？」

衛景明有些為難，不知道該不該告訴他實話，可實話總是太過傷人。衛景明知道，在顧季昌眼裡，方氏可能還是那個嬌美的妻子，為了丈夫和女兒，不惜挨了大哥一耳光，犧牲自己。

他斟酌再三，小聲回道：「顧叔，我猜娘娘只是想尋親而已。我說句大不敬的話，老皇帝那麼大一把年紀，娘娘有尊榮、無寵愛，這輩子都不可能有孩子了。慈母心腸，自然惦記這唯一的女兒。」

比起方氏的慈母心，他更不想告訴顧季昌，一旦方侯爺見到自己這個國色天香的外甥女，那顆不甘寂寞的心定然又會蠢蠢欲動。或許，方貴妃現在只是思念女兒，等她見到女兒這麼好的容顏卻只能在青城縣這個小地方被人挑挑揀揀，定然也不會答應。

他抬頭看著顧季昌。「顧叔，綿綿這輩子，注定無法在青城縣享受安寧。」

顧季昌感覺心被刺了一下，他抬頭看著北方，那個地方奪走了他的妻，現在又要奪走他的女兒，可他毫無反抗能力，別說皇帝，不過一個被剝奪了軍權的方侯爺，翻翻手都能壓死他。

衛景明了解他的無奈，就像上輩子他在皇城下痛哭時一樣，他除了選擇進宮做太監，沒有一點辦法。他安慰顧季昌。「顧叔，您別擔心，我會護住綿綿的。」

顧季昌是個男人，他知道，女兒一旦進了京城，沒有很好的家世，早晚要被人欺凌。方侯爺都能把自己嫁過人的妹妹直接送進宮裡，外甥女他就更不會在意。

顧季昌看著衛景明。「壽安，你能一心一意對綿綿好嗎？」

衛景明聽見他這樣問，知道他有了託付的意思，立刻撩起袍子跪在地上。「顧叔，若我有二心，讓我這輩子天打雷劈而死！」

顧季昌一把拉起了他。「以後有什麼計劃，先和我說一聲。」

衛景明點頭。「顧叔放心，那天我傷了那個探路人，以方侯爺的謹慎性子，一時半刻方家不會再來人。現在我唯一擔心的是，咱們禹州府的現任知府于大人是方家親戚，方侯爺的嫡親表妹夫。」

顧季昌心裡一緊。「你怎麼不早些告訴我這些事情？」

衛景明吃了一句埋怨，並未生氣，撓了撓頭。「顧叔，平白無故我跟您說這個，怕您直接攆我走。」

顧季昌知道自己有些牽連無辜。「我知道了，這些日子要是有動靜，你記得告訴我。」

衛景明連忙點頭。「顧叔放心。」

準翁婿倆說了一陣子悄悄話，顧綿綿又進來了。「爹，衛大哥，吃飯了。」

衛景明先回話。「妹妹去端菜，我來擺桌子。」

顧家現在人多，每天晚上都要擺大桌子吃飯。衛景明雙手輕輕搬起大桌子放在正中間，快速把凳子擺好，正好，顧綿綿端著一盆魚過來了。

衛景明趕緊搶過魚盆。「我來我來，別燙著妳。」

顧綿綿的手果然被燙紅了，衛景明放下魚盆，趕緊抓過顧綿綿的手看了看，還吹了兩口。「妳別去了，我去端菜。」

等衛景明一走，顧綿綿已經面紅耳赤。

這個呆子，當著我爹的面，怎麼動手動腳的？

顧季昌氣得冒青筋，只得撇過臉不去看女兒，盯著桌上的魚盆。「這條魚個頭不小。」

這個賊小子！我剛鬆了口，他就原形畢露。

顧綿綿嗯嗯兩聲。「衛大哥早起去買的，他說最近市場上大魚多，咱們家人也不少，一人多吃一塊。」顧岩嶺太小，薛華善早上要練功，阮氏比較忙碌，顧綿綿是個大姑娘，衛景明便攬下了每天早上買菜的任務。

顧季昌不再多問，說道：「擺碗筷吧。」

顧綿綿如蒙大赦，趕緊跑去廚房拿碗筷。兩個人一個端菜、一個擺碗筷，配合有度。

顧季昌瞇著眼睛審視著，覺得這小子倒是個肯幹活的，不是那等大老爺做派。

一家子高高興興地一起吃飯，顧季昌決定把女兒託付給衛景明後，自然看他的眼光就不一樣了，方才的氣來得快、去得也快。往常經常飛小刀子，如今是異常溫柔。

對此衛景明反倒感覺寒毛直豎。我的老岳父，您還是對我飛刀子吧！

顧綿綿看了覺得奇怪，心裡迷惑：最近爹和這個二百五怎麼都奇奇怪怪的？

當天晚上，衛景明睡到半夜，忽然被一道異響聲驚醒。他一骨碌翻身，披上外衫、套上鞋子就往外跑，開門的聲音驚動了薛華善和顧季昌。

衛景明站在院子裡駐足傾耳聽，遠處，有幾道聲音破空而來。

薛華善和顧季昌都出來了，衛景明示意他們不要出聲。薛華善不明就裡，顧季昌卻表情凝重，握緊了手裡的大刀。

衛景明火速衝進西廂房，把還睡得迷迷糊糊的顧綿綿一把抱起。

還沒等顧綿綿叫喊，衛景明立刻捂住她的嘴，在她耳邊輕聲道：「綿綿，別喊，有賊，妳先到東廂房我屋裡去。」

他不敢把顧綿綿放到正房，賊人的目標是顧綿綿，要是把她和阮氏母子放在一起，怕賊人捉住阮氏母子要挾人。

出了西廂房門，衛景明還抱著顧綿綿，顧季昌見女兒穿著睡衣被衛景明抱在懷裡，呼吸一頓，然後閉上眼睛假裝自己沒看見。

顧綿綿嚇一跳，掙扎著要下來，衛景明卻如同一道鬼影一樣，幾步就挪到了東廂房床前，把她放在旁邊那個櫃子裡，摸摸她的頭髮囑咐。「不要出聲。」

他又把枕頭放在被子裡，假裝床上有人。

薛華善在院子裡呆住了，剛才那個影子是什麼？衛大哥？我的天，這是他的真本事嗎？安頓好了顧綿綿，衛景明輕輕飄到西廂房頂上，藏在旁邊的的那棵大樹後，屏住呼吸，顧季昌和薛華善在院子角落裡就位。

很快，大約七、八個黑衣人直奔顧家而來。快到顧家時，他們在院子外徘徊了片刻。上次那人記得衛景明藏在一棵樹後面，首先攻擊那棵樹。誰知衛景明今天換了另外一棵樹，且先下手打暈了上次那個傻蛋。

衛景明一出手，剩下的人大部分都圍了過來，分出兩個去西廂房捉人，哪知道撲了個空，在屋裡搜了一遍也沒找到。

其中剛從西廂房出來的二人，兜頭碰到了顧季昌和薛華善。

父子倆一人一把破刀和兩個黑衣人纏鬥起來，屋頂上的人看到後，立刻又分出一個人去別的房間找人。

衛景明一人在五人之中周旋，雖然沒落下風，一時半刻也不能把他們全部打趴下。方家早些年掌軍權，家中好手如林，敗落後又起復，還剩下一點老班底。這些黑衣人，恐怕就是那些老班底，不然以方家現在的力量，不可能培養出這麼優秀的殺手。

衛景明見一個人直奔東廂房，立刻發狠抽出腰間的軟鞭，眨眼就解決掉了兩個，然後瞬間飄到了東廂房頂，直接破了房頂進入室內。

屋裡那賊子一掏被窩發現是假的，立刻在屋裡搜尋起來，衛景明進屋時他正好摸到了櫃子門。

衛景明眼疾手快，兩三下解決了那個黑衣人，一把將顧綿綿摟了出來。

顧綿綿剛才躲在櫃子裡已經聽到了外面的動靜，她想出去，又怕拖累爹爹和兄長們，這會兒見衛景明來了，她也不膽怯，直接問：「衛大哥，這些人是誰？」

衛景明在她額頭上親了一口。「別怕，有我在呢。」

顧綿綿被親呆了，又瞬間回了神。這個二百五，這麼緊急的關頭，怎麼還不正經？

衛景明疾步從旁邊撈了件外衫給顧綿綿套上，然後抱著她的腰出了東廂房。

那幾個黑衣人正在和顧季昌父子纏鬥，還有一人要去正房找人。阮氏摟著兒子嚇得躲在了床底下，好在顧岩嶺膽子大，並沒有哭泣。

衛景明雖然摟著顧綿綿，腳下的速度卻並未減少多少，他對顧季昌道：「顧叔，快去救嬸子。」

顧季昌見女兒平安，立刻折回正房。

顧綿綿只感覺自己雙腳一直離地，衛景明那隻胳膊像鐵鉗一樣把她牢牢箍在懷裡。他腳下走得飛快，顧綿綿生怕自己掉下來，趕緊摟住他的脖子。

衛景明發了狠力，一根鞭子像游龍一般在黑夜中遊走。那些黑衣人的功夫，在京城裡都算好手，沒想到在青城縣這個小地方遇到個狠人，居然幾個瞬間就解決掉了他們這麼多人。

衛景明又對薛華善大喝。「華善，去協助顧叔，這裡有我！」

薛華善趕到正房時，顧季昌已經被黑衣人所傷，仍舊勉力支持。父子倆攜手，才把那黑衣人拿下。而此時，顧季昌的腿上正鮮血直流。

阮氏從床底下爬了出來，慌忙給顧季昌止血。

院子裡，衛景明又解決掉一個，還剩最後兩個。顧綿綿看著衛景明不眨眼，她第一次看見他露出這樣的身手，不禁感嘆原來他這般厲害。

衛景明俊俏的五官在黑夜中似乎蒙上了一層神秘的色彩，顧綿綿想到他剛才親在自己額頭上，心跳忽然快了起來。她緊緊摟著衛景明的脖子，她的呼吸噴在他的脖頸上，衛景明雖然很享受當前媳婦緊緊摟著自己的溫馨，但手下一點沒省力。

其中一人忽然扔出一個東西，院子裡立刻出現一股奇怪的味道，衛景明隨即大罵。「不要臉！」

這玩意兒有毒，他迅速抱著顧綿綿飛一般離開了院子，站到了正房頂上。他自己可以屏息，綿綿不會。

他把顧綿綿放在房頂上。「綿綿，別怕，妳坐在上面，我去幹掉那兩個不要臉的東西。打架就打架，居然使陰招，讓他們嚐嚐老子的厲害！」

顧綿綿吞了吞口水，她第一次爬這麼高。但顧綿綿是做裁縫的人，自然不會膽小。「衛大哥，我不怕，你小心些。」

衛景明拎著鞭子直接衝進了院子裡。

一眼瞧見那兩個黑衣人正想跑，衛景明豈能如他們的願？一鞭子捲住一個，袖中飛出十幾根針，其中一根正好扎在另外一個人的眼珠子上。

那人疼得大叫起來，被捲住腿的那個還想跑，衛景明一腳踩在他腿上，只聽見腿骨斷裂的喀嚓聲音在黑夜中異常響亮。

衛景明一邊踩、一邊罵。「不要臉的東西！誰讓你們用毒的？」

那個被扎了眼睛的人忍痛拔出了針，隨手往房頂上甩去。衛景明大怒，一鞭子截下了針。下一瞬間，鞭子忽然像長了筋骨一樣，整條豎立起來，鞭子身上似乎多了許多銀針一樣的東西。

衛景明一點不手軟，一鞭子、一鞭子抽在那人身上。「我讓你飛針對著婦孺！」

勝負已定，除了一開始牆外頭被打昏的那個，其餘都非死即傷。

衛景明從房頂上抱下顧綿綿，直奔正房。「顧叔，怎麼樣了？」

薛華善先道：「衛大哥，義父被賊人砍傷了腿。」

衛景明放下顧綿綿，看了一眼顧季昌的傷口，伸手摸了摸。「不妨事，沒傷到骨頭，養一養就好了。」

顧季昌沈聲問道：「壽安，現在怎麼辦？」

衛景明把鞭子一收，看向顧季昌。「顧叔，報官！」

顧季昌吃了一驚。「真的要報官？」

衛景明點點頭。「顧叔，這麼多人，死掉的我能扔了，還沒死的，難道殺了不成？我猜這和知府大人有些關係，看他怎麼處理。」

顧綿綿聽得一頭霧水。「爹、衛大哥，這些人什麼來頭？」

顧季昌看著女兒，不知道要說什麼好。

衛景明伸出手摸了摸顧綿綿的頭髮。「綿綿，別怕。他們是衝妳來的，但有我在呢。」

顧綿綿驚呆了。「為什麼衝我來？」

顧季昌嘆了口氣，對衛景明道：「壽安，你待會兒跟她說吧。綿綿，妳記著，妳永遠都是我最疼愛的女兒。」

顧綿綿直覺有大事發生，但她爹這樣說，她也不能再繼續追問，只能壓下好奇。

衛景明和眾人告別。「顧叔，您歇著吧，明日叫大夫來給您看看傷。華善，明日早起你去報官。孀子別怕，賊人一時半刻不會再來了。」

說完，他拉著顧綿綿出了正房。

顧綿綿隨著衛景明進了西廂房，衛景明點著了燈，屋裡有些凌亂。他稍微收拾了兩下，讓顧綿綿坐在床上，他自己拉了個凳子坐在床邊。

顧綿綿主動問：「衛大哥，什麼事情這般正經？」她左右想了想，難道是上頭哪個老色鬼知道了自己的名頭，想搶回家？不對呀！真要是位高權重，一句話的事，怎麼費這麼大的周章？

衛景明想拉著她的手，想到自己今晚上有些過於唐突，乖覺地縮回手道：「綿綿，妳想去京城嗎？」

顧綿綿搖搖頭。「不想去，我就想在青城縣安安生生過日子。」

說完這話，顧綿綿把身上的外衫攏緊了一些，衣衫上還有衛景明的氣息，她忽然想起從吳家回來的那天晚上，她也是這種感覺，衛景明總能讓她安心下來。

衛景明看著她的眼。「綿綿，我也想和妳在青城縣平平安安過到老，但總有人不答應。不過妳別怕，一切有我呢。」

顧綿綿平復了心情。「衛大哥，到底是誰在打我的主意？剛才聽你說知府大人，但我又不認識他，他難道家裡缺人，非要搶我回去？」

衛景明用十分輕柔的語氣告訴她。「知府大人不會搶妳入府的，仔細論起來，他是妳嫡親的表姨夫呢。」

顧綿綿瞪大了眼。「衛大哥，你是不是中毒了說胡話？剛才那些人放的什麼毒？我去找大夫給你看看。」

說完，顧綿綿就起身往外走。

衛景明一把拉住她。「綿綿。」他手上使勁，把顧綿綿拉回來，按在床沿上坐下。「妳聽我說，不管發生了什麼事情，顧叔和嬸子，華善和我，我們都很關心妳。」

顧綿綿心裡亂糟糟的。「衛大哥，你說吧，我不走。」

衛景明不再猶豫，拉著她的手，絮絮叨叨說了有兩刻鐘的時間。他從方家的榮耀說到落魄，再到復起，中間穿插著方氏被發賣、嫁到顧家、回京城和入宮的事情，當然，還有顧綿綿的出生。然後他又大概說了方貴妃在宮中的情況，以及方侯爺的野心。

顧綿綿彷彿在聽天書一般，她已經忘了自己的雙手被衛景明拉著，等他說完，她敏銳地問道：「衛大哥，方家和貴妃，是想抓我去送給誰嗎？」

衛景明一噎，拍拍她的手。「綿綿，貴妃娘娘沒有別的孩子，可能就是想念妳罷了。但別的人，我就不知道了。」

顧綿綿又問：「衛大哥，如果是想孩子，怎麼這麼多年都不管不問呢？」

衛景明嘆口氣。「綿綿，方侯爺心狠手辣，貴妃娘娘入了宮，妳和顧叔才能過這麼多年的安穩日子，但顧叔和嬸子是真心疼妳的。」

顧綿綿想到自己對著一座空墳拜了十幾年，小時候顧季昌去衙門後，她總是東家討一頓、西家討一頓，阮氏沒來之前她總是被人罵沒娘的野孩子。

顧綿綿心裡勸慰自己，既然她離開了，我何必在意她，但她還是忍不住紅了眼眶，眼淚在一雙美目裡打轉。

衛景明看著媳婦這樣難過，心疼得要命，壯了壯膽子，站了起來，伸手把她攬進懷裡。

「綿綿，妳別哭。娘娘當年也是無奈，她並不是不疼妳。」

衛景明還記得上輩子在宮裡，顧綿綿從來沒得寵，方家就放棄了她，顧嬪那裡就跟冷宮似的。衛景明那時候還是個小太監，他和顧綿綿經常冬天沒有炭火，夏天沒有冰。方太妃並沒有像別人家的太妃一樣，積極扶持自家親戚爭寵，只是偷偷把自己省下來的分例送過來。

第十五章

顧綿綿今天晚上受到了太多的情緒衝擊，終於忍不住哭了起來。她小聲地啜泣，衛景明一隻手摟著她，另一隻手輕輕拍她的後背安慰。

過了一會兒，顧綿綿哭完了，從衛景明懷裡掙扎開來。「衛大哥，我無事。你今兒晚上累著了，快回去歇著吧。」

衛景明仔細看了看她，好像確實釋放出了情緒，心裡的擔心放下了一些。

顧綿綿擦了擦眼淚，正想送他走，誰知他忽然伸手開始脫她的外衫。

顧綿綿嚇了一跳，趕緊拍他的手。「衛大哥！」

衛景明笑著幫她去了外衫。「這是我的衣裳，我得拿回去呀！不然我明天沒衣裳穿了。」

這個二百五！顧綿綿頓時破涕為笑。

衛景明見她終於笑了，又幫她脫了鞋，扶她躺下，用旁邊的薄被子給她蓋好。

半夜三更，少男、少女獨處一室，衛景明還這樣對她，顧綿綿剛才還傷心著，這會兒忽然有些不大好意思，又有些羞惱。

這個二百五，總是動手動腳，一個晚上占了她不知多少便宜?!

衛景明俯下身來，幫她把頭髮捋到兩邊，低下頭溫聲說道：「綿綿乖，快睡吧。」
顧綿綿立刻從被窩裡伸出手，把他的腦袋推開。「衛大哥，我沒事，你快回去歇著吧。」
衛景明又把她的手放進薄被子裡。「好。」
他抬手熄了燈，自己出了西廂房，順帶把門帶上。
時間已經到了丑時，衛景明叫上薛華善一起，把那兩個沒死透的黑衣人痛揍了一頓，然後全部放走。
薛華善吃驚。「大哥，為何放走他們？」
衛景明不開心地哼哼。「我也不想放走他們，但楊縣令此人最是剛正不阿，萬一被他抓到活口，一頓審問下來，牽扯出綿綿怎麼辦？」
薛華善剛才在正房聽顧季昌說了幾句，這中間牽扯到妹妹的生母，還有京城的什麼豪門，這心一直撲通撲通亂跳，現在聽見衛景明說會牽扯出妹妹，馬上閉嘴乖乖聽指揮。
西廂房裡，顧綿綿腦子裡還迷迷糊糊的。她實在無法將京城裡高貴的貴妃娘娘和自己連在一起，在她心裡，城郊那座墳包裡的「人」才是她娘。
顧綿綿覺得很難過，如果可以選擇，她寧願自己長得醜，有親娘陪著自己長大。
妳已經是天家的人了，又不可能認我回去，何苦給自己找麻煩？

顧綿綿想到衛景明說的話，自己那個舅舅看樣子是個什麼事都幹得出來的人。她摸摸自己的臉，心道：他想借我這張臉撈便宜，我偏不如他的意！

顧綿綿翻來覆去，想那些達官貴人據說都很講究，不可能再有第二個人像老皇帝那樣需要一個擺設貴妃。只要我嫁人了，那個狗屁舅舅也不能把我送給別人。

嫁人，嗯。

顧綿綿仔細想了想。那個二百五看起來還不錯，不嫌棄我做裁縫，而且爹最近好像也不再防著他。

顧綿綿實在太睏了，迷迷糊糊進入了夢鄉。

第二天，顧綿綿是被院子裡的嘈雜聲吵醒的。她坐起來一聽，外頭傳來許多衙役的聲音，顧綿綿猜測可能是楊大人派來的。

顧綿綿趕緊起身，穿戴好之後出了房門。果然，院子裡好多熟人，楊大人把精銳都派了過來。青城縣何曾出現這等大案？一下子死了好幾人，連快班班頭都被傷了。

顧綿綿再掃一眼，發現薛華善胳膊上綁著繃帶，衛景明也瘸著一條腿。

顧綿綿心裡大驚。昨晚大哥和衛大哥還好好的，怎麼忽然都受傷了？

衛景明看了顧綿綿一眼，顧綿綿頓時明白，這定是做給縣衙裡的人看的。黑衣人死了好幾個，家裡只有爹受傷，怕有人懷疑我們故意殺人。

心定下來，顧綿綿不再說話，老老實實呆在一邊。

往常破案都是顧季昌帶隊，今日顧季昌不在，便由郭捕頭打頭。郭捕頭先問候過顧季昌的傷勢，又把楊大人問候的話轉給顧季昌，還送了一瓶上好的藥。

顧季昌原來和郭捕頭關係不錯，雖然他上回肖想過班頭的位置，顧季昌還是要顧全局面，便很客氣地和郭捕頭說了幾句昨晚的事情，並讓他加強城內的巡視，莫讓賊人傷了無辜百姓。

郭捕頭說過私話，就開始辦公事，他先讓人仔細驗過那幾具屍體，然後開始問話。

他先詢問薛華善，薛華善一五一十說得清清楚楚，除了放走兩個黑衣人，其餘一點沒隱瞞。這也是衛景明提前交代過他，實話實說。不然一旦撒謊，家裡這麼多人，總有人會露出馬腳。好在阮氏和顧岩嶺昨夜一直在屋裡，並不清楚外面的情況，不用擔心母子兩個說漏嘴。

等郭捕頭問完，衛景明主動配合道：「郭大哥，我昨晚和賊人鬥了好久，我跟您去衙門吧！」

郭捕頭帶走了所有的屍體和衛景明。

顧綿綿等人走後，去廚房給顧季昌做了些早飯，又打發薛華善去叫大夫來給顧季昌看傷口。小吳大夫上門時，顧綿綿剛剛做好早飯。她給顧季昌單獨做了一份瘦肉菜粥，正準備送到正房。

吳遠見顧綿綿毫髮無損，心裡鬆了口氣，略略點頭後自己進了正房。顧綿綿擔心親爹，連忙跟了上去。

吳遠幫顧季昌敷好藥，細心叮囑道：「顧叔，這些日子少活動，葷腥少吃，不能喝酒，傷口莫要見水。」

阮氏連忙道謝，吳遠客氣兩句後坐在那裡寫藥方，並叮囑阮氏如何敷藥。

他走的時候又看了一眼顧綿綿，她垂下眼簾，禮節性地行了個禮。「小吳大夫慢走。」

吳遠嘴唇動了動，最終什麼都沒說，帶著藥僮走了。

顧綿綿看著吳遠的背影。對不起，你是個好人，希望你能平安一世。

顧季昌知道女兒大概已經知道了事實的真相，輕聲安慰她。「綿綿，妳別怕。」

顧綿綿見到顧季昌因為失血過多而有些蒼白的臉，眼淚頓時掉了下來。「爹，都是我連累了家裡。」

顧季昌笑道：「胡說，妳是爹的女兒，要說錯，那也是爹先生了妳，爹先有錯。」

顧綿綿被這話逗笑了。「爹，人家擔心您呢！」

顧季昌讓女兒坐在床邊。「別擔心，爹這是小傷，已經止住了血，養一養就好了。現在妳和妳二娘都在，爹想和妳說幾句知心話。」

顧綿綿點頭。「女兒聽著。」

顧季昌示意阮氏也坐下。「當年設立孤墳，也是萬不得已。事到如今，我和妳生母早就沒了關係，但妳是我的女兒，永遠都是。妳二娘到咱們家多年，對妳和妳大哥都沒話說，妳以後要繼續敬重她。還有，爹也看得出來，壽安一心一意對妳，妳也不討厭他。若是你們有心思，爹想即刻給你們訂親，妳同意嗎？」

顧綿綿的手頓住了。「爹，會不會太著急了？衛大哥、衛大哥還不知道怎麼想的呢，我現在可是個大麻煩。」

顧季昌還沒說話呢，門外忽然傳來衛景明的聲音。「我同意、我同意。」

顧綿綿頓時面紅耳赤。這個二百五，那麼大聲幹麼?!

衛景明進屋後，立刻腿也不瘸了，撲通跪倒在顧季昌床前。「岳父，您放心，我一定會對綿綿好的。」

顧季昌昨晚看到這小子能豁出命保護女兒，這個時候已經卸下了全部的心防。

但是，岳父什麼的，能隨便瞎喊嗎？

顧季昌想生氣，一想到衛景明的性子又忍住了，他抬眼看向顧綿綿，衛景明也兩眼期待地看著顧綿綿，兩眼滿是期盼。

綿綿，妳快答應吧？快答應吧！哪怕妳點個頭也好啊。

顧綿綿扭手扭腳不知道要怎麼說，讓她當著大家的面說同意，她說不出口。

阮氏連忙上前把顧綿綿拉了出來。「綿綿，妳告訴二娘，妳和壽安在一起的時候，高興不高興？」

高興不高興？好像和他在一起時總是笑哈哈的，還挺不錯的。

阮氏是過來人，又問：「我再問一句，讓妳每天和他一個桌吃飯、一個屋裡，嗯，過日子，妳願意嗎？」阮氏及時止住話頭，差點說出睡覺兩個字，她心裡連連自責。該死該死，綿綿還是個大姑娘呢！

可顧綿綿聽懂了，連連擺手。「二娘您別問了，我去洗碗了，您和我爹做主吧。」

阮氏繼續追著問：「那我就說妳答應了啊！」

見顧綿綿疾步而去，阮氏心裡清楚，繼女不是個任人安排拿捏的性子，不說反對，就是答應了。

顧季昌等到阮氏的答覆後，看向衛景明。「我把女兒託付給你，請你以後好生對她。我知道你是個有本事的，希望你能護住她。」

衛景明連連點頭。「岳父放心吧，有我在，綿綿的安危肯定沒問題。」

顧季昌似乎有些累了。「好，我知道你是個可靠的好孩子，這些日子家裡煩勞你多操心一些。你去吧，我歇一歇。」

衛景明辭別岳父母，喜笑顏開地離開了正房。

剛出房門口，衛景明搓搓手，一個人在廊下來回走了兩圈。他感覺內心一陣激盪，他想仰天大笑，又想到岳父受了傷，自己大笑好像不合適。他努力調整好了臉上的表情，帶著微笑進了廚房。

顧綿綿正在收拾廚房裡的東西，她心裡像有一萬隻兔子在亂蹦，父親受傷她擔心，黑衣人狠戾毒辣她擔心……爹怎麼不關心這些事情，忙著給我訂親。雖然，雖然我也不反對，但這個二百五再能打，雙拳難敵四手，萬一人家來包抄，他豈不是也要跟著倒楣？

衛景明進了廚房，小聲喊道：「綿綿。」

顧綿綿嗯了一聲。

衛景明從她左邊轉到右邊。「綿綿，我心裡可高興了，妳高興不高興？」

顧綿綿頓時紅了臉，瞪他一眼。二百五，我才不告訴你呢！

衛景明見她雙臉通紅，不再逼問她。「昨兒晚上我一時情急，把東廂房屋頂弄破了，等會兒我去找人修補修補。」

顧綿綿低聲道：「多謝衛大哥救我。」

衛景明幫她把洗好的碗放進櫃子裡。「都是我應該做的，這陣子風頭緊，不管去哪裡，一定要帶上我。」

顧綿綿又嗯一聲。「衛大哥，你說那些人還會來嗎？」

衛景明繼續幫忙。「管他呢，回頭我和岳父合計合計，後面到底要怎麼辦。」

顧綿綿聽見他滿口岳父，連忙提醒他。「你別總這麼叫！」

衛景明伸手進盆子裡一起洗碗。「綿綿，我想這樣叫。」

顧綿綿抬頭看著他的眼，發現他眼裡有遮不住的歡喜，看得她心裡又起了些羞意，語氣不由自主帶了些撒嬌。「還沒正式訂親呢，別讓人家聽見了。」

衛景明忽然在水盆裡拉住了她的手，定定地看著她的眼。「綿綿，岳父允諾了，不管到什麼時候，妳都是我的妻。」

說完，他呼啦一聲把顧綿綿的手從水盆裡拉了出來，放在自己心口上。「綿綿，這麼久了，妳難道不知道我的心思嗎？」

顧綿綿往回扯自己的手，衛景明卻拉得死死的不鬆手。「綿綿，過幾日等岳父的病好了，我就正式來提親好不好？」

顧綿綿臉羞得通紅。「你快放開我！」

衛景明從懷裡掏出帕子，把她的手擦乾。「剩下的碗我來洗，等會兒我去買菜。」

顧綿綿忽然笑道：「你去買什麼菜？你的腿還瘸著呢！」

衛景明立刻咧嘴。「我和妳一起去，瘸腿我也比旁人走得快。」

顧綿綿自然不會讓他跟著，而是帶著顧岩嶺一起出門去買菜。

顧家三個男人這幾天都不能去衙門，薛華善要修屋頂，顧季昌和衛景明要養傷。

為了不讓別人起疑，衛景明還瘸著腿晃去了吳家藥房。

吳遠正在給人看診，見到衛景明瘸著腿，心裡吃了一驚。

他怎麼也受傷了？我聽說他功夫好得很。昨夜那些黑衣人到底什麼來歷？

衛景明和藥僮打過招呼，一瘸一拐走到吳遠面前。「小吳大夫，昨夜那些賊人在我腿上敲了一下，真疼啊！您快幫我看看。」

吳遠一拆開繃帶就發現，他哪裡有什麼腿傷，根本是裝的。

吳遠定定地看著衛景明，半晌後慢條斯理道：「衛兄弟筋骨好，雖說受了傷，養一陣子就能好了。我給衛兄弟開一些藥，一半敷在傷口上，一半口服。」

說完，吳遠叫來藥僮，讓他按照方子熬一碗藥來，他自己打開衛景明的繃帶，在他腿上抹了一些黑糊糊的東西，彷彿衛景明真的受了重傷。

衛景明笑道：「都說小吳大夫是個好人，果然不假。」

吳遠微微一笑。「我觀衛兄弟近來內虛也好了。」衛景明住到顧家，吳遠自然知道。之前他還覺得衛景明藏奸，現在卻和顧季昌想得一樣很慶幸，若不是他，昨兒顧家幾口人說不定就要遭難了。

他低頭打繃帶。「我最近時常上門給顧叔換藥，到時候也給衛兄弟一起看診。」

衛景明連連點頭。「多謝小吳大夫。」

說話的工夫，藥僮端了一碗藥過來。「衛公子，您請用。」

衛景明接過藥碗，一仰頭，準備一口乾掉。

不過藥剛入嘴，一向天不怕、地不怕的衛大人差點把藥碗摔了。

他娘的，這是什麼藥？苦死了！

藥僮忍笑憋得差點背過氣。那哪裡是藥啊？就是一碗黃連水。少爺真是淘氣！

衛景明捏著鼻子喝下了一碗藥，慢騰騰地放下藥碗，面無表情地看著吳遠。「小吳大夫果然醫術高超，這碗藥水喝完了，我感覺神清氣爽。」

吳遠如往常一樣微笑。「良藥苦口利於病，衛兄弟明白就好。」

衛景明從懷裡掏出一小塊銀子，放在小桌上。「多謝小吳大夫。」

吳遠不打理錢財的事，藥僮接過銀子，秤重，找零，又給衛景明包了一些藥，和著剩下的零錢一起遞給衛景明。

衛景明看著那個藥包，懷疑地看向吳遠。「這是給我吃的藥？」

他心裡暗罵：你小子要是再敢給我吃黃連，我非得把你褲子扒了揍你一頓。

吳遠笑著點頭。「衛兄弟放心，就是普通的藥，吃了之後有助於睡眠，還能清熱解毒，我觀衛兄弟雖然內虛沒了，但內火卻有些大。剛才那一碗黃連水，正好祛火。」

他這樣說破，衛景明自然不好生氣，一拱手道：「多謝小吳大夫，我先回去了，昨晚打架把東廂房都拆了，我回去補房頂。」

說完，他拎著藥包一瘸一拐地走了。

吳遠本來想笑，又變成一聲嘆息。希望你們都能好好的，我有我的醫書就好。

顧綿綿正在家裡操持家務事，阮氏要照顧顧季昌，其餘事情都交給了她，顧綿綿才剛洗了衣服，又把昨晚薛華善和衛景明破掉的衣裳補一補，這會兒正準備把院子掃一掃。

忽然，衛景明一頭衝了進來，火燒屁股一般嚷嚷。「綿綿，綿綿，家裡有沒有熱茶，快、給我喝一壺！」

顧綿綿連忙放下掃帚。「衛大哥，你這是怎麼了？廚房茶寮裡有熱茶。」

衛景明聞言衝進廚房，倒了一大碗茶咕嚕咕嚕喝了起來，還漱了漱才吞下去。

薛華善也奇怪。「大哥，你吃了什麼東西？」

衛景明放下大茶碗，用袖子擦擦嘴。「小吳大夫說我內火大，騙著我喝了一碗黃連水。他娘的，真是苦死了！」

顧綿綿沒忍住噗哧笑了起來。薛華善撓撓頭，沒多想，只認為吳遠醫術好。「既然是治病的，大哥你忍一忍吧。你先歇著，我去撿瓦片，我剛才去街上找了個瓦工，他下午來修房頂。」

衛景明把藥包遞給顧綿綿。「綿綿，這是小吳大夫給我開的藥，讓我一天喝兩頓，妳幫我煎吧。」

顧綿綿拎過藥包，似笑非笑看著他。「別還是黃連吧？」

衛景明呸了一口。「肯定不是，要是黃連，我明兒晚上悄悄倒進吳家水缸裡去！」

顧綿綿又忍不住笑了起來。「衛大哥，你受苦了，你等著。」

說完，她回到正房，扒開一個小罐子，用旁邊的筷子挾了幾個蜜棗，放在一個小碟子上，端到廚房門口。

還是綿綿心疼我！衛景明還沒吃到蜜棗呢，心裡就跟吃了蜜一樣。

顧綿綿把碟子遞給他。「衛大哥，你吃兩個蜜棗，嘴裡就不苦了。」

衛景明張大了嘴，小聲道：「綿綿，我手髒，妳餵我吃。」

顧綿綿想把碟子摔到他臉上，想到他昨晚拚命救自己，忍住了衝動。她看了看不遠處的薛華善，見他正在低頭處理瓦片和木頭，嗯，大哥應該看不見。顧綿綿拿起筷子，快速往衛景明嘴裡塞了一個蜜棗，然後把碟子塞進他手裡。「你自己吃。」

衛景明接過小碟子，倚在廚房門框上，又往嘴裡扔了一個蜜棗後，一邊嚼、一邊唱小調。「生在田坎裡，睡在草窩邊，腦袋瓜子笨，臉長得難看，我娘怕我打光棍，給我說了個小寡婦……」

顧綿綿聽了腳下一個趔趄差點摔倒。

這一幕，正好被站在窗前的阮氏看到。

阮氏聽到衛景明唱的小調，也忍不住笑了起來，轉頭和顧季昌說道：「官人，壽安這孩子雖然看起來沒個正經，實則可靠得很。」

顧季昌耳力好，從衛景明一進門，院子裡的動靜他都聽得清清楚楚。那不正經的小調雖然沒讓顧季昌發笑，心裡也覺得家裡有個這樣的孩子，真是什麼時候都歡歡樂樂的，很不錯。

他對阮氏道：「東廂房不能住了，讓綿綿先挪到正房西屋睡，他們兄弟睡西廂房。」

阮氏連忙出去告訴顧綿綿，又囑咐薛華善小心些，別讓瓦片砸到頭。

衛景明去西廂房轉了轉，忽然叫顧綿綿。「綿綿，妳過來。」

這個二百五叫我幹麼？我還沒搬到正房呢，他就去了我的屋子。哼！大白天的，他總不敢動手動腳，我才不怕。

顧綿綿猶豫了一下，才扔下掃帚去了西廂房。「衛大哥，你找我有什麼事情？」

衛景明笑道：「我帶妳做些好玩的東西，保證以後誰也不敢隨便進妳的屋子。」

顧綿綿眼睛轉了轉。「你要做機關？」

衛景明把最後一顆蜜棗塞進顧綿綿嘴裡。「聰明。」

顧綿綿鼓起腮幫子嚼蜜棗。「衛大哥，你要做什麼樣的？陷阱？飛針？還是從房頂掉東西下來的？」

衛景明給她寫的書裡面就有機關之類的東西，想當年衛景明可是參與了皇帝陵墓的設計，裡頭什麼樣的機關都有。可惜那些圖紙都是一次性的，施工完成後立刻銷毀，連他師父都不能保證可以做一模一樣的。不過在這個西廂房做幾個小機關，對衛景明來說是小事一樁。

他把碟子放在桌子上，讓顧綿綿找來白紙和她的眉筆，在桌上開始畫圖。

門口，房頂，床上，到處都可以設置機關。衛景明計劃在門口擺個石陣，就用房門口那些磚頭做引子，知道的人會按照章法走，先踩哪一塊、後踩哪一塊，不知道的人直直踩過來，立刻就會掉進陷阱裡去。如果避開了陷阱，推門而入，兩扇門推開的次序要是不同，又要接受第二次暗算。等到了屋裡，任何一個地方可能都有機關在等著賊人。

衛景明把握大方向，顧綿綿在一些細節方面提建議，兩個人說了大半個時辰，終於把方案敲定。

顧綿綿咂舌。「衛大哥，這屋子以後我還怎麼住啊？我怕沒套住賊人，我自己整天不小心受了暗算。」

衛景明把紙張收起來。「這樣正好，練一練妳的警惕性。我們在外行走，處處都是暗算。嬸子不是說讓妳搬到正房嗎？我先住妳的屋子，把這些東西設置好。後面一陣子，妳和華善每天來給我打下手，我帶你們一起做。以後妳要是有機會跟我出去，萬一我不在妳身邊時，妳也能自保。」

第十六章

顧綿綿忽然興奮起來。她什麼時候做過這些東西？機關啊！她只在話本裡看過。

衛景明看了看手裡的眉筆，忽然湊到顧綿綿面前。「綿綿，妳別動。」

顧綿綿還沒反應過來，衛景明抬手就開始給她畫眉。「綿綿，妳的眉毛真好看。我給妳略微修一修，保證更好看。」

顧綿綿想一腳把他踹開，衛景明卻一把拉住她。「別動，妳一動，就畫歪了。」

畫眉可是衛大人拿手的功夫，上輩子二人做夫妻之時，衛大人天天給娘子畫眉梳頭，都是他在宮裡跟那些老嬤嬤們學的手藝。

顧綿綿忍住羞意。「你快些，別讓大哥看見了。」

衛景明輕輕一笑。「綿綿放心，華善去茅房了，我聽見了他的腳步聲。」

顧綿綿覺得兩個人靠得太近，他的呼吸都快噴到自己臉上去了。

衛大人手快，薛華善還沒從茅房回來，他就畫好了。

顧綿綿跑到鏡子那裡一照，果然不錯，不仔細看根本看不出來她畫了眉，但又比不畫好看一些。

她不知道要說什麼，衛景明替她解了尷尬。「綿綿，午飯時間到啦！」

顧綿綿趕緊起身。「我去做飯了。」

她疾步而去，衛景明笑著跟上。「我來燒火。」

薛華善在不遠處的地方瞄一眼，搖搖頭。衛大哥真是的，義父才鬆口，他就寸步不離。

後面一陣子，衛景明真的每天帶著薛華善和顧綿綿在屋裡搗鼓機關。做機關需要許多東西，顧季昌聽說後，便讓家裡請的匠人把東廂房好生翻修一遍，三個孩子需要什麼直接從這邊拿，也不會引起外頭人的懷疑。

顧綿綿和薛華善彷彿打開了一個新世界，顧綿綿雖然是個手藝高超的裁縫，但她的針只限於縫補，衛景明卻詳細告訴她機關的力道不同，落針的位置會有何區別，什麼長度的針扎在人體什麼部位最痛。

衛景明和顧綿綿商議，決定以後就讓她用針當武器。但顧綿綿如今沒有習武，不可能現在直接去練習射暗器，只能把能學的先學到手。

三個人在西廂房敲敲打打忙活了十幾天，終於設置好了所有的機關。

衛景明睡在顧綿綿的屋裡，薛華善住另外一間，中間是共用的小客廳。薛華善最近真的是每走一步路都要想一想，他生怕從哪裡忽然飛出一根針扎到他屁股裡頭去。而且，衛景明為了鍛鍊他，每天都會變化機關的樣子和位置，還只和他說一遍，如果薛華善記不住，對不起，就要挨飛針。

顧季昌看著他們搗鼓，也不打擾，技多不壓身，就算是衙役和裁縫，學機關也沒壞處。

家裡這邊忙得熱火朝天，青城縣縣衙裡也正暗流湧動。

郭捕頭帶走了那幾具屍體，查了幾天也查不出個所以然。一是衛景明屁股擦得乾淨，他根本沒法查出來什麼原因。而且黑衣人就像憑空而降一樣，據衛景明交代，這些人也不圖錢財，就想殺人，實在不敵，最後才逃跑。

郭捕頭這等蠢材不懂，但楊石頭做了幾年御史，平日最喜歡打聽那些豪門之間的隱秘事情。在他看來，此事不會這麼簡單。顧家那點家財，哪裡值得別人買凶殺人？看來，這些賊人確實是為人而來。

楊石頭想了兩天，為顧季昌是不可能的。為顧家女？聽說是個絕色，但誰家要美人也不至於這樣大費周章，顧家門戶不高，不須如此。為姓衛的小子？但聽說他從京城而來，而那位推薦他的侍郎大人已經倒臺。

第二個原因是郭捕頭現在的心思根本不在查案上。顧季昌受傷，養了半個月後勉強能走路。他近來不在衙門，齊縣丞把快班的事情都交給了郭捕頭。郭捕頭第一次嚐到了當班頭的風光和滋味，他也想做班頭。

郭捕頭半夜又拎著禮物去了齊縣丞家，連去了三次，齊縣丞也動了心思。顧季昌是塊臭石頭，歷來不拉幫結派，這種人在衙門裡很不討喜。要不是他功夫可以，辦案能力又強，怕是早就被人頂下去了。

齊縣丞先去找楊石頭商議。「大人，下官無能，黑衣人案至今無所進展。」

楊石頭正在看青城縣人口簿。「據我看，這些人怕不是簡單來頭，既然你們查不出來，我只能如實上報，請知府大人裁奪。」

齊縣丞心裡暗自稱奇，這楊大人果然與旁人不一般。別的縣令遇到這樣的大案子，怕是早就急得上牆，無論如何也要查出個「原因」來，不然上官問起來，豈不是要吃掛落。否則一旦知府大人過問，怕是整個青城縣都要受責難。

但人家楊大人願意擔著，齊縣丞也不多問，他沒有忘記自己的目的。「大人，現在顧班頭受了傷，快班連個主事人都沒有。」

別看楊石頭整天臭著臉，並不代表他什麼都不知道。「齊大人有話直說。」

齊縣丞拱手道：「大人，下官的意思是，郭捕頭是顧班頭帶出來的，威望也夠，不如先讓他代理班頭一職如何？」

楊石頭反問道：「如此一來，顧班頭回來後要如何自處？」

齊縣丞摸了摸鬍鬚。「大人，此次黑衣人案，事發地點在顧班頭家裡，下官覺得，案子未查清之前，顧班頭不宜來衙門當差。也就是大人明察秋毫，知道顧班頭多年兢兢業業，定然不是惡人，他才能繼續在家裡養傷，若是換一個糊塗點的父母官，他怕是現在又進大牢了。」

楊石頭放下手中的筆，端起旁邊的茶盞。「齊大人所慮有理，但本官覺得，郭捕頭雖資格老，但能力不足。」

齊縣丞頓時傻眼了，他有些不死心。「那，大人的意思是？」

楊石頭吹了吹茶盞上的浮沫。「我這裡有個好人選，你看衛景明如何？」

齊縣丞沈吟道：「大人，此子能力雖強，下官卻有疑慮。一則他年紀不足，來青城縣不久，怕是不能服眾；二則他住在顧班頭家裡，這回黑衣人案他也參與過。」

楊石頭放下茶盞。「齊大人，本官把案子交給郭捕頭，他查了這麼久，卻一點進展也沒有。衛景明雖然年紀小，但能力出眾，這是有目共睹。要說服眾，本官比他還後來，難道大夥兒心裡可有什麼想法嗎？」

齊縣丞立刻起身行禮。「大人言重，下官與三班六房所有人，對大人都是忠心耿耿。」

楊石頭並非弄權之人，只稍稍用話壓了下齊縣丞，便又端起茶杯溫和道：「齊大人快坐，是本官說話急了些。」

齊縣丞現在哪裡還敢提郭捕頭，楊大人平日雖然不言不語又看著年輕，但絕對不是張大人那等糊塗官能比得了的。

顧家裡頭，顧綿綿剛帶著衛景明回來，她今日接了個活兒，又掙了二兩銀子。回來的路上，買了一些糕點犒勞衛景明。

衛景明看著手裡的糕點，完全沒有吃軟飯的自覺，往嘴裡扔了一塊，扳著手指說：「綿綿，我不想去當衙役了，以後妳養我吧。我一個月才賺一兩銀子，妳接一趟活就二兩銀子。妳放心，我會做飯、洗衣裳、掃地，我還會梳頭、描眉，保證能打理好家事。」

顧綿綿笑著罵他。「快住嘴，讓我爹聽見，看還不打你？」二人最近每天都在一起，且顧季昌又允了親事，顧綿綿偶爾見他太不正經，也會罵兩句。但衛景明哪裡怕她罵，始終嬉皮笑臉。

小倆口鬥著嘴不知道，顧季昌正在等著他們呢。

顧綿綿帶著衛景明進了正房，先問候老父親。「爹，您今日感覺怎麼樣了？我晌午把那條黑魚做給您吃，味道雖然淡些，您將就著吃一點。」

顧季昌的腿已經好多了。「別忙，我有事情跟你們說。」

衛景明把手裡的糕點拿了出來。「岳父，這是綿綿買的糕點，您嚐嚐。」

顧季昌已經懶得去糾正衛景明的那張油嘴，指了指旁邊的凳子。「你們坐下。」

顧綿綿坐下後問：「爹，您有什麼事情？」

顧季昌看向衛景明。「剛才，衙門裡來人了。」

衛景明臉上的笑容消失。「可是為了案件？」

顧季昌搖頭。「我的班頭之位沒了。」

衛景明旋即問道：「可是郭捕頭？」

顧季昌再次搖頭。「是你。」

衛景明雖然意外，卻並沒有太吃驚。

這才是楊石頭，大家都以為他臉臭、脾氣臭不好講話，其實他什麼事情心裡都有譜，怕是他已經開始懷疑我了吧。

但衛大人何嘗是個怕事的人，立刻笑道：「岳父，您別擔心，反正都是咱們自家人。我先去擔著，等您休養好了再回去做班頭。我可不耐煩管著那一群猴子，班頭一個月二兩銀子，多這一兩銀子，少了多少自在。」

顧季昌被他逗笑了。「快別胡說，快班那麼多人，哪個不想做班頭？班頭可不光是二兩銀子，時常也有別的分例，比二兩銀子還多。你要是不肯幹，趁早讓賢。」

顧綿綿看了一眼衛景明。「衛大哥，做班頭多好啊！咱們青城縣沒有縣尉，要是你幹得好，說不定以後給你個縣尉當當。」

衛景明立刻坐好。「好，我去做班頭，誰要是不聽話，看我不打他。」

顧季昌又道：「你明日就去衙門，先把快班裡的人捋清楚。」然後，他便一一跟衛景明細細說清楚各人的品行。

等顧季昌說完，顧綿綿忽然問道：「爹，衛大哥去了，楊大人會不會讓他負責黑衣人案子？」

衛景明先接話。「綿綿不用擔心，我自有應對之法。正好，我也想會一會咱們那位于知府呢。」

顧綿綿連忙道：「你莫要莽撞，人家畢竟是知府，伸出一根手指頭就能碾死我們。」

衛景明神秘一笑。「我自有妙招。」

顧季昌也不避諱顧綿綿。「綿綿不要擔心，壽安他能解決好。東廂房晾了好幾天，今日你們還按原來的方式住吧。」

衛景明又想搬、又不想搬，不想搬是他睡在媳婦的床上實在太舒服了。每天晚上，他聞著顧綿綿留下的體香入睡，看著蚊帳上的花花草草他都能笑出聲。但他也知道，早晚要搬，不然機關就失去了它本來的作用。

顧季昌擺擺手。「你們去吧，下午搬屋子，明日早起壽安去衙門。」

顧綿綿猶豫地問了一下。「爹，衛大哥做班頭，要不要給楊大人和齊大人送些禮？」

顧季昌也憂鬱起來。「齊大人那裡就算了，他早就看我不順眼，至於楊大人那裡……」

他把目光對準衛景明。「壽安，你從京城來，認識這個楊大人嗎？」

衛景明點頭。「岳父，綿綿，不用送禮，楊大人的外號是楊石頭，我要是給他送禮，他保證會打我二十板子，說我侮辱他的清名。」

顧季昌點頭。「好，那就不送了。」

說完正事，他把兩個孩子打發走，自己在屋裡練習走路。他不在意能不能做班頭，他在意的是能不能順利度過後面的難關。齊縣丞算什麼？他那個前大舅哥才是個禍害！

衛景明想到今天晚上顧綿綿就要睡到機關房裡，拉著她在屋裡一遍遍練習，還不停地囑咐她。「半夜沒事千萬不要出門，萬一妳踩錯地方，我救妳都來不及。以後早上我喊妳起床吧！人剛起來的時候腦袋都迷糊。」

顧綿綿正在按照他的指示走路，聞言忍不住頂嘴。「衛大哥，我都走了很多遍了，傻子也能記住，難道我不如傻子？」

衛景明趕緊道歉。「傻子哪裡比得過妹妹？我這不是擔心妳嘛。妳是我媳婦，我不擔心妳擔心誰。」

顧綿綿聽見他又滿嘴胡說，把腳往旁邊一挪。「你再胡說，我就踩機關了。」

衛景明慌忙作揖。「姑奶奶，可千萬別，讓我踩吧。」

顧綿綿繼續走。「那你快別胡說了。」

小倆口在屋裡說說笑笑，阮氏出來倒水，聽見後忍不住笑了笑，回屋就和顧季昌商議。「官人，既然允諾了親事，什麼時候給兩個孩子訂親？」

顧季昌拄著楞杖來回走。「我們總不能上趕著。」

阮氏又忍不住笑出聲。「我還以為官人與眾不同，沒想到嫁女兒的時候也是這樣拿喬。」

顧季昌一屁股坐在椅子上。「我女兒這麼好，我自然要拿喬了。」

那邊廂，衛景明剛出西廂房門就聽到了這句話。

我的老岳父，既然您想拿喬，我就給您做足面子。

第二天，衛景明就去縣衙報到，他先去楊石頭那裡請安。

「卑職見過楊大人。」衛景明行止有度。

楊石頭點點頭。「快班是三班裡頭責任最重的一個，我力排眾議讓你做班頭，不是因為你長得好看，而是你能力出眾。青城縣雖然小，也是有一堆的事情，我希望你能使出全力。」

衛景明再次行禮。「卑職遵命。」

楊石頭道：「黑衣人案到現在也沒個頭緒，你去查查吧，別告訴我你也查不出來。」

衛景明看著楊石頭，如今不過才二十出頭的縣太爺，剛毅果敢脾氣臭，卻有一顆忠君愛國之心，才到任沒多久，走遍了底下各個鎮子，親自督促春耕之事。雖然你上輩子總是惹老子生氣，但看在你是個好人，我就幫你立足吧！放心，定然交給你一個聽話的快班。

衛景明拱手。「大人放心，卑職定會盡全力。」

楊石頭擺手。「你去吧。」

衛景明卻沒走。「大人，卑職有一事請求。」

楊石頭抬起頭。「何事？」

衛景明道：「卑職的岳父顧班頭，被賊人所傷，正在家裡養傷，卑職請求大人同意，等卑職查清黑衣人案，讓岳父重新回來做班頭。」
楊石頭吃驚。「他什麼時候變成你岳父了？」
衛景明立刻笑靨如花。「大人，岳父已經許了親事。卑職就想破了黑衣人案，然後再去正式求親，等訂親之時，卑職還想請大人替卑職作媒呢。卑職父母都不在了，師父離得又遠，您是父母官，可不就該為卑職做主嗎？」
楊石頭聽罷不禁笑了。「那就要看你能不能破案了。」
衛景明一拍大腿。「大人放心，為了娶媳婦，卑職肯定把這案子破了。」
楊石頭哈哈笑。「希望你的本事和你的口氣一樣大，不然本官定要重重責罰。」
衛景明行過禮後笑咪咪地走了。
他哼著小調來到快班，衙役們今日都在，齊齊行禮。「見過班頭。」
衛景明拉過一張椅子，自己坐下來。「承蒙楊大人信任，讓我做了這個班頭。我知道，你們中間有人不服氣，有人說不定在心裡罵我。但不管你們是什麼想法，都把心思給我放正，把差事做好。我這個人雖然脾氣好，但要是惹急了我，我可不像我岳父那樣顧慮這個、顧慮那個，老子直接扒了你的褲子就打。論起打架，我還沒輸過呢。」
薛華善忍不住想捂臉。都還沒訂親，怎麼滿世界嚷嚷義父是你岳父了？
衛景明把自己的鞭子往桌子上一放。「我有言在先，第一，快班裡的事情，除非楊大人過問，不許隨意外傳；第二，拉幫結派可以，關鍵時候，不要給老子扯後腿；第三，出去後手腳給我放乾淨點，那些街頭可憐的窮苦人，莫要去盤剝人家，讓我發現了，給我滾回家去抱孩子！我有言在先，誰要是想挑戰一下我的脾氣，儘管來試。」

衛大人上輩子掌管北鎮撫司時多威風，這幾個小衙役根本不在話下。他一番威脅恐嚇，本來有些看輕他的人立刻收了心思。畢竟是頂頭上司，誰也不想得罪。

衛景明立刻點了三、四個人。「你們幾個，以後跟著我一起查黑衣人案。」

這其中，就包括薛華善和郭捕頭。

第一天，衛景明什麼事都沒幹，只把郭捕頭查出來的結果仔細看了一遍，又去義莊看過那幾個快爛掉的黑衣人。義莊裡臭氣熏天，郭捕頭和薛華善都有些受不了，衛景明卻面不改色，讓郭捕頭立刻把心裡的小覷之意收起。

當天晚上回去的路上，薛華善問衛景明。「大哥，你為甚把郭捕頭也叫來了？」郭捕頭和齊縣丞之間勾勾搭搭，還想頂替顧季昌，薛華善心裡自然不高興。

衛景明用衙門裡的破刀刮了刮指甲。「有他一起來了，我查出什麼結果，齊大人也不會有異議。」

薛華善還是有些擔心。「大哥，萬一他搗亂怎麼辦？」

衛景明把刀一收。「憑他那點本事，能搗什麼亂？不怕，回家吃飯。」

一進家門，顧綿綿剛好端著一盤菜從廚房裡出來，見到他們兩個，立刻笑著屈膝行禮。

「見過衛班頭，衛班頭好。」

衛景明咧嘴。「我來我來，別燙著妳。」

顧綿綿把盤子遞給他，悄悄問道：「可有人為難你？」

衛景明也悄悄回道：「放心吧，一切順利。」

兩人正說著話，屋裡傳來顧季昌的聲音。「壽安，進來！」

賊小子，回來就和我女兒說悄悄話。

等一家人都坐下來後，顧季昌問衛景明。「楊大人和你說什麼了？」

衛景明坐直了身子回答。「楊大人說，讓我查黑衣人案。我和他說好了，等岳父身體好了，再回去做班頭。」

顧季昌意外地看了他一眼，瞬間又釋然，以壽安的本事，看不上一個班頭也正常。「黑衣人案你有沒有什麼頭緒？」

衛景明看了一眼大夥兒，低聲道：「岳父，我準備把黑衣人當成山匪。」

顧季昌慢慢道：「也不是不可以，但要圓得合理才行。」

衛景明點頭。「岳父放心，咱們先吃飯，容我考慮仔細後，我再跟您說。」

阮氏笑道：「官人，壽安和華善累了一天，半大小子又能吃，讓他們先吃吧。」

顧綿綿也道：「春耕過去了，天氣也熱了，外頭賣菜的品種也越來也多。這小黃瓜新摘的，可新鮮了，這條魚也是早上才從河裡撈出來的，還是二娘的手藝好，比我做的菜要好吃多了。」

阮氏笑道：「妳針線活那麼好，要是做飯還比我好，我哪裡還好意思坐在這裡？」

大家都笑了起來。

等吃過了飯，衛景明和顧季昌留在正屋裡說話。

衛景明道：「岳父，青城山上，我埋了個死人。」

顧季昌吃驚。「哪裡來的死人？」

衛景明小聲道：「當時黑衣人死了那麼多，我拖了一個埋到青城山上去了，沒想到現在能派上用場。」

你小子肯定早就想好了！顧季昌瞇起眼睛看著他。「你把他們算成盜匪，要是上頭讓你繼續抓盜匪怎麼辦？」

衛景明笑道：「岳父，于知府心知肚明這些人是誰，我繼續抓盜匪，萬一查到他頭上怎麼辦？」

於是顧季昌不再說話。「你去吧！想怎麼辦就怎麼辦。」

衛景明出了正房，先去廚房和顧綿綿說話，將自己的計劃說給她聽。

顧綿綿有些顧慮。「青城山上埋了個死人，如何就能說明那些黑衣人就是盜匪？而且，既然是盜匪，怎麼偏偏到我家裡來作亂？」

衛景明坐在灶下燒熱水。「這就要看我們的楊大人是怎麼想的了。」

顧綿綿思索片刻。「衛大哥，楊大人是不是在懷疑你？」

衛景明托著下巴笑看顧綿綿。「懷疑我的人多了，不差他一個。他把事情交給我，可能就是不想管。我把這些人算成山匪，報給于知府，我就不信，于知府會派人來查。」

顧綿綿小聲回一句。「你整天怎麼有心思琢磨這些事情？」

衛景明往灶門裡填一把稻草。「綿綿，我跟楊大人說好了，我把黑衣人案處理好，他給我做媒人來提親，妳說好不好？」

顧綿綿對著他呸了一口，自己回了西廂房。

第十七章

第二天，衛景明帶著薛華善等人開始查案子。他們先是排查縣城所有客棧近兩個月的住宿情況，再查各處路口來往的陌生人，還有各家賣布料的店子裡，誰家賣過這種黑布，連誰家來了外地的客人都要問個一清二楚。

衛景明把錦衣衛查案的細緻程度拿了出來，滿城的百姓被騷擾得煩不勝煩，最後他們終於查到一條有用的消息，大概二十多天前的一個晚上，有不明之人大半夜往青城山上去了。

衛景明立刻帶著人上山察看，發現山上有一條人為開闢出來的小路，上面的腳印似乎都是新踩的。

郭捕頭這兩天徹底蔫了。他查案時哪裡有這種精細手段？他是萬萬也想不到這山上也能有文章。

眾人沿著那條小路往上爬，爬到一半的時候，稍作休息。

衛景明打開水壺咕嚕咕嚕喝水。「等這事辦完了，我請大家吃酒。」

衙役們都歡呼起來。

稍後，眾人繼續往上爬。等快到山頂時，忽然發現有個小房子。那小房子搭得特別簡陋，給牲口住都嫌棄，但引人注意的是房子旁邊的一座墳墓。

衛景明帶著郭捕頭在小房子裡轉了一圈，最後在房頂的茅草夾層裡找到一封信，信裡的大致內容是，兄弟已亡，埋在青城山，後來者可找青城縣顧季昌報仇。顧季昌不除，我等無安寧之日。

這帽子扣得真大！

衛景明彈了彈信封。「咱們先去看看那墳墓。」

新墳的土比較鬆軟，用衙門裡的破刀很快就挖到了底，裡面赫然是一具腐爛的屍體，連棺材都沒有，只有一張破席子捲著。

旁邊有個衙役喊道：「頭兒，這人身上的衣服，和義莊裡那幾個一樣。」

衛景明嗯了一聲。「那天夜裡，死了幾個，跑了幾個，但逃跑的人中有人受了重傷，要不然我岳父怎麼會傷得那麼重？」

眾人把現場稍微收拾了一下，即刻回縣衙稟報楊石頭。

楊石頭抬眼看著衛景明。「我果然沒看錯你，這才幾天工夫，就找到了源頭。」

衛景明把信呈了上去。「大人，您看這封信，咱們青城縣沒人用這種紙，像是北邊人常用的。這黑衣人身上的料子和義莊裡那幾個一樣，而且，他們的腰間都有同樣的牌子，上頭還刻了個遠。」

衛景明心裡清楚，當年定遠侯身邊的人身上都有這東西。方侯爺想延續老父親的威風，不肯放棄這種牌子，卻不知自己實力不如以前，這樣講排場，反而容易落下把柄。

楊石頭把那信翻來覆去半天，最終問衛景明。「你有什麼想法？」

衛景明湊了過來。「大人，卑職懷疑，這夥人大概就是青城山盜匪了。」

楊石頭看了他一眼。「不是說青城山沒有盜匪？」

衛景明笑著解釋。「大人，若不是盜匪，如何能去我岳父家裡鬧事？分明就是想殺人。這青城縣縣衙裡，我岳父身手最好，他們想作亂，可不就要先除了他嗎？」

楊石頭放下信封。「這樣，你去知府衙門走一趟，親自向知府大人稟報此事。」

衛景明深深地看了楊石頭一眼，楊石頭毫無懼色回看他。

衛景明知道，楊石頭可能已經猜出這些黑衣人來歷不凡，也知道和自己有些瓜葛。楊石頭不管那麼多。你們顧家惹來的瘟神，你們自己送走，莫要牽連無辜百姓。

衛景明低下頭抱拳。「卑職遵命。」

楊石頭放下信。「需要什麼人，你自己挑選，我給你十兩銀子路費。去吧，本官要接著看公文了。」

衛景明抬眼看見他案頭上如小山一樣的公文，再次抱拳道：「大人，您答應卑職的事情，能不能先幫卑職辦了？」

楊石頭反問道：「你是說提親的事情？」

衛景明立刻笑靨如花。「還要煩勞大人了。」

楊石頭終於笑了。「好，今日給你放假，你去買些禮物，本官明日就替你上門提親。」

衛景明又對著楊石頭作揖。「多謝大人，大人真是個好官，一心為民……」

楊石頭頓時皺起了眉頭。「快去吧，莫要囉嗦！」

衛景明笑咪咪地走了，把衣裳一換，拉上薛華善，立刻上街去買禮物。布料、首飾、吃食，三牲、乾果，林林總總花了近五十兩銀子。

薛華善直替他心疼。「大哥，你不過日子了？」

衛景明帶著薛華善把東西抬回縣衙。「過啊！日子當然要過。但是我一輩子就訂親這一次，難道不該辦得體體面面？放心吧，頭先我來青城縣帶了一百兩銀子，後來賣石頭得了三十五兩，這回花完，還剩下十幾兩。我還有一塊好玉，以後若是急著用錢，我就把玉當了，過日子不是問題。」

這般大手大腳，讓薛華善心裡糾結，但他又希望妹妹的聘禮厚重，又希望大哥能好好過日子，頓時想不出個頭緒。算了算了，義父不會虧待唯一的女兒，肯定嫁妝厚，到時候衛大哥靠著妹妹吃飯也是一樣的，都是一家人。

不愧是結義兄弟，薛華善就是了解衛景明，他一點不在意吃軟飯。

楊石頭見到他們抬了這麼多東西，吃了一驚。「這是做啥？給本官送禮？」

衛景明心裡罵：你想得美！

「大人，卑職現在住在岳父家裡，這些東西沒地方放，就放在縣衙裡吧。我還給您買了一罈酒，多謝您替我做主。」

楊石頭揮揮袖子，看了看那一罈酒。「不錯不錯，本官還是第一次掙到媒人酒喝。放心吧，明日一早，你還到縣衙來，本官帶你去顧家提親。」

衛景明立刻高興地圍著楊石頭作揖，滿口稱謝。

整個衙門裡的人都跑來看熱鬧，一個勁兒地誇這聘禮好，衛景明笑咪咪地看著大家。「等我成親的時候，請大家吃喜酒。」

大夥兒立刻起鬨，要讓衛班頭買最好的酒。

有人開玩笑。「衛班頭，您這要娶親了，總得置辦兩間屋子吧！」

衛景明咧嘴笑。「我無父無母，置辦屋子做啥？我以後就住在岳父家裡。」

大家的眼神頓時諱莫如深起來。難道衛班頭要入贅？

薛華善在一邊解圍。「義父說，衛班頭在外頭白費房錢，不如住在一起，既能相互照應，又能省下房錢。」

楊石頭把自己的媒人酒拎走了。「好了好了，各自忙活去吧。」

衛景明把東西暫時放在縣衙裡，先回了顧家。

薛華善把明日縣太爺要來提親的事情告訴義父、義母，顧綿綿聽到後，扭頭回了西廂房。

她輕巧地避開屋裡的機關，一個人坐在了床沿。

這就要訂親了？

顧綿綿心裡忽然有些慌亂，比她第一次單獨出去接活都慌亂。不管她摸了多少死人，等她回到這小院，家裡人都在這裡等著她，她能感受到溫暖和關愛。

要是，要是和那個二百五訂親，他是異鄉人，那以後我要離開青城縣嗎？我聽他的意思，可能還要回京城，我也要去京城嗎？

顧綿綿在屋裡一個人思索，正房裡，阮氏正在焦急地和顧季昌說話。「官人，明日楊大人要過來，我還什麼都沒準備呢。」

衛景明連忙道：「嬸子別忙，楊大人是個大清官，有一壺清茶、兩樣點心就好，也是我沒考慮周到，應該提前和家裡打個招呼。」

阮氏笑著安慰他。「你小孩子家家的，一頭歡喜只曉得買一堆東西，想不到那麼多也是正常。」

顧季昌安撫阮氏。「不急，妳現在帶著華善出去買些東西也來得及。明日請楊大人吃頓午飯，不用大辦，做得簡單些。」

阮氏急忙從屋裡取了些錢，帶著薛華善匆匆忙忙出門。

等他們走後，衛景明對顧季昌道：「岳父，是我不懂事給嬸子添麻煩。今日楊大人說，讓我自己去禹州府上報黑衣人案，我擔心我走後出意外，才想把事情先定下。」

顧季昌有些意外。「你要去禹州府嗎？」

衛景明點頭。「自然要去的，我去會會我們于知府。」

顧季昌嗯了一聲。「我曉得了，你去和綿綿說說話吧。」

衛景明得了首肯，強忍住高興行禮告退，大大方方來了西廂房。

顧綿綿正在納鞋底，衛景明打眼一看就認出那是要給自己的鞋底。

他走上前坐在旁邊。「綿綿，我們要訂親啦！」

顧綿綿嗯了一聲，用鼻音回道：「我早聽到了，你那麼大聲做什麼？」

衛景明笑道：「妳有沒有什麼想要的東西？我去給妳買。」

顧綿綿抬起紅通通的臉蛋看著他。「你把錢都花了，以後不過日子了？買房置辦家具，花費可大著呢。」

衛景明哈哈笑，伸手捏了捏她的臉蛋。「還跟我拐彎抹角？妳放心，岳父不趕我，我就住在這家裡。」

顧綿綿頓時眼裡冒出欣喜。「真的嗎？」

衛景明開玩笑。「我現在精窮精窮的，哪裡有錢買屋子？綿綿妳可千萬要救我，就說妳捨不得離開家，這樣岳父就不會逼我買屋子了。」

顧綿綿忍不住噗哧一聲笑了。「你快住嘴吧！」

衛景明看了看她手裡的活計。「這納鞋底是不是很難？妳教教我吧。」

顧綿綿把針頭在頭髮裡蹭了蹭。「你學這個做啥？」

衛景明又靠近了一些。「我窮啊，以後我做了妳家的上門女婿，一個月俸祿那麼少，還沒妳掙得多，我得學會做鞋，給妳做繡花鞋。」

顧綿綿拿針去戳他。「我看看你的皮到底有多厚。」

衛景明揚起臉。「戳吧戳吧，我皮厚不怕疼。」

顧綿綿噘嘴收回了針。「哼！你快去吧，我忙著呢。」

衛景明知道今日不能久留，收起嘻皮笑臉，拉住她的手正經問道：「綿綿，我無父無母，又窮得很，妳跟著我可能享不了福，妳真的心甘情願嗎？」

顧綿綿本來還害羞，聞言看著衛景明俊俏的臉，然後鼓起勇氣抬手摸了摸他的眉毛。「不怕，我一年能掙幾十兩銀子，夠咱們過日子。就衝你這麼好看的臉，也值得了。再說了，我性子倔，去別人家怕是要鬧得天翻地覆。衛大哥，你以後能一直這樣包容我嗎？」

衛景明忽然嘿嘿嘿笑起來，然後從懷裡抽出一條小鞭子，塞進她手裡。「這條鞭子送給妳，要是我食言，妳儘管打。」

顧綿綿笑著把鞭子扔進他懷裡。「快些滾！」

衛景明站起身。「做針線莫要太累著，不時也要歇一歇，我先去了，今晚在縣衙混一晚上，明日我再來。」

顧綿綿聽見他晚上不回來，連忙幫他收拾了一些漱洗用的東西，又從箱子裡找了一身新衣服給他。「明日就穿這個，可不要給我丟臉。」

衛景明把東西都抱在懷裡。「放心吧，我一定給妳掙足臉面。」

正房裡忽然傳來顧季昌的聲音。「綿綿，給我倒些水來。」

顧綿綿應了一聲過去，衛景明連忙抱著衣裳去正房和顧季昌打招呼，看了一眼端水進來的顧綿綿。

轉天早上，天還沒亮，顧綿綿就起來了。

阮氏一大早就來叮囑她，要穿上新衣裳，戴上新首飾，漱洗打扮後不要再出門，連早飯都是顧岩嶺端過來的。

顧綿綿吃過飯後漱乾淨口，一個人坐在屋子裡收拾自己的首飾匣子。她今日穿了一身大紅色衣裙，頭上是上回過生辰時阮氏給她打的金釵，手腕上一對金鐲子。雖說滿身金子說出去有些俗氣，可顧綿綿顏色好，就算金子再多，也只是多添了一分貴氣，丁點也不顯得俗。

天已經有些熱了，顧綿綿開著窗戶，窗臺上還有一盆花，花兒開得正豔，彷彿也知道今日是個喜慶的好日子一般。

顧綿綿把這幾個月的日子仔細想了想，衛景明一來青城縣，似乎就和她有了扯不開的關係。她有了麻煩，他總是悄無聲息就幫她解決掉；她遇到危險，他衝在最前面保護她；她做裁縫，他大力支持，還一直在教她許多新的本領，而不是像別的男人那樣，希望自己的女人除了漂亮和聽話外，不要再有別的優點。

顧綿綿按了按胸口的那只玉製黑白無常，心裡湧出一些喜悅，她終於找到一個願意保護她、包容她又體貼她的人。雖然他窮，又無父無母，還是個二百五，但顧綿綿覺得自己一定能把日子過好。

卯時初的陽光透過紗窗照進西廂房，打在顧綿綿臉上，把她頰上的那一抹羞意照得一清二楚。

忽然間，大門那裡傳來了動靜，一群人吵吵嚷嚷進了門。一位打扮誇張的媒婆大聲笑著進了門。「顧班頭，顧太太，哎喲，大喜，大喜呀！」

衛景明今日穿著一身新衣，打扮得光鮮亮麗，從縣衙一路走過來，惹來無數的大姑娘、小媳婦偷看。和他同行的楊石頭恨不得給他臉上抹點灰，一個男人，這麼騷浪做啥？

衛景明從西廂房的縫隙往內看，正好瞟到一抹紅色的袖子。

顧綿綿立刻啪的一聲把窗戶關上了。

剛好，顧季昌和阮氏從正房出來了。

顧季昌拄著枴杖，抱拳給楊石頭行禮。「卑職見過楊大人。」

楊石頭雖然年紀不大，卻學六部那些老頭子蓄起了鬍鬚，聞言摸了摸不太長的小鬍子。「顧班頭不必多禮，我今日是媒人，不是縣令。」

顧季昌笑著吩咐薛華善。「華善，給楊大人泡茶。」

楊石頭到青城縣來任職並沒有帶女眷，平日也從來不和任何婦人打交道，顧季昌才讓薛華善泡茶招待。阮氏便立刻明白，自去廚房準備午飯。

顧季昌請楊石頭進了正房，楊石頭坐了上位，薛華善上茶，眾人一起吃茶。

楊石頭先說了幾句黑衣人案的事情，然後把衛景明誇讚了兩句，又道：「我聽說顧班頭已經允了親事，今日便替這小子做主來求親，也賺一罈媒人酒吃。」

顧季昌也不拿喬。「自壽安到青城縣，助我良多。雖說他無父無母，家無恆產，但卻是個好孩子，承蒙楊大人親自上門來提親，卑職自然不能拿喬，希望兩個孩子以後能和和美美。」

楊石頭又摸了摸鬍鬚。「顧班頭果真是忠義之輩，不認錢財和門第，只看人品。本官看衛班頭年紀雖小，卻是個能幹之人，令嬡的好日子還在後頭呢。」

顧季昌也笑道：「多謝楊大人吉言，卑職就這一個女兒，自然是希望她平安康泰。」

衛景明趕緊起身作揖保證。「岳父您放心，我定會好生當差，讓綿綿過上好日子。」

顧季昌揮揮手。「我曉得，你快坐下！」

顧季昌覺得女婿要是不說話，看起來真是個體面少年，但一開口就破壞形象。

薛華善陪在一邊不說話，偶爾看兩眼衛景明。

大哥今日這一身真好看。也難怪綿綿願意答應親事，又能幹、又好看，誰不喜歡啊？

那邊廂，楊石頭又開始當家長。「本官也沒做過媒人，家中犬子年紀尚小，本官也沒操辦過親事，不大懂這中間有哪些規矩。這小子既然就住在你家裡，索性就免了那些虛禮，我讓他買了些聘禮，權當給你的孝敬。」

顧季昌客氣兩句。「你這孩子，手裡有了些散錢，好好攢著，怎麼這般鋪張浪費？」

衛景明剛想開口解釋，又被楊石頭截走。「都是他該做的，顧班頭受著就是。」

衛景明看明白了，今日楊石頭就是他爹，他只需要乖乖聽話就好，不需要插嘴。既然有了「爹」，衛景明就開始扮乖巧，給楊石頭和顧季昌倒茶，又要去給阮氏燒火。

薛華善看不下去，連忙拉住了他。「怎麼能讓你去？我去。」

薛華善剛出正房門，只見阮老大和孟氏帶著兩子一女上門了。

孟氏不像往常一般大喊大叫，而是壓低了嗓門，直接到了廚房門口。「妹妹，哎喲，我說妹妹，這麼大的事情，怎麼也不叫我一聲？綿綿好歹叫我一聲舅媽，雖說不是親的，我心裡也看重她，她許人家，怎麼能不叫我呢？」

阮老大也跟著抱怨。「妹妹也是，妳和外甥女關係好，我這個舅舅就算不是親的，關心她也是應該的啊。剛才我正在賣肉呢，聽說楊大人和外甥女婿抬了聘禮來提親。哎喲，我抱起剩下的一條豬腿就來了。外甥女許人家，我也沒什麼好東西送，這條豬腿妳收著，多吃點肉，把外甥女養得白白胖胖的才好呢。」

孟氏進來後就把顧岩嶺從灶下拉了起來。「岩嶺，你去和你表哥們玩，我來燒火。才多大的孩子，哪裡會燒火啊？」

自家親哥、親嫂子，帶著一條豬腿上門，阮氏自然不會攆人。「大哥、大嫂誤會了，我家官人說，只是訂親，他現在腿上又有傷，不好大操大辦，我們連我們家老太太和小叔子家裡都沒叫呢，並不是故意不叫大哥、大嫂。」

主要是顧季昌擔心老娘在楊大人面前胡說八道，索性不叫她了，正好也不用叫阮家人。

顧季昌受傷，阮老大夫婦自然知道，但聽說他之前丟了班頭的差事，還牽連到命案，孟氏再也不肯上門，也不讓家裡人過來。

誰知衛景明忽然做了班頭，還說動縣太爺來幫忙提親。哎喲，孟氏聽說後火速拉著一家子過來了，還忍痛帶了一條豬腿過來。

這要是拿去賣，得好幾錢銀子呢，大哥、大嫂今日果真是破費了。

阮氏看了看那條豬腿心中衡量著，便沒客氣地收下了。反正大哥靠著官人這些年掙了不少錢，一條豬腿算什麼？給頭豬都不虧。

阮老大見妹妹並沒趕自己走，又慌著去正房，給縣太爺行禮。

楊石頭出身市井，並不排斥這些小民，反倒溫和地問他一天能賣多少肉，一斤肉多少錢？

阮老大戰戰兢兢回答問題，楊石頭叮囑他做生意定要誠信，不可缺斤短兩。

聽到這話，阮老大屁股底下頓時跟長了針一樣，坐立不安起來。

衛景明想笑又不敢笑，顧季昌見大舅哥這副模樣，連忙解圍。「舅兄，我身上有傷不能動，你跟著華善去幫我招待今日來的同僚們。」

今日縣衙裡許多衙役們都跟來湊熱鬧，衛景明索性沒有請抬聘禮的人，直接讓他們幫忙抬過來，這幫人這會兒正聚在兩間倒座房裡吃茶、吃果子呢。

阮老大如蒙大赦，立刻拉著薛華善。「外甥，我不大認識這些差役，去給你打下手吧。」

薛華善笑著帶他出來。「阮舅舅客氣了，您是長輩，義父不便，合該您招呼才對。」

再說顧綿綿，她本來一個人在西廂房靜坐，阮家姑娘一頭鑽了進來。「表姊，我來啦！」

顧綿綿大喊一聲。「快站住！」

可阮大姑娘跑得太快，觸動了機關，還是被一根繩子吊了起來，懸掛在半空，而且，她如果掙扎得厲害，很快會有一波飛針襲來。

顧綿綿眼看不好，立刻對著正房大喊：「衛大哥，你快來！」

衛景明一頭衝了進去，抬手飛出一把匕首隔斷繩子，眼見阮姑娘要摔到地上，他如鬼影一般快步到了床前，把被子扔了出去，阮姑娘正好摔在被子上。

阮姑娘摔傻了，立刻大哭起來。

大夥兒聽見哭聲，紛紛跑出來看熱鬧。

顧季昌一眼就明白，對楊石頭解釋道：「壽安這孩子胡鬧，在小女房裡裝了許多機關，舅兄家的孩子怕是不知道，一頭就衝了進去，多半是受了驚嚇。」

衛景明趕緊出來解釋。「大人，岳父，表妹已經無礙了。」

孟氏飛奔而來，把女兒上下摸了摸。「乖乖，妳有沒有受傷？」

阮姑娘摸了摸腳踝。「娘，我腳脖子疼。」

衛景明笑道：「表妹，以後進妳表姊的屋子千萬要敲門，不要一頭衝進去。這屋裡機關重重，妳不打招呼就進去，怕是要遭殃。」

孟氏本來還想抱怨兩句，見到縣太爺在，把話嚥了回去。這小子現在做了班頭，自家的生意以後說不定還要靠他，萬不能得罪他。

孟氏輕輕拍了拍女兒。「妳也是，進妳表姊的屋子，怎麼不先敲門？多虧妳表姊夫身手好，不然妳今日可就遭殃了。來，謝過妳表姊夫。」

阮姑娘哭哭啼啼起身，謝過表姊夫。

顧綿綿也出來了，先給楊石頭行禮，然後拉過阮姑娘的手。「表妹，跟我進去吧。」

楊石頭見到顧綿綿後，心裡大吃一驚，都說顧家女是個絕色，沒想到這般貌美，這姿色，比起宮裡的娘娘們怕是也不差了。

不過楊石頭並不好女色，雖然吃驚，卻只是很溫和地點點頭，又和顧季昌回了正房。

那些看熱鬧的衙役又回去吃茶，衛景明在正房待得無趣，也跑去湊熱鬧。

等吃午飯的時候，那些個衙役也不知道怎麼回事，忽然抓著阮老大灌酒。阮老大有苦說不出，他一個屠夫，衙門裡的差爺們給他敬酒，他不敢不吃，只得一杯接一杯，阮老大都吐了兩回了，還在被逼著喝。

衛景明伸頭看了一眼。

活該！讓你娶個不上道的婆娘，老子的媳婦她也敢打主意？

第十八章

一頓訂親宴席，吃得熱熱鬧鬧。

因著楊石頭過來提親，縣衙裡三班六房裡的人都跑來湊熱鬧，這是訂親，不過也不好隨禮，便買些東西過來，說是給顧小姐添妝。只有像齊大人和各個班頭，送的禮稍微重一些。一時間，顧綿綿屋裡堆滿了布料和首飾。

街坊鄰居們聽到這麼大的動靜，也紛紛跑來問今日是不是滿門接客？阮氏和薛華善只能一一婉拒，說待姑娘出閣時再請諸位高鄰吃酒。

阮氏本來只預備了三桌酒席，一下子來了這麼多人，只能臨時從外頭酒樓裡叫了席面過來。但茶水、果子還是得家裡準備，阮氏一個人哪裡忙得過來，把孟氏累得夠嗆，連阮姑娘也被拉去燒火。

顧綿綿今日不好出門，一個人在屋子裡坐了大半天，直等到所有賓客散去，她才從屋裡出來。

衛景明一整天都沒機會好生和顧綿綿說話，這會兒終於能好好看看她。

顧綿綿身上的衣裙還沒換，衛景明想著現在他終於是正經顧家女婿，便大大方方看自己媳婦，岳父就算不高興也不能捶我。

顧綿綿感受到衛景明眼睛裡濃烈的愛意，稍微往一邊躲了躲。

這個呆子，我爹還看著呢！

衛景明先是高興，又是傷感，想到上輩子那些難熬的苦日子，心裡如針扎一樣疼痛。好了，訂親了，方家就算想故技重施，我可不是吳遠那呆子，有什麼花招儘管來吧！

顧季昌見女婿這呆頭鵝樣，心裡好笑。「壽安，你和華善一起，把今日問鄰居們借的桌椅板凳都還回去。」

衛景明立刻從凳子上站起來。「好咧，爹放心，一定辦妥當。」

老天！之前還是叫岳父，怎麼一訂親，就變成爹了？

可是偏偏顧季昌也不能說女婿喊錯了，一般女婿都喊岳父，有些為了表示親近，也會改口叫爹。

阮氏見顧季昌神色不對，在一邊笑著圓場道：「官人，咱們又多個兒子呢。」

顧季昌心裡嘆了口氣。看在這小子無父無母，就原諒他整日嘴上沒個把門的了。

那邊廂，孟氏在廚房弄了整整一盆剩菜端了出來。「妹妹，姑爺，天熱了，你們這菜要趕緊吃了啊！不然就壞了。」

阮老大已經醉得跟死狗一般，正躺在倒座房裡，等會兒要讓他兩個兒子把他揹回去。

孟氏看著衛景明，討好一般笑道：「外甥女婿真是少年有為，不光人長得好看，又有本事，我們這些窮親戚，以後就靠你照應啦！」

衛景明笑看孟氏。「舅媽，要說窮，我才是最窮的一個。這回訂親，我把老本都貼進去了，往後只能靠著岳父家吃軟飯，恐怕還要指望舅舅、舅媽照應呢。」

孟氏立刻吹牛皮。「外甥女婿放心，但凡是我這做舅媽的有的，你只管開口，我定是不會小氣。」

衛景明笑得眼睛眯成一條線，乖巧地誇上兩句。「舅媽真豪氣，我就喜歡舅媽這樣的，等我遇到難處，一定去找舅媽！」

阮氏見了在一邊心裡嘀咕：這兩個人居然能說到一起去？

顧綿綿心裡想的卻不一樣。衛大哥又在想什麼壞主意？

孟氏今日很高興和新一任班頭搭上了關係，端著一盆剩菜，高高興興地讓兩個兒子把家裡死鬼男人扛回家。

等阮家人一走，顧家人忙忙碌碌把家裡收拾乾淨後，天就黑了。

顧綿綿換上了普通衣裳，在廚房裡熱剩菜、剩飯，衛景明給她燒火。往常薛華善還會過來湊湊熱鬧，今日累了一天，他寧肯在屋裡躺著也不願意來廚房。

顧綿綿抱怨衛景明。「買那麼多聘禮做啥？是不是把手裡都花空了？」

衛景明聽見她這一副當家女主人的口氣，心裡跟吃了蜜一樣甜。「給妳花錢，我心甘情願。之前都說妳親事艱難，我好不容易求上了親，自然要辦一份體體面面的聘禮。就是前頭那些繁文縟節都省了，妳可別介意。等咱們成親時，我再給妳辦熱鬧些。」

顧綿綿故意把鍋鏟炒得嗤啦嗤啦響，來遮掩自己的羞意。「說那些做什麼？」

中途，顧綿綿趁著鍋裡煮湯的空檔，走到灶門下，輕聲道：「伸出手來。」

衛景明趕緊丟下火鉗伸出兩隻手，顧綿綿從袖子裡掏出兩塊銀錠，一個五兩的，一個二兩的，分別塞進衛景明手裡。「快收起來，你現在是班頭了，不能因為手裡不寬裕，辦事不體面。」

衛景明看著那兩錠銀子，半天沒說話，顧綿綿試探性地問：「衛大哥，你可是和外頭那些蠢人一樣，不肯花女人錢？」

衛景明抬起頭，顧綿綿看到他眼裡有些水光，心裡頓時軟了下來。「快收起來，別讓我爹看見。」說完，她掏出帕子，給他擦擦眼睛。「燒火時頭別往灶門裡靠太近，不然熏著眼睛。」

衛景明如今特別想放棄什麼狗屁的大男人尊嚴，撲進顧綿綿懷裡痛哭一場。雖然她沒有了上輩子的記憶，還是這樣體貼自己。他吸了吸鼻子。「我才不學那些蠢人呢！他們哪裡是不肯花女人錢？想得不得了，就是不肯承認罷了。」

顧綿綿聽了頓時笑了起來，從懷裡掏出一張帕子蓋在銀子上。「這帕子給你用，以後可別用袖子擦臉了。」

衛景明咧嘴笑，他有時候在外頭跑來跑去，出汗多了就直接用袖子抹。「綿綿，妳對我真好。」
顧綿綿嗔怪道：「快別膩歪人，好好燒火。」
兩個人在廚房裡一邊做飯、一邊你儂我儂，外頭顧岩嶺探頭探腦。
顧綿綿忙問道：「岩嶺，你有什麼事？」
顧岩嶺進來坐在衛景明身邊，脆生生地喊了一聲。「姊夫！」
衛景明聽得高興，抱起顧岩嶺就親了一口，上輩子他等了那麼多年，才終於等到這一聲姊夫，這次他不用進宮做太監了，成了顧家真正的女婿。
顧岩嶺立刻開始提要求。「姊夫，你明日送我上學好不好？」
顧綿綿想笑，小娃兒之間總是攀比，這個說我爹多厲害，那個說我大哥多厲害，顧岩嶺現在得了個厲害的姊夫，自然要去炫耀一番。
衛景明哈哈笑。「好，明日我送你上學。」
晚上吃晚飯的時候，一家子還如往常一樣團團圍坐，但氣氛卻有了些變化。
衛景明現在真正是自家的孩子，顧季昌也就不和他客氣。「壽安，你明日就和楊大人打招呼，趕緊去府城把黑衣人案子交接了。」
衛景明放下筷子，看著顧季昌，認真道：「爹，我想帶綿綿一起去。」
顧季昌吃驚。「你去辦差，帶她做啥？」
衛景明看了一眼家中的人，先摸了摸顧岩嶺的頭。「岩嶺，家裡的事情千萬不要說出去。不管人家給你什麼，都不能透漏一句，知道嗎？不然以後我們說什麼都會瞞著你。」

顧岩嶺雖然年紀小，卻十分懂事。「姊夫放心，出你口、入我耳，定不會透漏一個字。」

衛景明繼續道：「爹，我帶綿綿去，就是想告訴我們那位于大人，綿綿現在是我的妻，讓他們早些死心吧。再者，我不在家裡，怕他們再來作亂，索性我把綿綿帶走，他們只會盯著我，不會過來家裡。」

顧岩嶺在一邊打岔。「姊夫，萬一那什麼于大人抓了咱們爹威脅你怎麼辦？」小鬼頭聰明得很，原來是我爹，現在是咱們爹。

衛景明微微一笑。「岩嶺放心，他要是抓咱們爹，我就抓他爹！不過他抓我媳婦，難道我還去抓他媳婦不成？所以就只能把你姊姊帶走了。」

顧岩嶺立刻哈哈大笑起來，顧季昌也被逗笑了。「那你就帶著綿綿去吧，就說去府城採買一些東西，準備以後成親的時候用。」

顧綿綿聽他嘴裡沒個正經，在桌下踩了他一腳。

衛景明的臉扭了一下，瞬間恢復正常，給顧綿綿挾了一筷子菜。「綿綿妳吃，到時候妳就穿一身男孩子的衣服跟我一起去。」

顧綿綿嗯了一聲，問阮氏。「二娘，您有沒有什麼東西要我帶的？」

阮氏笑著搖頭。「我不要什麼，要是有好茶葉，記得給妳爹買一些。」

顧岩嶺立刻舉手。「姊姊，給我買些好玩的！」

一家子熱熱鬧鬧的說話，很快到了第二天。

衛景明向楊石頭辭行，楊石頭立刻批准，撥了兩個人給他，把青城縣結案的公文和一些證據交給他，讓他親自去交給管刑獄的吳通判。

衛景明打道回家後，快班的事情又落到了郭捕頭手裡。

回家的時候，衛景明拐了個彎去看望正在賣肉的阮老大。

阮老大看見衛景明，喜得立刻上來迎接。「外甥女婿來了，哎喲，今日不當值嗎？可有空，到我家裡坐坐，咱們爺倆喝兩盅。」

衛景明笑著看了看他的肉鋪子。「舅舅啊！今日楊大人又問我，市井之間的小商小販的稅是如何交的。你們賣肉的屠戶，可曾缺斤少兩？」

阮老大連忙陪笑。「再沒有的事，外甥女婿只管放心。」

衛景明忽然板起臉。「我叫你一聲舅舅不假，但公是公，私是私，現在我做了班頭，我的規矩和別人不一樣。我不要你們這些小商販一文錢，但你們也要老老實實做生意。你是我舅舅，可要帶頭才行，切莫幹那些坑人的勾當，讓我知道了，舅舅就曉得我這個人翻臉是什麼樣子了。」

阮老大陪笑說了半天的好話，衛景明才又笑了。「那舅舅先忙，我回去了。」

阮老大切下一塊肉要給衛景明，衛景明沒要，直接回家了。
等衛景明一走，有人來買肉，阮老大老毛病又犯了，想以次充好，買主不答應。「我說阮屠戶，衛班頭才剛提點你呢，你又用這下等肉當上等肉賣給我？」
阮老大眼睛一瞪。「那是我外甥女婿，我自家人說說話，關你屁事？」
買主也不是個怕事的。「衛班頭最是公道，從他來了青城縣，翻了多少案子，給多少人洗清冤名。你一個假舅舅，在這裡充什麼老大？」
兩個人吵了半天，阮老大最終不得不規矩辦事。衛景明臨走時還安排快班裡的人，每天好好查一查缺斤短兩和坑蒙拐騙的事情，阮老大不知道，他的苦日子才剛要開始。
衛景明帶上顧綿綿，兩個人各收拾了兩件衣裳，即刻往府城出發。臨行前，衛景明讓顧季昌帶著阮氏母子搬進西廂房，那裡面有機關，賊人來了可以抵擋一時。
小夫妻和兩個衙役一起出發，兩天的工夫，一行人到了府城衙門。
衛景明按照流程，把公文交給了通判大人。這等大案，吳通判自然要親自過問，而且還要上報于知府。
因是出公差，府城衙門裡管飯，還管住處，但那住宿條件實在是差，衛景明準備帶著顧綿綿出去找客棧住。
四人在府城衙門吃了頓簡單的飯，然後靜靜等候回覆。
很快，于知府傳衛景明去回話。顧綿綿趕忙拉住他的手，用眼神示意他別衝動。

衛景明拍拍她的手背，叮囑兩個衙役。「幫我照看一些。」

二人知道這是衛班頭的媳婦，連連點頭讓他放心。

衛景明辭別眾人，獨自去見于知府。

于知府年過四旬，外表看起來是個溫文儒雅的文士，兩榜進士出身，官聲很不錯。

衛景明到了知府大人跟前，肯定得先行禮。「卑職見過于大人。」

于知府支開了所有人，獨自一人在屋裡寫字，聞言並未抬頭。「聽說你有些本事？」

衛景明抬起頭，知道于知府這是開門見山不準備藏掖著了。

既然這樣，我也就不和你裝了。誰他娘願意給你個偽君子行禮啊！

衛景明沒得到首肯就自己爬了起來。「大人客氣了，卑職只是拳腳功夫比旁人略好些。」

于知府放下筆，仔細看衛景明，大吃一驚，一個小小的衙役，如何這般出色？功夫就不說了，通身的氣派，不知道的人還以為是哪家豪門子弟。

于知府摸了摸鬍鬚。「你有什麼要求，只管提，莫要阻攔本官的事情。」顧家女是個絕色，他定然要把她送進宮裡去，他和方家一榮俱榮、一損俱損，老皇帝眼見著不行了，等太子上位，宮裡沒有一個自家女子，方家現在又沒有兵權，豈不是凋零得更快？

衛景明哼了一聲，大剌剌地坐了下來。「好叫大人您知道，我前兒才和顧家女訂親，您讓方侯爺早些死心吧。顧家女是我媳婦，他敢搶我媳婦，我就剝了他的皮。一個沒了兵權的落魄侯爺，一個小小的知府，就敢搶奪民女，你們膽子可真不小。」

于知府心裡大驚。此子到底是什麼來歷？為何把這中間的關竅摸得一清二楚？但于知府畢竟是見過風浪的人，心中驚駭，卻是面不改色。「敢問閣下是何人？于某有眼不識泰山，倒是不曾見過。」

衛景明笑咪咪的。「于大人放心，我就是小小的衙役班頭，沒有什麼大來歷。」

于知府覺得他在矇自己，又有些吃不準，只能先試探。「衛公子有何需求儘管提，凡是本官能做到的，定然毫不保留。」

衛景明忽然哈哈大笑。「于大人，我要方侯爺私賣軍火的證據，您會給我嗎？」

于知府立刻大喝。「豎子住口！」

方家原是大魏朝第一世家，因皇家猜疑才落得這個下場，後來復爵後，方侯爺手裡還有些人脈，竟是真幹起了私賣軍火的勾當，別人不知道，衛景明是知道得一清二楚，因為上輩子衛景明就是以這個理由抄了方侯爺的家。

這個無名小子怎麼知道的？難道是錦衣衛的暗探？難道陛下已經知道了？轉瞬，于知府又安慰自己，陛下不至於知道，不然豈能等到現在？這條線上的人多得很，自己算是不起眼的一個。

即使如此，他心裡還是打起了鼓，他能好好做個清官，還不是因為方侯爺給了他足夠的銀子。手裡有錢，他何苦還去貪？

衛景明端起桌上的茶水聞了聞，然後一口喝完。「于大人，卑職今日就是來交接黑衣人案的。嘖嘖，這些黑衣人身手真好，打死他們我都有些不忍心。可這些賊子居然敢搶我媳婦，要是下次再敢去青城縣，我非把他們碎屍萬段。」

說完，他恨恨地把茶盞放在桌子上，那小茶盞整個沒入桌面，而桌面卻沒有一絲裂紋。

于知府心裡驚駭，仍舊面不改色。「既然閣下無誠意，本官也就不勉強了。顧小姐是我家的親戚，論起來，她還得叫我一聲表姨夫呢。不管她現在怎麼樣，回頭我接她來住一陣子。」

衛景明像看傻子一樣看著于大人。「我說于大人，您別是在說夢話吧？這樣說來，我也得叫您一聲表姨夫？」

于知府一甩袖子。「閣下何必裝瘋賣傻！」

衛景明哈哈笑。「不和于大人開玩笑了，實不相瞞，卑職這次就是帶著媳婦一起來的，我們要買些好東西，拿回去成親的時候用。」

于知府急了，成了親還怎麼送進宮。「衛公子，何必為了個女人這樣執拗。」

衛景明拍拍鞋面上的灰。「我說于大人，您才四十歲就做到了知府，憑您的資歷，再熬個幾年說不定就能去六部，何必蹚方家的渾水？」

于知府收了方侯爺那麼多錢，方侯爺只是讓他把外甥女悄悄接進京城，還給了他那麼多人手，于知府滿口答應，誰知遇到衛景明這個硬茬子，他軟話說了、硬話說了都不肯退讓。

衛景明拍拍手。「好了，案子交接完了，卑職告退。」

說完，他大大方方地走了。

于知府看了看沒入桌面的小茶盞，心裡又憂愁起來。

衛景明交接過了案件，自己帶著顧綿綿出去找地方住，讓兩個衙役住在府城衙門裡，有免費的吃住，不要白不要。

楊石頭給了他十兩銀子，很寬裕，衛景明假公濟私一回，在外頭客棧花公款訂了一間房。

等進了屋，顧綿綿有些不好意思。「衛大哥，怎麼不要兩間房呢？」

衛景明低聲在她耳邊道：「今日姓于的一點不遮掩跟我說話，我生怕他來搗亂。妳放心，我等會兒打地鋪睡，妳只管好生睡覺，不用擔心。」

顧綿綿知道衛景明雖然經常胡說八道，本質還是個正人君子，這兩天在路上，他並沒有乘機占自己便宜。她把懷裡的包袱放下。「趁著天還沒黑，咱們去買些東西吧！」

小夫妻倆一起出了門，衛景明細細看了顧綿綿。「綿綿，妳裝男孩子還怪像的。」

顧綿綿拍他馬屁。「衛大哥你長得俊俏，我裝男孩子站在你身邊就不起眼了。」

衛景明哈哈笑，毫不客氣道：「這倒是。」

要是顧綿綿單獨一個人穿男孩子衣裳，容易被戳穿，哪有男孩子這麼漂亮的？可旁邊站了個衛景明，他可是實打實的男孩子。

顧綿綿心情好，拉拉他的袖子。「衛大哥，咱們快走吧。」

衛景明拉著顧綿綿的手，教她怎麼走路更有氣勢。

到了街上，顧綿綿先買了一斤好茶葉，又按照阮氏的吩咐，買了幾疋青城縣沒有的料子，還給顧岩嶺買了一些小玩意兒。一個時辰過後，兩個人手裡都滿滿當當。

回到客棧後，二人一推開客房門，忽然發現屋裡坐了幾個人。一位中年美婦人，外加一群丫鬟、婆子。

顧綿綿愣住了。「衛大哥，咱們走錯了？」

衛景明冷笑。「沒走錯，怕是來的說客。」

屋裡婦人彷彿沒聽見衛景明的話，起身走了過來，拉住顧綿綿的手就開始哭泣。「像，真像！妳和我表姊長得太像了。」

顧綿綿抽回手。「這位太太，您可是走錯了地方？」

于夫人擦了擦眼淚。「好孩子，我是妳表姨母，我娘和妳親外祖母是嫡親的姊妹，我小時候經常和妳生母一起玩耍。」

衛景明在一邊插話。「綿綿，這是知府夫人。」

顧綿綿的臉頓時冷了下來，按照規矩行個禮。「民女見過于夫人。」

于夫人趕緊拉起她。「咱們至親骨肉，說這些做什麼。」

顧綿綿嗤笑一聲。「不知于夫人來有何貴幹？」

于夫人看了一眼衛景明，衛景明看向顧綿綿。

顧綿綿忖度片刻。「衛大哥，你到樓下坐一會兒，我和于夫人說幾句話。」

衛景明點頭。「有事喊一聲就好。」

等衛景明一走，于夫人把顧綿綿拉進屋子一起坐下，眼中含淚看向顧綿綿。「妳生母十分想念妳。」

顧綿綿面無表情地看著于夫人。「我生母已去世十二年了。」

于夫人被噎了一口，半晌後嘆口氣。「她當年也是無奈，並不是想故意拋棄妳。」

顧綿綿強忍住心裡的情緒，用平緩的語氣道：「多謝于夫人關心，我只是青城縣一個衙役的女兒，當不得您親自上門探望。我已經許人了，夫婿就是剛才那位少年郎。我們兩個情投意合，很快就要成親。至於您說的生母的話，若是您能見到她，請代為轉告一句話，讓她保重自己，一切以自己為先，莫要再管什麼家族榮耀，她為了家族已經犧牲良多，可誰又在意她呢？她誰都不欠。我已經長大了，自己可以照顧自己，現在一切都好，請她不要惦記我。」

第十九章

于夫人知道，任誰遇到這種情況都會說一些氣話，便勸著。「好孩子，妳能說出這些話，可見是個重情義的好孩子。我今日與妳實話實說，妳舅舅想把妳送進宮。陛下身子一天比一天差，現在陛下還肯敬重貴妃娘娘，等將來太子登基，妳生母無子無女，必定要受苦難。若是、若是妳能進宮，我們幾家一起使力，定然能給妳個高位，豈不是兩廂都好？」

顧綿綿再也忍不住怒氣，對著于夫人發作起來。「是啊，我生母得到了照顧，你們有了裙帶關係，所有人都好，我呢？我圖什麼？我難道生來就該賣身給你們謀好處的？一個個滿口虛情假意，內裡齷齪的算盤打得比誰都響。我娘被你們賣了，現在還要來賣我。那什麼狗屁舅舅若是想我，怎們這麼多年都沒來尋我？是不是現在發現我這張臉還有幾分姿色，就來充當長輩了？我告訴你們，想都不要想！」

于夫人連忙再勸道：「好孩子，莫要生氣，我們也是為了妳好。妳這般好顏色，那小衙役豈能護得住妳？再說了，妳總要為妳爹和妳兄弟想想。」

顧綿綿忽然笑了。「多謝于夫人關心，衛大哥說過了，要是那些歹人敢去捉我爹和我兄弟，他就去捉那些歹人的爹和兄弟。說起功夫，不是我吹牛，衛大哥還沒遇到過對手呢。上次那些黑衣人，衛大哥像切菜瓜一樣，一刀一個都砍死了！于夫人您知道嗎，人的頭被砍掉時，脖子裡的血居然能噴一人多高，嘖嘖嘖，噴到地上還是熱的呢！」

于夫人帶來的丫鬟、婆子們嚇得連連尖叫起來，于夫人也嚇得花容失色，白著一張臉道：「好孩子，妳快別說了。」

顧綿綿捂嘴笑。「于夫人，您大概不知道我平日裡是做什麼營生的，我啊，就是個裁縫。」說完，顧綿綿把自己縫死人的經歷都說了出來，嚇得一個小丫鬟直接坐到了地上。

于夫人不愧是四品誥命，反倒漸漸淡定下來。「好孩子，妳受苦了，姑娘家家的卻要幹這營生。妳想想，要是進宮了，就是千尊萬貴的娘娘，穿金戴銀、吃穿不愁，何必再去市井幹這些不體面的事情？」

顧綿綿自己倒了杯茶喝。「于夫人，我自己掙錢自己花，多體面的事情。您靠男人靠習慣了，不知道這女人自己當家的好處。您看，于大人吩咐一句，不管您願不願意，都要來和我這個刺頭打交道。我不一樣，只要我不願意，衛大哥從來不勉強我，他也不敢。」

頂漂亮的一個姑娘，脾氣怎麼這麼臭，又難說話啊？

于夫人心裡叫苦。「我的好姑娘，妳跟著一個衙役，能有什麼出息？做誥命夫人不好嗎？妳看我，只是知府夫人呢，這滿禹州府，誰敢不敬我？出門前呼後擁，金奴銀婢地使著，這才是我們女人家該追求的東西。」

顧綿綿哼一聲。「于夫人，我好話說盡，您還是這麼糊塗，我也沒辦法了。想讓我進宮，那是萬萬不可能的。你們要是實在逼得狠，我就把這張臉劃爛了，我就不信，那些色鬼還會喜歡一張爛臉。」

于夫人心裡知道，今日之行注定不會有結果，也不再勉強。「好孩子，我不是來逼妳的，妳先好好想想我說的話。我本來想請妳去我家裡住，又怕妳住不習慣。」說完，她看了一眼旁邊的婆子，婆子連忙掏出一張銀票出來，于夫人接過銀票塞進顧綿綿手裡。「既然來了府城，多買些喜歡的東西回去。」

顧綿綿看都沒看，直接塞了回去。「無功不受祿，于夫人太客氣了。」

于夫人又推了回來。「這是我做表姨母的一點心意。」

顧綿綿又推了回去。「我不能要，拿人手短，我收了您的錢，要是下回您還來勸我進宮，我如何能硬氣地回絕？」

話音一落，顧綿綿立刻起身打開了門。「夫人，這裡人來人往，您身分高貴，留在這裡多有不便，還請您早些回去吧。」

顧綿綿這樣下逐客令，于夫人自然不好再留，帶著一干丫鬟、婆子走了。

她剛一走，衛景明就進了屋。

顧綿綿忍不住抱怨。「衛大哥，這些人腦袋裡到底是怎麼想的？就算貴妃娘娘以後成了太妃，該怎麼過日子不還是怎麼過日子，無非就是給她磕頭的人少了兩個。非把我送進去做什麼？難道我進去就能一舉得寵？宮裡什麼時候缺過美人了？」

衛景明小聲道：「妳不知道，這方家私賣軍火，陛下現在還在，許多人都從中間伸了手，方家自然能屹立不倒。等太子上位，萬一這事被扯出來，方家到時候一無兵權、二無靠山，第一個要被推出來挨刀。所以他們著急了，想把妳送進去。妳是方侯爺嫡親的外甥女，就算妳不甘願，有了這血緣關係，只要妳得寵有子嗣，方家的爵位至少還能保兩代。」

顧綿綿呸了一聲。「他們賣軍火掙大錢，又沒分我一個子兒，我憑啥給他們擦屁股？」

衛景明給她順順後背。「莫生氣，有我在呢，他們不敢對妳怎麼樣。」

顧綿綿氣呼呼的，被人當成算計的籌碼，她心裡十分不痛快，也顧不得害羞了。「衛大哥，咱們回去就成親吧！我看我那個無恥的舅舅，敢不敢再想著把我送進宮裡去。」

衛景明坐到她身邊。「以我對方侯爺的了解，他不會這樣善罷甘休的。軍火之事，關係到方家生死存亡，要不然他何至於派這麼多好手來搶妳回去。」

那頭，于夫人也氣呼呼地回了家，直接去了于大人的書房。

于大人親自給她斟茶。「夫人，如何了？」

于夫人喝了口茶。「老爺，這丫頭油鹽不進，軟硬不吃，十分難纏。」

于大人笑著搖頭。「夫人莫要生氣，侯爺托咱們辦事，咱們盡力了，也不能怪我們。」

于夫人看向于大人。「老爺的意思是？」

于大人慢騰騰道：「夫人，方家怕那些權貴推他出來擋刀，就想打裙帶關係的主意，但誰也沒想到那姓衛的小子這麼難纏。妳是不知道，他那一身功夫，神鬼莫測，且他身上有些天不怕、地不怕的匪氣，我們要是來硬的，就怕倒楣的先是我們。既然我們實在沒辦法了，就如實告訴方侯爺吧。」

于夫人嘆了口氣。「我們已經盡力了，表哥也不能怪我們。」

客棧中，顧綿綿和衛景明正在吃晚飯，這還是二人第一次單獨在一起吃飯，顧綿綿覺得有些不大自在。

飯食是店小二送來的，普通的米粥和小菜，還配了兩塊餅。

衛景明把小菜挾給顧綿綿。「跑了一天了，多吃點。」

顧綿綿把餅都給他。「衛大哥，你們習武之人，多吃點紮實的，我有稀飯就夠了。」

衛景明笑了。「妳看看妳那麼瘦，也要多吃點。」說完，他瞄了眼顧綿綿纖細的腰肢。

顧綿綿紅著臉罵他。「快吃飯，不要亂看。」

衛景明低頭嘿嘿笑。

孤男寡女住在一個屋子裡，總是有些不方便。顧綿綿漱洗之時，衛景明只能守在門外，假裝看大堂裡的人來人往。等他漱洗時，顧綿綿也端了杯茶站在二樓走廊上假裝品茗。

店小二心裡嘀咕：這哥兒倆真有意思，輪流到門口看人頭。長得俊俏的人可能想法和我們普通人不一樣吧？

等顧綿綿再次進屋時，衛景明已經打好了地鋪。

顧綿綿看著那薄地鋪，心裡有些不忍。「衛大哥，我們再訂一間吧，睡地鋪傷身體。」

衛景明一臉正氣。「綿綿，我用公款訂一間屋子就罷了，訂兩間，旁人會說閒話的。」

顧綿綿想說我有錢，又覺得自己有些刻意。

衛景明拉起她的手，把她牽到凳子上坐下細細解釋。「我怕那姓于的又派人來搗亂，萬一我去了隔壁，晚上睡得太死，妳這邊有動靜我都不知道。妳放心吧，我晚上睡覺老實，不會騷擾妳的。」

顧綿綿順著他的話題。「嗯，既然姓于的可能來搗亂，衛大哥你把衣裳穿好，要是來了賊人咱們打不過，跑起來也方便。」

衛景明格格笑了起來。「好，我穿得好著呢，妳看我，從頭捂到腳。」

顧綿綿仔細看了一眼，衛景明穿著一身裡衣，衣襟鬆垮垮的，透過領子似乎還能看到裡面優美的線條。

她趕緊轉開臉。「你快把衣裳穿好！」

衛景明笑得像隻小狐狸，湊到她耳朵旁邊低聲問道：「綿綿，妳想看嗎？」

顧綿綿立刻紅著臉呸了一口。「你再胡說八道，就給我滾出去！」

衛景明哈哈笑了起來，摸了摸她已經乾了的頭髮。「別生氣，我逗妳玩的。妳頭髮乾了，我給妳綁起來吧。」

說完，他兩隻手靈巧地抓過她一把頭髮，拿過旁邊的髮帶，給她鬆鬆地綁起來。「今天妳也跑累了，早點休息吧，明日咱們就回家。」

顧綿綿嗯了一聲，等綁好了頭髮，她趕緊爬上了床，還放下了帳子。

衛景明笑著躺在床前的地鋪上，兩個人隔著帳子有一搭、沒一搭地說閒話，很快，顧綿綿就睡著了。

等到了半夜，顧綿綿忽然醒了。

她晚上喝了一碗粥，想起夜。可是，屋裡還有個男人，她要怎麼辦？

顧綿綿十分後悔自己沒有堅持多訂一間屋子，但她沒辦法等到明天早上。

她靜悄悄坐起來，輕輕撩開簾子，藉著外面的月光一看，見衛景明正睡得香。

嗯，聽說少年人睡覺雷打不動，只要我不弄出聲音，他應該不會醒。

顧綿綿記得馬桶在牆角那裡，輕手輕腳下了床，連鞋都沒穿，光著腳想往牆角那邊去。可衛景明正好睡在她床前，她得從他身上跨過去。

顧綿綿提起褲腳，伸出一隻腳正想跨過去，忽然，衛景明轉了個身，從背對著床到面對著床。

顧綿綿嚇得趕緊縮回了腳，誰知衛景明翻個身之後，以一種狂放不羈的姿勢又睡著了。

顧綿綿再次抬腿，輕輕跨了過去。她的腳步真的非常輕，幾乎沒有一點聲音。

等到了牆角，顧綿綿又有些猶豫，這裡一點遮掩都沒有，萬一他忽然醒了，會不會看到？

可是，內急迫使顧綿綿不能再多想了，她以最快的速度和最小的動靜解決了問題。

黑夜中，衛景明的呼吸聲仍舊均勻緩慢，可他的眼睛卻是睜開的。從顧綿綿坐起來的那一刻開始，衛景明就醒了。

他本來想問她要幹啥，見她躡手躡腳，忽然就明白了，還故意把臉轉過來對著床，就是為了減少顧綿綿的尷尬。

衛景明心裡好笑。傻丫頭，上輩子她病重，他貼身伺候，什麼沒見過？不過綿綿現在還是個小姑娘，肯定害羞，我且假裝睡死了。

等顧綿綿好不容易爬上了床，衛景明又翻了個身。她長長舒了一口氣，終於解決了。

第二天早起，衛景明毫不變色地拎著馬桶出去交給客棧的夥計。顧綿綿正在收拾東西，悄悄紅了紅臉。半夜衛景明起夜動靜那麼大，顧綿綿怎麼可能聽不見？

這樣也好，他自己起來過，就發現不了我半夜起來過了！

顧綿綿像打了勝仗一樣高興，衛景明靠在門框上，笑看自己的小媳婦那得逞的表情。

等吃過了早飯，衛景明去府城衙門帶走那兩個衙役，眾人一起回青城縣。兩天後，剛進入青城縣，衛景明把顧綿綿打發回家，自己先去衙門向楊石頭回話。

楊石頭見他腳步輕快，心裡有了譜，等衛景明行過禮，他放下手裡的筆問道：「都辦妥了？」

衛景明笑著回道：「妥了，知府大人還讓我轉告您，此次青城縣破了黑衣人案，有功有過。功勞就不提了，往後還要在治匪這上面多下些力氣。」

楊石頭心裡有數，于知府就算知道什麼，這也是不打算追究了。「你辛苦了，回去歇一日，明日再來吧。」

衛景明辭別楊石頭，往家裡而去。他心裡知道，楊石頭算是和自己達成了協議。和聰明人打交道就是好，這要換做張大人那個糊塗蛋，肯定還在抓瞎呢。

才一到家門，顧季昌就喊他。「壽安，進來說話。」

衛景明喜孜孜叫了一聲爹。

顧季昌已經習慣了他的叫法，面不改色。「坐下說話。」

衛景明坐下後，把自己的經歷說個遍，顧季昌有些吃驚。「方家居然到了這個地步？」

衛景明點頭。「爹，什麼定遠侯，在小地方還能唬人，京城實權人家都知道，方家已經大不如前，家中子弟沒有人身居高位，要不是有個貴妃娘娘在撐著，怕是早就被踢出權貴圈子了。陛下敬重貴妃娘娘，方侯爺才想趁著陛下還在，把綿綿塞進東宮，這樣方家的富貴才能持久。」

顧季昌心裡十分生氣，對方侯爺的霸道作風很是不齒。「我辛辛苦苦養的女兒，拿去給他謀富貴？」

衛景明連忙勸。「爹，您別生氣，我在于知府面前也沒遮掩，把方家私賣軍火的事情抖了出來。據我觀察，于知府並不想和我們魚死網破。我說句難聽的話，他也沒那必要為了方家跟我往死裡鬥。」

顧季昌想到女婿把小茶盞輕輕按進桌子裡面，嚥了一口口水。「壽安啊，你現在是我女婿了，你還不能把你的來歷好好跟我說說嗎？」

正好，顧綿綿路過門口，趕緊走了進來，搬了個小板凳坐在一邊。「衛大哥，我也想知道呢。」

衛景明撓撓頭。「爹，綿綿，我是玄清子的徒孫。」

顧季昌想了想，忽然大聲道：「可是仁帝年間的國師玄清子大師？」

衛景明點頭。「玄清子是我師祖，他一輩子收了兩個徒弟，大徒弟姓郭，二徒弟姓李，我是大徒弟的弟子。師祖早已仙逝多年，師父也雲遊天下去了。我一般不打師門的旗號，怕給師父、師祖臉上抹黑。」

玄清子兩個徒弟，大徒弟郭鬼影輕功天下一絕，二徒弟鬼手李擅長機關暗器和奇門遁甲之術。衛景明上輩子師從鬼手李，不光學會了機關暗器，還通過師門的藏書學到了郭鬼影的輕功，連玄清子沒有傳下來的內家功夫也學到個七七八八。鬼手李當年曾感嘆，他收的這個徒弟，才真正是繼承了玄清子的全部衣缽。

如今世人都知道，玄清子這兩個徒弟，郭鬼影一直雲遊天下去向不定，鬼手李因為一直效勞皇家，不好出京，總是待在京城。衛景明是重生的，郭鬼影生死難測，當他的徒弟不至於被人懷疑，要是直接說自己是鬼手李的徒弟，去了京城肯定就露餡了。

師伯對不起，我只得冒充您的徒弟了。

顧季昌拍了一下椅子的扶手。「你個賊小子，有這麼厲害的師門，何至於藏掖著？我說你怎麼這般厲害，原來是玄清子大師的後輩。」顧季昌已經不想再去追問女婿為何來青城縣，若是郭鬼影的徒弟，來去無蹤跡，到青城縣想來也是一時興起，誰知道遇到了自家女兒，就在這裡扎根了。

顧季昌越想越高興，合該兩個孩子有緣分。他也是習武之人，現在聽說女婿出身這麼高貴，高興得見牙不見眼。「綿綿，準備好酒，我和壽安晚上喝兩盅。等我的腿徹底好了，壽安你也多傳授我一些功夫，可不能光教華善。」

衛景明開玩笑。「爹，您是長輩，我哪裡敢教您？」

顧季昌好笑道：「咱們論功夫時，不分岳丈和女婿。」

顧綿綿雖然不知道什麼玄清子，但是能做國師的人，必定是特別厲害，心裡也與有榮焉，面上帶笑地想：沒想到我撿到個這麼厲害的夫婿，不光長得好看，還是國師的徒孫呢！

顧季昌這下徹底放下心來，如果是玄清子大師的徒孫，小小年紀有一身出神入化的功夫就能說得過去了，虧我之前還懷疑他是哪裡來的賊人。

當天晚上，爺仨一起喝酒，顧綿綿和阮氏說府城裡的見聞，一家子好不熱鬧。

衛景明第二天又回去當差，顧綿綿在家裡收拾最近收到的禮物。

阮氏帶著顧綿綿把那些料子都整理一遍。「綿綿啊，妳的嫁妝也該備起來了。妳爹說了，這些料子都給妳當陪嫁。我再給妳買幾套首飾，做幾床被子。既然你們還願意住在家裡，就不給妳打太多家具，改多給妳些陪嫁銀子。」

顧綿綿忙道：「二娘，爹現在沒了差事，家裡少了進項，我和衛大哥都有差事，家裡的都留著吧，不要給我了。」

阮氏笑道：「妳不知道，妳爹的班頭給了壽安，但他一個月二兩銀子的錢還在呢。前兒縣衙裡發立夏的分例，楊大人不光給了壽安的，連妳爹那份也沒少。」

顧綿綿看著阮氏溫和的笑臉，神情有些恍惚，心想：也不知道我的生母當年是不是也是這般溫柔地照顧我和爹，用心打理家裡的一日三餐。

顧綿綿心裡嘆了口氣。

唉！希望您能好好的，不要為了給方家掙榮譽，把自己的一生都搭進去。

阮氏對於方家和于家那些事知道得不多，她只管做好自己的本分。

母女倆一直在家裡說一些細碎的家常話。

當天下午，顧季昌剛出門去遛彎，門口忽然傳來孟氏的大嗓門。「妹妹，妹妹啊！」

阮氏立刻皺起了眉頭。

顧綿綿吃驚。「二娘，舅舅家裡發生了何事？」

阮氏沒臉說出口。「無事，妳舅媽就是這樣，丁點大的事情就喜歡瞎叫喚，我去看看，妳就在屋裡別出去。」

顧綿綿聽話地點點頭，等阮氏出了門，她才躲在窗臺邊偷聽。

孟氏拉著阮氏的手就哭訴。「妹妹，不是我來叨擾妳的清淨日子，妳不知道，自從姑爺在家養傷以來，妳大哥在街上總是被人欺負。妹妹，妳就這一個大哥，妳不能不管啊！」

阮氏板著臉問：「大嫂，大哥是不是又缺斤短兩了？」

孟氏哪裡肯承認，連忙答道：「再沒有的事，不過是賣肉的時候肥的少給了一點，那些人就來鬧。一頭豬能有多少肥肉呢？總不能人人都全部買肥肉吧。」尋常百姓難得吃肉，自然喜歡肥肉，有油水啊。

孟氏旁邊的阮姑娘探頭探腦的。「姑媽，表姊和表姊夫回來了？」

阮氏倒沒多想。「妳表姊在屋裡呢，妳去吧。」

阮姑娘想到上回的事，瑟縮了一下，顧綿綿聞言從屋裡出來了。「舅媽和表妹來了，表妹，到屋裡來吧。別怕，跟著我走就是。」

阮姑娘歡喜起來，跟著顧綿綿進了西廂房。

等看到顧綿綿一堆陪嫁的布料，羨慕得不得了。「表姊，妳真有福氣，陪嫁這麼多，表姊夫還那麼好！」

提起表姊夫，阮姑娘立刻紅起了小臉。表姊夫真英俊，又體貼人，那天要不是表姊夫，她恐怕就要遭大罪了。

那是我男人，妳臉紅做什麼？

顧綿綿瞇起了眼睛，轉瞬她又釋然。

衛大哥長相俊俏，年紀輕輕就做了班頭，這些小姑娘見到了邁不開腿也是正常。哼，妳想也沒用，那是我男人！

顧綿綿假裝沒看見阮姑娘的紅臉，一邊聊天、一邊套她的話。

原來，阮老大近來頗是不順利，頭先顧季昌做班頭，他霸占一條街，大夥兒也都習慣了。現在衛景明可不慣著他，該怎麼查就怎麼查。他習慣了靠缺斤短兩和以次充好掙大錢，忽然間讓他老老實實做生意，他如同被捆住了手腳，十分不習慣。

正好，阮姑娘那日被衛景明救了一次，一顆芳心忽然落在了顧家。孟氏見到女兒這模樣，頓時起了心思。想著要是女兒能嫁給姓衛的小子，自己家裡還愁什麼？

阮老大剛開始不答應，畢竟中間連著阮氏呢。可他禁不住孟氏的勸，那外甥女又不是親的，這麼好的少年郎，要是能做自家女婿，別說是假外甥女，親外甥女又能怎麼樣呢？

因此孟氏也不去戳破女兒，今日上門哭訴，就是故意帶著女兒。誰知阮姑娘是個憨貨，一來就露了馬腳。

第二十章

聽見顧綿綿說得高興，阮姑娘心裡又失落起來。

表姊長得這麼好看，表姊夫肯定很喜歡她。可是一想到表姊夫像從天而降的英雄一樣救了自己，阮姑娘一顆芳心就撲通撲通跳了起來。

顧綿綿心裡清楚，小姑娘家家見到漂亮少年郎難免心動，只要不像張五姑娘那樣起了歪心思，她也不準備戳破。

孟氏母女倆一直賴在家裡不走，直等到衛景明回來。

衛景明一條腿才跨進門檻，孟氏就迎了過來一頓誇讚。「外甥女婿真是好人才，年紀輕輕這麼能幹，妹妹呀！我真是羨慕死妳了，得了個這麼好的女婿。我說外甥女婿呀，你舅舅的肉鋪攤子，可需要你多照應。」

顧綿綿給衛景明端了杯茶，他咕嚕咕嚕一口喝完，看到顧綿綿悄悄給他使的眼色，衛景明心裡立刻會意。「我說舅媽，當日妳不是說我遇到困難了就找妳？我這快要成親了，總得買房屋、置辦田地，舅媽妳有錢沒有啊？借我一百兩銀子吧。」

孟氏彷彿被嚇到了。「天啊！外甥女婿你可真敢開口，我就算去偷，也偷不來一百兩銀子啊！」

衛景明冷笑一聲。「哪裡需要去偷？舅媽，妳當日不是收了李家十兩銀子？這麼多年，舅舅一個人霸占一條街，強買強賣、缺斤短兩，你們這都是用我丈人的臉面換來的，不該分我們一些？」

孟氏立刻叫喚起來。「哎喲，外甥女婿啊，我哪裡敢收李家的銀子啊？強買強賣的事我們更不敢做，小本營生，一天掙不了幾個大錢，哪裡能有一百兩銀子喲！」

衛景明哼一聲。「可是李家說給了妳銀子，是李家大少爺親自告訴我的。」

孟氏彷彿被人掐住了脖子，半晌後訕訕笑道：「外甥女婿，再沒有的事，李家大郎人瘋瘋癲癲的，說話作不得數。」

顧綿綿在一邊插嘴。「舅媽，李家大郎既然瘋瘋癲癲，妳為何當日要把我說給他？還把我祖母叫回來，這些日子一直忙，我也沒來得及問舅媽，我到底哪裡得罪舅媽了？妳總要這樣坑害我，不是讓我去給老頭子做妾，就是讓我嫁給傻子。」

孟氏繼續訕訕笑，伸出手在自己臉上輕輕拍了兩下。「都怪我有眼無珠，妳看，妳是個好命的丫頭，我再怎麼搗亂，妳還是找了個好夫婿不是？看在妳二娘的臉面上，就原諒我的不是吧。」

顧綿綿寒起臉。「舅媽，我可以原諒妳，但妳要把李家的銀子還回去！」

孟氏猶豫起來，期期艾艾道：「妹妹，外甥女，妳們看，這說媒說媒，不管成不成，男方家給些跑腿費也是應該的。李員外是個講究人，我要是把錢退回去，豈不是打了他的臉？」

衛景明笑著接口。「舅媽，不要緊，妳把錢給我，我去退給李家。」

話音剛落，他也寒起了臉。「還是說舅媽捨不得那十兩銀子，想拿外甥女換錢？妳睜大眼睛看看，滿青城縣的媒婆，誰家說媒敢要十幾兩銀子的？十兩銀子，普通人家都能娶兩房媳婦了！」

孟氏強忍住沒發作，旁邊阮姑娘忽然紅著眼眶看向衛景明。「表姊、表姊夫，我娘她不是故意的，求你們不要再逼她了。」

這姑娘腦子有問題吧？衛景明嘴裡的茶差點噴出來。

他看向顧綿綿，顧綿綿也有些不高興，阮氏急忙喝斥姪女。「妳快別說話，妳表姊和妳表姊夫辦事，不用妳來教導。」

阮姑娘眼睛一眨，眼淚掉了下來。「姑媽，我不是有意要冒犯表姊和表姊夫，我、我就是不忍心看見我娘受委屈。」

衛景明好多年沒有見到這樣擅長倒打一耙的女人了，上一次聽到這種話，還是上輩子在宮裡，那些妃子們的演技可比阮姑娘強多了，他這個太監看了都覺得自己好像在欺負人。

顧綿綿想說話，衛景明制止了她，自己站了起來，走到阮姑娘面前看著她。「表妹，妳是說我在欺負妳娘？」

阮姑娘見表姊夫忽然走了過來，本來還在哭的，臉上忍不住紅了紅，聽見衛景明這樣問，呆愣片刻道：「我知道表姊夫不是有心的，只是怕表姊難過才那樣說我娘。」

顧綿綿聽這話心裡火苗立刻蹭蹭往上冒，衛景明又給了她一個安撫的表情，然後笑咪咪地看著阮姑娘。「我看妳人長得很周正啊，怎麼就是沒腦子呢？」

阮姑娘本來紅透的臉立刻變得煞白。

衛景明嘖嘖兩聲。「要說妳沒腦子吧，妳又能說會道，明明是妳娘黑了心肝見財起意，把外甥女賣了一遍又一遍，妳反倒說妳表姊的不是。讓我猜猜，妳心裡肯定覺得，反正表姊已經訂親了，還在意那十兩銀子幹麼，對吧？」

阮姑娘搖搖欲墜。「表姊夫，我沒有。」

衛景明折回來，一掀袍子坐在椅子上。「我跟妳說，別跟我玩掉眼淚這一招，惹得我煩了，我就讓妳天天掉眼淚。孟氏，我給了妳這麼長的時間，妳一不來給綿綿認錯，二不把銀子退給李家，任由外頭人說顧家女說一次親就發一次財，這筆帳，我如今要算到妳頭上。既然妳不識抬舉，就別怪我手下不留情了。」

阮姑娘又哭了起來，哭著過來拉著衛景明的袖子。「表姊夫，你別怪我娘，要怪就怪我吧！」

衛景明上輩子在宮廷裡浸淫多年，一眼就看穿了阮姑娘的心思，瞇起眼。

妳有心思我不怪妳，也不想理會，但妳想往綿綿臉上抹黑，我就不能饒妳了！

衛景明一甩手，阮姑娘就倒在了地上。

他不顧阮姑娘哭得臉都花了，端起茶盞晃了晃裡面的茶。「憑妳的臉面，還不夠到我這裡來求情。以後見到我離我遠一些，不然我也學妳娘，把妳賣給老頭子做妾。」

顧綿綿頓時目瞪口呆，衛景明這回沒有看顧綿綿，他討厭麻煩，要一次解決，不能拖泥帶水。

孟氏一下子怒了。「衛景明，你別太過分，都是親戚，就因為你在衙門當差，就能這樣欺負我們？」

衛景明把茶盞重重地放在桌子上。「都是親戚，就因為妳是長輩，就能隨便拿晚輩的親事去換銀子？妳的良心被狗吃了吧！趕緊給老子滾，兩天之內，把李家的銀子送過來。我告訴妳，我可不像我岳父那樣好說話，把我惹急了，明日我就抄了妳男人的豬肉攤子。妳要是不信，只管試一試！」

孟氏呆住了。這麼多年了，顧季昌就算再不耐煩，也從來沒翻過臉。這小子是個晚輩，居然這樣和她說話！

孟氏何曾這樣受過晚輩的屈辱，跳起來就罵。「你個沒人倫、沒綱法的混帳東西，別人家孩子有了造化，哪個親戚不跟著沾些光？單你刻薄自私、六親不認！我呸，這樣黑心腸，早晚也要被狼撕掉腿！」

顧綿綿一聽頓時怒了，撈起旁邊的茶壺，兜頭摔在孟氏頭上，捉住她的脖子，左右開弓，噼哩啪啦就是十幾個巴掌。「妳個黑心肝的東西，妳也配做長輩？豬狗都比妳有良心。

我才訂親，妳就詛咒我的未婚夫被狼吃了，讓我看看，妳的心是不是被狼吃了！」

阮氏慌得不知道要怎麼辦才好，嫂子口沒遮攔想占便宜，繼女和女婿豈是隨便讓人欺負的性子？老天，這是要為難死她啊！

阮氏都要急哭了，忽然，門口傳來一聲大吼。「都住手。」

顧季昌回來了。

顧綿綿放開孟氏，一頭撲進她爹懷裡。「爹！舅媽她說著說著就咒衛大哥死，把我賣了一遍又一遍還不夠，現在又來咒我還沒嫁人就做寡婦！」說完，她嗚嗚哭了起來。

顧季昌一聽這話十分生氣。「他舅媽，妳來做甚？」

孟氏知道今日討不到好處，拉起女兒就走。「我們窮人家，高攀不起你們這些富貴親戚。」

她一隻腳才踏出門檻，衛景明冷冰冰的聲音從身後傳了過來。「孟氏，不要忘了還銀子。」

孟氏差點直接摔一跟頭，恨恨地走了，全然不顧女兒傷心欲絕。

等孟氏母女倆離開後，阮氏小聲問衛景明。「壽安，外頭真有人說綿綿的閒話嗎？」

衛景明嗯了一聲。「是李家大郎那個混帳說的，他並不缺那十兩銀子，就是來故意奚落我的。」

顧家退了聘禮拒絕了李家，反而選了一個窮衙役，李大郎覺得面子上過不去，跑到衛景明面前嘲笑他，以後把老婆多許幾次人，就能夠發財了。

阮氏嘆了口氣。「是我對不住你們。」

顧綿綿拉了拉阮氏的袖子。「二娘，我知道，這和您沒關係的。」

阮氏勉強笑了笑。「總歸是我的娘家人。」

衛景明勸阮氏。「二娘，誰也不能靠著誰一輩子。阮家這幾年靠著爹，多少也攢了些家底。往後，讓他們憑著自己的本事謀生吧。爹拉不下這個臉面，就讓我來做壞人。」

阮氏並不反對。「壽安，辛苦你了。」

衛景明笑了。「二娘見外了，都是一家人。」

衛景明心裡清楚，他和綿綿可能在青城縣待不了太久，他要替顧季昌做好打算。

顧季昌揮揮手。「綿綿去做飯吧，壽安去幫忙。」

衛景明跟著顧綿綿一起到了廚房，趁著無人，顧綿綿斜眼看著他。「衛大哥，你可真狠心，表妹的屁股都摔成八瓣了。」

衛景明似笑非笑地看著她。「綿綿難道希望我不狠心？」

顧綿綿呸了一口。「我才懶得管你呢！」

衛景明忽然從後面攬住她的腰。「要是不想管我，剛才怎麼打了孟氏？」他熱熱的氣息噴到了顧綿綿耳朵裡，她頓時覺得彷彿有小蟲子在心裡爬啊爬的。

顧綿綿立刻想甩開他。「你快住手，當心我爹看到。」
衛景明放開了她。「下次再口是心非，我就罰妳。」
顧綿綿回頭看他。「哦，衛大人要怎麼罰我？」
衛景明刮了刮她的鼻子。「罰妳親我一口！」
過了兩天，阮老大親自送來了那十兩銀子，衛景明也沒和他多說，直接把銀子砸給了李大郎。
自此，阮老大知道，他想再和以前一樣風光是不可能了，這個假外甥女婿，翻臉比翻書還快，而且不講情面，不怕得罪人。街面上那些人都是人精，誰還能看不出來？沒幾天的工夫，阮老大的肉攤再沒有了任何優勢。
至於于大人那邊，果然不出衛景明所料，沒過多久，京城錦衣衛忽然傳來一封文書，說要聘用青城縣的快班班頭為京城錦衣衛一名小旗。
這封文書如同在油鍋裡澆了一瓢水，炸得整個青城縣都沸騰起來。
快班的一群人吃驚到嘴裡能塞下一顆鵝蛋，等反應過來後，一擁而上，把衛景明拋向半空慶賀。郭捕頭心裡大喜，等這姓衛的小子滾蛋，班頭就是我的了，遂也上前說了許多恭喜的話。
楊石頭心裡暗自吃驚，這小子的能力這麼快就傳到京城了？不過他走了也好，給我省去點麻煩。可楊石頭看到郭捕頭就犯愁，衛小子雖然是個大麻煩，但能力是真沒話說，有他在縣衙，什麼宵小也不敢來犯，勘察案子也經驗老道，他這個御史出身的文人，若是沒有這樣能幹的人支撐，真怕以後和姓張的一樣變成個糊塗官。

但公文在此，楊石頭也不可能不放人。

衛景明帶著消息和薛華善一起回了顧家，一家人都等著他呢。

顧季昌已經聽說了消息。「你怎麼打算的？」

衛景明把文書遞給顧季昌。「爹，錦衣衛點召，我不能不去啊。正好，去了京城，我還能和師叔會合。」

顧季昌心裡又高興、又擔心，高興女婿有本事，隔著這麼遠，錦衣衛的文書都能傳過來，擔心的是怕他去了京城人生地不熟，不安全。

阮氏在一邊問：「壽安，你去京城，綿綿怎麼辦啊？」

衛景明笑道：「二娘，我自然是要帶綿綿一起去啊。」

顧季昌更擔心了。京城裡豺狼虎豹一堆，女兒去了豈不羊入虎口？

衛景明知道他的擔憂。「爹，您別擔心，我會護住綿綿的。」

顧季昌長長嘆了口氣。「壽安，雙拳難敵四手啊。」

衛景明不能直接告訴顧季昌，他去京城就是回到自己的老窩，那裡有他師父，有他許多兄弟，還有等待他去救命的皇孫，比在這裡有把握多了。但他還是要讓顧季昌安心。

衛景明忽然起身，鄭重跪下。「爹，我從小就沒有父母，我叫您一聲爹，希望您能相信我，我可以護得住綿綿。」

顧季昌一把拉起他。「既然你要去京城，走之前給你們完婚。」

衛景明搖頭。「爹，不用這麼急。這些人之所以這麼急著把我弄進京城，就是怕綿綿成親了。現在若是我和綿綿要成親，怕會引起他們瘋狂的舉動。他們以為綿綿跟我去了京城，他們也能制住我，動作會冷靜些。我不能為了讓自己沒有後顧之憂，就委屈綿綿。訂親才幾天，若是急著成親，外人反倒要議論綿綿了。」

顧季昌見他這個時候還顧及女兒的名聲，自然不能再說什麼。「壽安，你是個有成算的，我就不多說了。去了那邊，萬事小心。綿綿她舅是個心裡只認利益的人，你千萬要注意。」

衛景明點頭。「爹放心，方侯爺我多少了解一些。您別擔心，我師叔在京城也有幾分臉面，先帝和陛下的陵寢都是我師叔帶頭建造的，京城裡各家要看風水也喜歡找我師叔，不說和那些世家大族相抗衡，至少能護住我們一些。」

顧季昌這才又高興起來。「你們去了，要和李大師住在一起嗎？」

衛景明回道：「師叔年紀大了，沒有傳人，也沒有後人，我既然是師姪，自然該伺候他老人家。」

顧季昌點頭。「那是應該的。」說完，他吩咐衛景明。「你自己去告訴綿綿，讓她早些收拾好東西，跟你一起去京城。」

衛景明自己去了西廂房，顧季昌一個人在正房裡發呆。

阮氏知道他捨不得女兒，輕聲勸他。「官人，姑爺去了京城，又是錦衣衛小旗，憑他的本事，肯定還會往上升，以後說不得還有機會做個百戶、千戶什麼的。咱們姑娘跟著一起去，才能坐穩這正室的位置。外頭人見到咱們姑娘容貌一等一的好，也不敢打什麼壞主意。」

顧季昌眼睛一瞪。「他敢！」

阮氏笑道：「官人，姑爺自然是沒有那個心思的，但倘若外人起了壞心思，總是來算計他，到時候黃泥巴掉褲襠裡，怎麼解釋也說不清楚。姑娘跟著去，一起吃苦受難，這才是一輩子的情分呢。」

顧季昌的心揪了起來。「這一去京城，山高水遠，我們也搆不著。雖說有李大師照看著，但綿綿是個姑娘家，他們兩個男人也不一定能照顧得仔細。」

阮氏想了想道：「官人，咱們家多少也有些積蓄，給綿綿多帶一些吧。再者，現在辦婚事確實也急了些。要是女婿以後在京中升了官，說不定還要在京中辦婚事，不如咱們把嫁妝折算成銀子，都交給綿綿帶著。」

顧季昌點頭。「妳說得有道理，晚上咱們好好合計合計。」

西廂房裡，衛景明正在和顧綿綿說上京的事情。

顧綿綿心裡十分糾結，一來她捨不得家，二來京城裡的日子定然不會一帆風順，還不知有多少困難在等著他們。但顧綿綿知道，她要是不去京城，會給父母、兄弟帶來麻煩，衛景明無法拋棄她單獨去京城，這麼好的機會就會白白葬送。

衛景明知道顧綿綿的憂慮，牙一咬，拉著她的手道：「綿綿，我們不去吧。京城那個富貴窩，看似花團錦簇，實則凶險。什麼狗屁錦衣衛，整天累得跟驢一樣，哪有我在青城縣做個班頭快活？咱們就留在這裡，誰再敢來，我把他們全部埋到青城山上去！」

顧綿綿被他逗笑了。「胡說，當然要去！錦衣衛小旗，可不是一般人能做的。你這麼年輕，早晚還要往上爬去，說不得我以後真能撈個誥命當當呢。」

衛景明摸了摸她的指甲蓋。「既然綿綿想當誥命，以後我就得努力幹活，爭取讓妳二十歲之前當上誥命。」說完，他抬頭看著她。「綿綿，妳放心，不管到什麼時候，我都會守在妳身邊的。」

這話一出，顧綿綿忽然覺得腦袋裡一陣疼痛。

「綿綿，我會永遠守著妳的。綿綿，我會永遠守著妳的……」

彷彿在很久以前，她每天都在聽這句話，那個聲音鏗鏘有力，又帶著無限深情。

顧綿綿覺得自己心裡一陣絞痛，她捂著胸口，臉上開始冒冷汗。「衛大哥，我頭疼，心口疼……」

衛景明大驚失色，一把抱住搖搖欲墜的顧綿綿。「綿綿，妳怎麼了？綿綿！」

他的話音剛落，顧綿綿就昏了過去。

衛景明立刻對著外面大喊：「爹，二娘，快來，綿綿昏倒了！」

顧季昌和阮氏正在看家裡帳本，聞言嚇了一跳，火速奔到了西廂房。

衛景明把顧綿綿放在床上，她雖然昏過去了，似乎還有意識，額頭上的冷汗冒個不停，嘴裡還在不停地嘟囔。「衛大哥，衛大哥……」

顧季昌對著衛景明飛眼刀子。「你對她做什麼了？」

衛景明這時候著急得很，看都沒看顧季昌，只搖了搖頭。「爹，我只是和綿綿說去京城。她本來聽得高興，還說讓我以後給她掙個誥命當當，我說讓她別怕，我會一直守著她，她就忽然說頭疼、心口疼。」

顧季昌立刻對阮氏道：「娘子，妳快去把小吳大夫請來。」

阮氏立刻應聲而去。

顧綿綿作了個好長好長的夢，她夢見自己進宮了，老皇帝死了，她娘成了太妃。那個年過四旬的新帝，比她爹年紀還大，一群太監把她抬過去，讓她侍寢。

顧綿綿氣得把皇帝大罵一頓，她是已經訂親的人，她的未婚夫叫衛景明。

可是，衛大哥你在哪裡？

顧綿綿在宮裡亂竄，後來她被關了起來，人人都說她是個瘋子，若不是方太妃照看，她連饅飯都沒得吃。
她整天想衛大哥，想啊想，誰知自己真的又見到了衛大哥，可是，他已經變成了太監。她不管那麼多，就算他變成了太監，也是她的男人。
顧綿綿掙扎著想醒過來。
我不是瘋子，衛大哥不是太監，他要去錦衣衛做小旗了。
可是她感覺自己和夢裡的綿綿像兩個人似的，夢裡的綿綿就這樣和太監衛大哥一起過了好多年。後來皇帝死了，又有新皇繼位，衛大哥已經是北鎮撫司的指揮使了。
顧綿綿高興極了，她出了宮，變成了一個普通的小婦人，被衛指揮使藏在京郊一個農家小院裡。他們多恩愛啊！可是恩愛日子沒過幾年，綿綿生病了，衛大哥貼身照顧她大半年，還是沒能留下她的命。
從此，衛大哥辭去差事，獨自一人守在她墳前，每天都會絮叨好幾遍。「綿綿，我會永遠守著妳的……」
這樣守了十幾年，某一天晚上，他無疾而終，趴在顧綿綿的墳頭上嚥下最後一口氣。
顧綿綿見到蒼老的衛景明趴在墳頭上，心裡如同刀割一般疼痛。
衛大哥，你快醒來……
他彷彿聽見了她的呼喚，一縷魂魄飄飄蕩蕩，鑽進了墳墓裡。很快，兩道影子從墳墓裡一起出來，飄向了遠方。衛大哥旁邊的那道影子，分明和自己長得一模一樣，衛大哥對她無比憐愛。

她是綿綿，那我是誰？

顧綿綿心裡大急，然後她陷入了無邊的黑暗之中。

——未完，待續，請看文創風1029《綿裡繡花針》2

2/1出版 一場亂局，成就好姻緣？

春遲

將門逆女，實力撩夫

所嫁非人禍及全家，她最終只能親手了結性命以贖罪，
如有來世，只願能忘卻前塵重新開始……
豈料她連黃泉路都走得不順遂，被孟婆一出手就送回大婚當日！
她投胎不成，還得重新面對這棘手的一局，這盤棋該如何下？

文創風 1032-1033

《月老套路深》全二冊

大將軍之女陸蒺藜是京城的話題人物，容貌絕色卻古靈精怪、時有驚人之舉，
繼看上新科狀元展開窮追不捨的求親後，大婚之日姑娘她又「發作」了──
「退婚！我要退婚！」
身著嫁衣的陸蒺藜嚷嚷著要退婚，任將軍老爹氣得跳腳也動搖不了她的決心，
只因重生歸來，她心裡有數，這男人嫁不得！
他的人模人樣只是表面功夫，實則腹黑心機別有所圖，終將害得她家破人亡……
這一回她不再傻傻被套路，順手拉了個喝喜酒的路人充當新歡，誓要退婚成功，
誰知她想得太天真，逆天改命可不簡單，
婚事沒退成，抗旨拒婚就先觸怒龍顏，惹來殺身之禍，
還得仰賴隨手拉來演出的「路人」出手相救、從中化解！
原來人家身分不一般，年紀輕輕後臺比她還猛，竟是地位尊貴的國公爺?!
據聞羅止行出自天家行事低調，向來不涉及政事，全然是個富貴閒人；
可不知為何被扯進混亂中，形成和狀元郎針鋒相對的局面，他似乎開心樂意得很？
這棋局深得她看不懂，以為如願退了婚一切便在掌控中，不料事情變得更複雜，
無緣渣夫不放手，國公爺這尊大佛也請不走，這場面她實在始料未及啊……

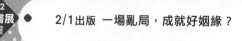

2022 過年書展 狗屋

2/1出版 好男人的定義，今日開始重新詮釋！

莫顏

江湖上無奇不有，
天后筆下百看不膩

系列最終章！
揭開每對冤家間的故事，
這回出場的不靠美男般的顏值，靠的是始終如一的殺力，
還有他寵女人的功力，以及臉皮的厚度……咳咳……

【洞房不寧之三】

文創風 1034《將軍求娶》全一冊

楚雄一眼就瞧中了柳惠娘，不僅她的身段、她的相貌，
就連潑辣的倔脾氣，也很對他的胃口。
可惜有個唯一的缺點──她身旁已經有了礙眼的相公。
沒關係，嫁了人也可以和離，
他雖然不是她第一個男人，但可以當她最後一個男人。
「你少作夢了。」柳惠娘鄙視外加厭惡地拒絕他。
楚雄粗獷的身材和樣貌，剛好都符合她最討厭的審美觀，
而他五大三粗的性子，更是她最不屑的。
「妳不懂男人。」他就不明白，她為何就喜歡長得像女人的書生？
肩不能挑，手不能提，只會談詩論詞、風花雪月有個鳥用？
沒關係，老子可以等，等她瞧清她家男人真面目後，他再趁虛而入……
果不其然，他等到了！這男人一旦有錢有權，就愛拈花惹草，
希望她藉此明白男人不能只看臉，要看內在，自己才是她心目中的好男人。
豈料，這女人依然倔脾氣的不肯依他。
「想娶我？行，等你混得比他更出息，我就嫁！」老娘賭的就是你沒出息！
這時的柳惠娘還不知，後半輩子要為這句話付出什麼樣的代價……

＋＋＋＋＋ 莫顏【洞房不寧系列】作品 ＋＋＋＋＋

文創風 899《莽夫求歡》之一

宋心寧七歲進金刀門習武，沒成為江湖俠女，反倒成了待嫁閨女，
她嫁進太尉府不為情愛，因此夫君待她如何不重要，相敬如賓就好，
豈料這紈袴夫君渾歸渾，卻精明得很，她的秘密不會被發現吧？

文創風 985《劍邪求愛》之二

肖妃出自皇家兵器庫，是兵器譜前十名中唯一的美人，
她不在乎美人的稱號，她想要的是「最強」，
可無論她如何努力，第一名永遠是那個姓殷的！

過年書展

歡迎光臨

狗屋話題作者好友會

單冊特價66折不稀奇，以下書單任選一套6折，二套(含)以上5折

灩灩清泉

文創風 949-952《大四喜》全四冊

擁有「聽心術」能力的許蘭因，
不僅解決了原主留下的爛攤子，
還在尋藥草好賣錢的路上，
救下落崖的男子，
孰料，這傢伙傷癒後老愛在她耳邊念叨著娶她?!

文創風 973-976《旺夫續弦妻》全四冊

意外穿越又被下凡修行的精靈驚著，
還在宴會上撲倒賓客當眾失儀?!
這種出場嚇死謝嫻兒了，
身邊也因此多了隻被精靈附身的貓咪太極。
「喵～～一頓能吃十顆雞蛋？
我對妳嫁進馬家充滿了期待哪！」

踏枝

文創風 882-886《聚福妻》全五冊

重生的姜桃只想求個健康身子，
孰料因命格帶凶被當成掃把星，
不只生病被抬進山上破廟自生自滅，
長輩們還打算把她隨便嫁了，替姜家解厄？
嫁就嫁，既然嫁誰都是賭，
不如設法嫁給在廟裡看對眼的男人吧！

文創風 964-967《誤入豪門當後娘》全四冊

穿成有剋夫之名的舉人之女，鄭繡毫不在意，
反正爹爹願意養她一輩子就行，
直到在家門口撿了條狗回家養，
接著又養起這條狗的小主人，
然後養著養著，
現在竟連小主人的爹都要她一併養了?!

過年書展

動動手，虎福氣來

活動1 ＋狗屋2022年過年書展問卷調查活動＋

抽獎辦法　活動期間內，請至 狗屋天地 或是掃描下方QR Code，皆可參加問卷活動。

得獎公佈　3/2(三)於 狗屋天地 公佈得獎名單

我是QR Code

獎項
3名《月老套路深》全二冊
3名《將軍求娶》全一冊

活動2 ＋＋＋＋＋＋ 購書福運多 ＋＋＋＋＋＋

抽獎辦法　活動期間內，只要在官網購書並成功付款，系統會發e-mail給您，並附上抽獎專用之流水編號，買一本就送一組，買十本就能抽十次，不須拆單，買越多中獎機率越大。

得獎公佈　3/2(三)於狗屋官網公佈得獎名單

獎項
3名 紅利金600元
3名 紅利金300元
4名 文創風1039-1040《大器婉成》全二冊

過年書展 購書注意事項：

(1)請於訂購後**三日內**完成付款，最後訂購於2022/2/9前完成付款才算有效訂單喔！
(2)寄送時間：若欲在過年前收到書，請於**1/25前下訂並完成付款**。
1/26後的訂單將會在2/7上班日依序寄出。
(3)購書滿千元(含)以上免郵資。未滿千元部分：
郵資65元(2本以下郵資50元)／超商取貨70元(限7本以內)／宅配100元。
(4)特賣書籍因出書時間較久，雖經擦拭、整理，仍有褪色或整飾痕跡，故難免不如新書亮麗。
除缺頁、倒裝外無法換書，因實在無書可換，但一定會優先提供書況較良好的書給大家。
若有個人原因需要換書，需自付來回郵資。
(5)各書籍庫存不一，若遇缺書情形可選擇換書或退款。
(6)歡迎海外讀者參與(郵資另計)，請上網訂購或是mail至love小姐信箱(love@doghouse.com.tw)詢問相關訊息。

狗屋有權修改優惠活動的實施權益及辦法。

2021年終幸福特別企劃

一個屋簷下 Always with you

【312期：狐狸】　狐狐來我家

新北市／RaeWen

狐狐是一隻令人驚艷的貓咪，與牠相處的每一刻都覺得很開心快樂。牠雖然只有一隻眼睛，視力約只剩50%，但卻常常比眼睛正常的貓咪哥哥還要精準地找出他的最愛。

牠很愛把牠的玩具藏起來，甚至我將逗貓棒纏在某根柱子上，連貓奴們都無法拆開，狐狐卻可以毫無窒礙地拆開纏住的逗貓棒來玩。尤其愛追逐松果，總把松果當足球踢，每天早上會坐在窗臺上看窗外的鳥兒唱歌，也愛與貓奴們玩捉迷藏。

而每當有蟑螂入侵我們家的時候，狐狐便是最佳獵人，總可以讓這些可惡的入侵者死無全屍，雖然我在看見死狀會油然生起一點同情，但還是不由得在心裡對狐狐升起如滔滔江水般的欽慕。另外受惠的還有狐狐的哥哥米茲，也因為狐狐的到來，牠從此高枕無憂，不會再被我們要求去抓這些入侵者，因為米茲的獵捕技巧真的不是很好，明明有兩隻大眼睛，但永遠對不準也抓不著，或許是牠覺得蟑螂很髒而不敢接近吧。

最後很感謝愛貓協會救助了狐狐，並讓我們與狐狐相遇，更感恩智遇動物醫院的蔡醫師──用精湛的手術幫狐狐保留了50%的單眼視力，讓狐狐可以成為我們家的一員、我家御用的對抗蟑螂守護者。

備註

【314期：雖雖和牛牛】 也已成功送養囉！礙於版面有限，謹此簡單告知。

雖雖

牛牛

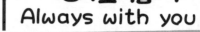

【316期：童童】 一眼瞬間

新北市／陳KIKI

在收容所裡看見一隻腳穿白襪、狂叫個不停的毛孩，因為感染冠狀病毒連大便都像火山爆發一樣，噴得到處都是，不僅不能摸也不能抱，一碰就會咬人，這樣的孩子會有人想要認養嗎？我認為帶回自家中途好好照顧、教教規矩或許可以為童童找到一個幸福的家。

無奈帶去上課也沒辦法改變童童亂咬、吠叫的問題，直到有天我們在公園遇到一位牽著柴犬的先生，他對於童童的狀況深表同情，所以邀請我帶著童童一起加入公園的柴犬團，除了可以讓童童社會化之外，也能藉由狗狗之間的互動來共同學習成長，就這樣每天兩小時的互動交流產生了極大的變化。

數月後，認識童童的人都訝異牠的改變，對人愛撒嬌也不隨便亂叫，雖然不親狗，但是對貓狗友善，對外面的環境不再驚恐不安，反而激發了牠的好奇心，甚至為了探索環境開始規劃固定的散步路線，每天帶給我不同的驚喜。

然而明顯的改變也沒辦法改變被退三次的命運，縱然退養原因都不是出在童童身上，牠卻要承受一次次的傷害，因此不時用行動來表達牠的不滿──到床上尿尿後再叫我，然後用挑釁的眼神看著我。就是這一眼，讓我毅然簽下了牠的終生幸福，只因我愛牠！

【318期：波妞】 波妞送養紀錄

南投縣／朱小姐（代筆）

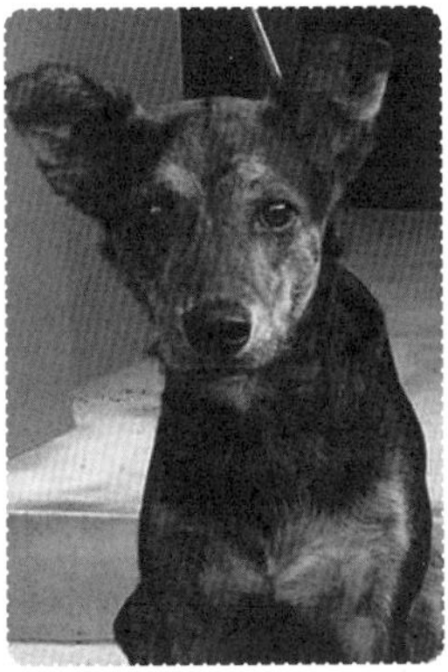

波妞在二〇二〇年九月出生，是十胞胎中最後被領養的，看到兄弟姊妹們陸續被領養，一天天長大的波妞身邊逐漸少了玩伴。雖然也曾進入試養階段，但最後被退回，造成波妞心境上的轉變，少了些原先的開朗、多了些憂愁，究竟何時才能有個屬於牠的家呢？

一路兜兜轉轉，終於在今年七月由校內教授領養，領養初期因為轉換生活環境，波妞不敢主動接觸新的人事物，但在教授與家人的細心照料下，以前不好的記憶似乎都丟在腦後，不僅接納了新的家人與狗狗哥哥無敵，還很喜歡主動撒嬌，平時則最喜歡躺在牠專屬的睡墊，玩玩具時投入的樣子也非常可愛！

這樣樂觀開朗的波妞，現在每週都會回暨南大學校內放風玩耍，並與其他師長飼養的狗狗成了感情非常好的玩伴。幸福，就是這麼簡單！

我很可愛，一起手牽手回家吧！

杯麵

果汁

311期：杯麵和果汁

依舊害羞安靜的杯麵和果汁，彼此是個性相仿的好室友，兩隻總是亦步亦趨的窩在一塊兒，雖然不親人，但食物的誘惑會使牠們更想靠近您。適合願意花時間陪伴的主人，您的耐心絕對是牠們進步的好良藥。

（聯絡方式：板橋動物之家志工隊FB）

313期：小不點

小時候活潑可愛又好動，長大後的小不點如今是社團裡的大個兒，乖巧懂事，喜歡與人互動又不會調皮到出亂子。如此開心寶若深獲您的芳心，請記得帶回家後幫牠改名為「大不點」喔！（笑）

（聯絡方式：國立聯合大學動物保護社FB）

317期：貝貝

正值壯年的貝貝，即使親人不親貓，但跟其他貓相處倒也相安無事，成熟穩重到不僅吃藥乖、剪指甲也乖，甚至被人抱上三、四十分鐘都不亂動。這般極品好相處的貓，還快不來獨寵牠一生。

（聯絡方式：張小姐→0939032351 or Line ID：kc1612）

319期：美珍

前段時間因口炎手術仍尚在康復中的美珍，個性穩定、親人、不怕生，長得漂亮又討人喜愛。如果您想跟美珍簽下往後十年的家人合約，請向送養人登記參訪，看看您跟牠是否有緣成為親人嘍！

（聯絡方式：麥擱喵FB）

320期：馬達

年紀小小的馬達兼具了成犬的穩定和幼犬的可愛，已學會等等、坐下、趴下、握手等小才藝的牠，無疑是隻聰明靈敏的可愛萌寵。Let's Go！牠正在等待您的出現，速速與牠締結善緣。

（聯絡方式：王小姐→0908172780 or 高師大愛護動物社FB）

認養資格：

1. 須同意簽認養寵物切結書。
2. 須同意送養人日後之追蹤探訪，對待寵物不離不棄。

來信請說明：

a. 個人基本資料：姓名、性別、年齡、家庭狀況、職業與經濟來源等。
b. 想認養的理由。
c. 過去養寵物的經驗，及簡介一下您的飼養環境。
d. 若未來有結婚、懷孕、出國或搬家等計劃，將如何安置寵物？

2020年10月出版

娘子不給吃豆腐

文創風 887～889

爽朗果決的賣油娘，
遇見勤快機靈的豆腐郎，
打磨樸實幸福的日常……

家長里短，幸福雋永／秋水痕

天生神力卻要裝成弱不禁風是一種怎樣的體驗？
韓梅香扮嬌滴滴的小家碧玉，憋了十多年。
大概是上輩子燒好香，出生在有田有油坊的好人家，
父母怕一身力氣的她被街坊説閒話，更擔心未來婆家嫌棄，
叮嚀她躲在深閨讀書繡花，幫著操持家務就好。
爹疼娘愛的梅香，無憂無慮的過日子，等著出嫁。
怎知爹爹意外亡故，留下孤兒寡母，和惹人覬覦的家產，
娘親天天以淚洗面，弟弟妹妹又尚年幼，
為了家人，梅香挺身而出，逼退覬覦她家產的惡親戚，
種田種地又榨油，天天扛菜扛油上集市賣，
一掃過去嬌氣形象，儼然成了家中頂梁柱。
因故退親後，梅香過得自在舒心，對於婚事更是一點都不著急。
直到大黃灣的豆腐郎黃茂林老在她跟前獻殷勤……
明明他才是賣豆腐的，梅香怎麼覺得被吃豆腐的人是自己啊？

文創風 1028

綿裡繡花針 1

國家圖書館出版品預行編目資料

綿裡繡花針 / 秋水痕著. --
初版. -- 臺北市 : 狗屋出版社有限公司, 2022.01
冊 ; 公分. --（文創風 ; 1028-1031）
ISBN 978-986-509-286-3（第1冊 : 平裝）. --

857.7　　　　110020241

著作者	秋水痕
編輯	林俐君
校對	沈毓萍
發行所	狗屋出版社有限公司
地址	台北市104中山區龍江路71巷15號1樓
電話	02-2776-5889～0
發行字號	局版台業字845號
法律顧問	蕭雄淋律師
總經銷	知遠文化事業有限公司
電話	02-2664-8800
初版	2022年1月
國際書碼	ISBN-13　978-986-509-286-3

本著作物由北京晉江原創網絡科技有限公司授權出版

定價260元

狗屋劃撥帳號：19001626

網址：love.doghouse.com.tw　E-mail：love@doghouse.com.tw